Fiancee of the Wizard
魔法使いの婚約者10
マスカレードで見つけてくれますか？

魔法使いの婚約者10

マスカレードで見つけてくれますか？

中村朱里

illustration サカノ景子

ICHIJINSHA IRIS NEO

CONTENTS

この作品はフィクションです。
実際の人物・団体・事件などには関係ありません。

魔法使いの婚約者10

マスカレードで見つけてくれますか？

1

季節は巡る。我がヴァルゲントゥム聖王国の守護神であらせられる春の女神が、うつらうつらとまどろみ始め、その女神を守るために、配下である軍隊を率いる『善き冬の狼《よきふゆのおおかみ》』の軍靴《ぐんか》の音が、徐々に近付き始めた頃。つまりは秋から冬へと季節が移り変わろうとしているこの時期、我が国は一か月後に控えたとある祭事を前に、誰もが浮足立っていた。

春を尊ぶ風潮のある我が国においては、冬の到来を喜ぶのは珍しい傾向であると言えるだろう。だがしかし、今年ばかりは特別なのだ。世間の皆々様の例にもれずこの私——フィリミナ・フォン・ランセントにとっても、今年はとても〝特別〟な年となる。

〝特別〟という言葉について、私はなかなか思うところが多い。そもそも、この世界とは異なる世界で生きて死した『前世』とでも呼ぶべき記憶を持ち合わせている以外には、さしたる特徴もなく、平々凡々を絵に描いたような私である。正確には、私で『あった』。気が付けば平凡からはほど遠い立場に置かれることになってしまったことについては、つくづく驚きを禁じ得ない。おかしい。どうしてこうなった。

我が夫——エギエディルズ・フォン・ランセント殿は最高にして最強の魔力をその身に宿すことを示す、混じりなき漆黒の髪を持つ。本人の生来の才能も相まって、我が国における最高位の魔法使いの地位にあることを意味する、王宮筆頭魔法使いの名を冠している。

そんな男と幼馴染《おさななじみ》となり、婚約者になって、そして婚姻を結び夫婦となった時点で、私はいわゆる〝普通〟だとか〝平凡〟だとかいう言葉からはほど遠い立場に立つことになってしまったのではなかろうか。私自身が何も持ち合わせていなくても、置かれた立場はとんでもない特権階級。これぞ〝特別〟。ははは、人生とは何が起こるか解《わか》らないものだとはよく言ったものである。先人は偉大な言葉を残してくれた。

そして私のその凡人らしからぬ〝特別〟な立場は、『王宮筆頭魔法使いの妻』というものばかりではない。他の〝特別〟については後々語らせていただくこととしよう。

私の〝特別〟は、どれもこれもが、あの男がもたらしてくれたものだ。それらすべてが、私にとっては宝物である。これこそが、恋は盲目というやつなのか。いや、あの男にとってはあばたもえくぼと言うべきか……まあいい。

何はともあれ、私は今日も今日とて、夫である男と、かわいい子供達と共に、幸福をめいっぱい抱き締めて生きているという訳なのである。

そう、その子供達。かわいいかわいい三人の子供達こそ、私が図らずも〝特別〟な立場に立つことになった経緯に一役買ってくれている。

とある事件を経《へ》て私と男の養子となってくれた、エストレージャという、神族の末裔《まつえい》たる少年……そろそろ青年と呼ぶべきかもしれない、今年十八になる長男坊。そして、私と男の間に生まれた双子の兄妹の妹たるエルフェシアは、父親である男と同じ漆黒の髪を一房生まれ持ち、その魔力ゆえに精霊に愛される体質を持つ。唯一、私と同じく〝普通〟で〝平凡〟なはずの双子の兄たるエリオットだが、この子もこの子でこれまた私と同じく周囲がとんでもないという理由で、なかなかにとんでもない立場に置かれているのだ。

いやはや、こうして並べ立ててみると、改めてつくづくとんでもないにもほどがある。けれど今に至るまで、そのことを悔やんだことはない。夫であるあの男も、三人の子供達も、私にとっては等しくかわいく、愛《いと》しく、大切な存在であるのだから。

双子は既《すで》に一歳を迎え、もうすぐ更に半年を数えようとしている。冬生まれのエストレージャの誕生日も近い。話には聞いていたけれど、子供が育つのは本当に早い。日々できることを増やしていく三人の成長を嬉《うれ》しく思う。と、同時に、もっとゆっくりでもいいのにな、とも思ってしまうのだから我ながらどうしようもないものである。

これも母であるがゆえのわがままなのだろうと思いつつ、床に敷かれた毛足の長いカーペットの中心に座り、その左右にエリオットとエルフェシアをそれぞれ座らせて、私はぺらりと絵本のページをめくった。

「――火の精霊、水の精霊、風の精霊、土の精霊。彼らばかりではありません。花の精霊や光の精霊、そのほかにもたくさんの精霊達が、こちら側の世界にやってきて、楽しく思い思いの時間を……あら、エディ、エージャ。おかえりなさいまし」

「ああ。ただいま」

「ただいま帰りました、母さん」

絵本から顔を上げて、気付けばこのリビングルームの扉の前に並んで立っていた、王宮における本日の仕事を終えて帰宅した当家の男性陣――すなわち、双子にとっては父である私の夫と、兄であるエストレージャに笑いかける。何故か二人揃《そろ》ってこちらを見つめながら口元を押さえて震えていた二人は、ハッと息を呑《の》んでから、すまし顔で「ただいま」を口にした。

いかにも涼しい顔の二人だけれど、揃いも揃って切れ長の目元が甘ったるく下がっているし、口元には笑みが刻まれている。これは確実に、二人とも、双子の愛らしさに言葉もなく身悶《もだ》えていたに違いない。どちらも大層整った顔……男に至っては特に人外じみた美しさを誇る顔の造作であるというのに、エリオットとエルフェシアを前にしたらこのありさまである。

もったいないと言うべきなのかもしれないけれど、うむ。解る、解るぞ二人とも。この子達がかわいいのは天が定めた真理であるので仕方がない。私が声をかけなかったら、いつまでも私が双子に読み聞かせしている様子を見つめていたことだろう。

一歳半になろうとしている双子は、顔立ちがどんどんはっきりしてきた。エリオットは私というかむしろ私の実弟であるフェルナン似である。あの弟も『それなりに整った』と評される女性受けのいい顔立ちなので、となれば当然エリオットも将来有望と言えるだろう。そしてエルフェシアは、正直将来が恐ろしい。既に父親譲りの美貌の片りんを見せ始めている美少女ぶりを発揮している。これが年頃になったらと思うと心配にもなるというものだ。

そんな双子を愛《め》でる男とエストレージャの姿は、なるほどこれが親馬鹿と兄馬鹿か……と感心してしまいたくなるようなそれである。微笑《ほほえ》ましい光景に頬を緩ませる私の左右で、絵本から顔を上げ父と兄へと視線を動かしたエリオットとエルフェシアは、ぱあっと表情を輝かせた。父親譲りの朝焼け色の大きな瞳をきらきらさせながら、二人は両手をついて身体《からだ》を持ち上げて、ちっちゃな足で立ち上がる。

「おとうしゃま！」

「にいしゃま！」

よちよちと懸命に足を動かして、エリオットは男の元に、エルフェシアはエストレージャの元へと歩いていく。最近歩けるようになったばかりの二人は、とてもあんよが上手である。ああもう、かわいいったらない。その愛らしい後ろ姿を見つめていると、エルフェシアがバランスを崩し、それに巻き込まれてエリオットもまた足をよろけさせた。

あ、と私が手を伸ばそうにも届かない。その代わりに、男がエリオットを、エストレージャがエルフェシアを、それぞれさっとすばやくその両腕ですくい上げ、そのままいかにも大切そうに抱き上げた。

「まだまだ練習が必要のようだな？」

男がエリオットの鼻先に唇を寄せると、エリオットがあどけない歓声を上げる。それを見ていたエルフェシアが、自らを抱き上げているエストレージャの頬に、むちゅうっと唇をくっつけた。

「こら、エル。お前も立派なレディなんだから、気軽にそういうことはしちゃ駄目だ」

よだれまみれのキスを受け入れたものの、エストレージャはいかにも大真面目にエルフェシアにこんこんと言い聞かせる。だがしかし、エルフェシアは大きな瞳をぱちぱちと瞬かせて、ことりと小首を傾《かし》げる。

「だめ？」

「駄目だ」

「だめなの？」

「…………だめ、じゃない」

エルフェシアが重ねて愛らしく問いかけると、エストレージャはあえなく敗北した。エリオット同様にきゃっきゃと歓声を上げて、もっともっととエストレージャの顔のあちこちに唇を寄せるエルフェシアはとても楽しそうだ。よだれまみれになったエストレージャの情けない表情に、私と男は声を上げて笑ってしまう。我が家のお姫様は最強である。

「父さん……母さん……」

「唇以外ならいいじゃない。今だけかもしれないわよ？」

どこか恨めしげに、そしてそれ以上に情けない声音で私達を呼ぶエストレージャに、私はくすくすと笑いながら立ち上がり、エルフェシアを受け取った。大好きな兄から引き離されて不満そうな声が上がるけれど、その額にキスをすると、またエルフェシアはくふくふと嬉しそうに笑い出す。

そう、こんな風に大人しくキスを受け入れてくれるのも、あと数年の間だけだろう。だからそれまでは、と今度は鼻先に口付ける私の「今だけ」という言葉に、男とエストレージャの顔が、見るからに強張《こわば》った。

「そうか、今だけか……」

男らしくもない沈鬱な声と共に、男はその腕の中のエリオットを、たかいたかーい、と、両腕で高く持ち上げる。きゃー！　とエリオットが大きく歓声を上げ、その笑顔に男の表情もほころぶ……かと思いきや、そんなことはなく。

「こんなことができるのも、今だけなんだな……」

男の声音は、ぞっとするほどの艶《つや》めく色を孕《はら》み、それを耳にした者は誰もが切なさに胸を焦《こ》がすに違いないだろう。だが忘れてはいけない。その台詞《せりふ》の肝心の内容は、我が子の親離れを恐れる親馬鹿の父親のそれにすぎないのだから。

そして男の隣に立つエストレージャもまた、男の両腕で掲げられたエリオットを見上げながら、黄水晶のような瞳を切なげに潤ませている。これまたその姿を見た年頃のお嬢さん方は、「自分こそがその涙を拭《ぬぐ》ってさしあげたい！」と身を乗り出すのだろうけれど、こちらも忘れてはならない。その涙の理由は以下省略。

男もエストレージャも、エリオットとエルフェシアが生まれて以来、感情表現が以前よりも随分と解りやすく豊かになったものだ。これでエルフェシアがお嫁さんに行く時が来たらどうなるのだろう。エルフェシアのお相手を前にして、「貴様なんぞに娘（妹）はやらん！」とテーブルを蹴り倒すんじゃなかろうか。冗談で済まなさそうなところが怖い。

「エル、あなたも苦労しそうね」

「あう？」

腕の中のエルフェシアに、苦笑と共に話しかけると、私の髪を小さな手でもてあそんでいたかわいい娘は、不思議そうに首を傾げた。まだ何も解っていないらしい。まだ一歳半なのだから当然であるのだが、それにしてもこのまま健やかに成長してほしいものである。

ああそうだ、成長と言えば。

「エージャ、もうすぐあなたのお誕生日ね」

エルフェシアを抱いたままソファーに腰を下ろすと、続いてエリオットを抱いた男が当然のように私の隣に座り、その正面にエストレージャが座る。

私の言葉に、「そういえば……」と、いかにも今思い出したと言わんばかりにぽつりとエストレージャが呟《つぶや》いた。すっかり忘れていたらしい息子の姿に思わず苦笑すると、エリオットを抱いている男が、私の代わりに淡々と口を開いた。

「祝いは何がいい？　大体のもの、大抵のものは用意できるぞ。お前は夏が苦手だったな。となれば避暑地でも買い取るか……ああ、海水浴ができる島でも構わんぞ。ニッビエラータの近隣の小島がいくつか売りに出されていたはずだからな。長期休暇を取った時に家族旅行できるし、少し調べてみるか」

さらさらと流れるように続けられる言葉に、サッとエストレージャが顔を青くする。それは男が、冗談を言っている訳ではなく、この上なく本気で言っていることを汲《く》み取ったからだろう。男の隣の私も、流石《さすが》に予想していなかった内容に、顔を引きつらせてしまった。

世界地図上でも国土がそれほど広い訳ではない我が国における避暑地と言えばごくごく限られた土地となる。国内有数のリゾート地であるニッビエラータ島の近隣の小島は、ニッビエラータ島の現領主殿の手腕によって発展の一途を辿《たど》っており、それに伴い価格もまた高騰の一途を辿っている。どちらであるにしろ、誕生日祝いにぽんとプレゼントするようなものではない。

元より散財する時間も趣味も持ち合わせていないくせに、かなりの高給取りであるのがこの男だ。となれば息子に贈るプレゼントとして、避暑地や島の一つや二つ、大したものではない……のかもしれなくても、私も、そして他ならぬエストレージャ自身も、そんなものは望んではいない。

「と、父さん、そんな大それたものは、その、ちょっと」

「そうか？　遠慮はいらんぞ」

遠慮とかそういう問題ではない。常識の問題である。それなり以上に頭がいいはずなのに、どうして我が子に関することに対しては、こんな風にこの男はポンコツになるのだろう。

こら、心底残念そうな顔をするんじゃない。エストレージャがものすごく困っているではないか。はあ、と私は深く溜息《ためいき》を吐いてから、くいくい、と、隣で相変わらず残念そうにしながら「ならば国宝級の剣でも創るか？」とまたしても不穏な台詞を呟いている男の袖を引っ張った。

「エディ、少し落ち着いてくださいまし。避暑地も島も国宝も、まだエージャの手に余るものでしょう。もっと身近なものになさいませんと。それに、いくらかわいい息子へのプレゼントだからと言って、結果としてそれがあなたのご負担になってしまうのなら、エージャは喜んではくれませんよ？」

「俺はお前が望むなら、避暑地だろうが島だろうが国宝だろうが、いくらでも用意してみせるが」

「わたくしが一番欲しいものは、もうあなたから頂いておりますもの」

どこまでも大真面目に言い切る男にそう切り返すと、男は、双子と同じ朝焼け色の瞳を瞬かせた。思い当たる節がない、と語るその瞳を覗《のぞ》き込み、そっと肩を寄せて、私はにっこりと笑いかける。

「あら。口にしなくては解ってはいただけませんか？」

もう、ずっと前から、私はこの男に、最高のプレゼントを貰《もら》っている。そしてそれは今もなお続いているし、これからも続いていくに違いない。そんな確信のもとに問いかけると、男はむっとしたように唇を引き結ぶ。

「……お前はずるいな」

「ふふ、お互い様ですわ」

そうして男が私の耳元で小さく囁《ささや》いて、私の耳にそのまま口付ける。あたたかく柔らかな感触がくすぐったい。私と男の腕の中のエリオットとエルフェシアが、まるで「ぼくらも！」「わたしたちも！」とでも言いたげに両手を伸ばしてきたので、私達は揃って二人にそれぞれ唇を寄せる。

きゃらきゃらと嬉しそうに笑う二人に対して笑みをこぼす私達の耳に、いかにも申し訳なさそうな声が届いたのは、しばしの沈黙の後だった。

「あの、二人とも……」

割り込んでごめん、とでも言いたげな声音で、正面のソファーに座っているエストレージャが、恐る恐る声をかけてくる。ああいけないいけない。うっかりしていた。

「あら、ごめんなさい、エージャ。ほら、あなたも遠慮せずいらっしゃいな。どうか口付けさせてちょうだい、わたくしの輝くお星様」

エルフェシアを片腕に抱き直し、ちょいちょい、ともう一方の手で手招く。エルフェシアが「にいしゃま！　おいで！」とにこにこと小さな両手を伸ばし、男の腕の中のエリオットもまた「にいしゃまも！　ちゅー！」とうごうごと身を乗り出そうとする。そんなエリオットを抱き直しながら、男はにやりと人の悪い笑みを浮かべた。

「ああ、俺からも口付けを」

「い、いいから！　あ、あのその、キスが嫌な訳じゃなくて、その、恥ずかしくて、だから、あの」

あわあわあわ、と見るからに焦《あせ》り慌《あわ》てた様子で言葉を探し、かろうじてその探り当てた言葉を組み立てようとして失敗している長男の姿に、私はついつい吹き出してしまった。隣では男がくつくつと喉を鳴らしている。からかわれていることに気付いたらしいエストレージャの顔色が、そこでようやく真っ赤になった。

「父さん！　母さん！」

「ええ、解っていますとも。ごめんなさいね。意地悪をしてしまったわ」

羞恥をあらわにして叫ぶエストレージャに謝りつつ、膝の上に抱いていたエルフェシアを横に座らせて、さて、と気を取り直す。いい加減本題に入ろうではないか。

「さあ、それじゃあエージャ、何かご要望はあって？　わたくし達で勝手に用意して驚かせてもいいのだけれど、エディがこの調子じゃ、それこそ本当に驚かずにはいられないプレゼントになってしまうわよ？」

「そ、それは、困る」

「そうよね、わたくしもそう思うわ」

息子の誕生日プレゼントに避暑地？　島？　国宝？　流石にない。やりすぎだ。私だってエストレージャがかわいいし、本人が望むならばまあ男に任せてもいいかなとも思うけれど、私達のかわいい長男は、そんな大それたものを望むような子ではないのである。そんなところもとってもかわいい。そしてそれが解っていながら、それでも暴走しようとする私の夫も、とってもかわいい人なのである。くすくすと私が笑っていると、いかにも不満げに口をへの字にして、男がそっぽを向いてしまった。

「そこまで言わなくてもいいだろう」

エリオットに、頬をぺちぺちと叩《たた》かれながら低く呟かれても、まったく怖くない。むしろかわいいのだから困ってしまう。本当にかわいい、仕方のない人なのだから。

「あなたは極端すぎるのです。ごめんなさいね、エージャ。困らせてしまって」

「それは、大丈夫。父さん達が俺のこと思って、その、誕生日を祝おうとしてくれてるのはすごく嬉しいから。流石に島とかは困るけど」

そう言って、エストレージャは照れ臭そうに笑った。うんうん、ごもっとも。流石に島は困るだろう。でも、島ではなくても、他に欲しいものはあるのではないか。エストレージャだっていわゆる『お年頃』なのだから、いくらだって欲しいものがあるはずだ。望んでくれるものがあるのならば、なんだって頑張ってしまうぞ、と思う私も、結局男のことを言えた義理ではないのかもしれない。

今か今かとエストレージャの言葉の続きを待つ私と、そっぽを向きつつもしっかりこちらの会話に耳を傾けている男を前に、私達の長男は、また困ったような、そしてそれでいて面映《おもは》ゆげな、とても複雑な笑顔を浮かべた。見ているだけで心があたたかくなるようなその笑顔に思わずぱちりと瞳を瞬かせると、エストレージャは「えっと」と続ける。

「さっきの母さんの台詞じゃないけど、俺が一番欲しいものは、もういっぱい、これ以上ないくらいに貰ってるんだ」

だからこそ何も思い浮かばないのだと、困り果てた様子で眉尻を下げるエストレージャに、だからこそ私や男は、この子になんでもあげたくなるのだなぁと再認識してしまう。横目で隣を窺《うかが》うと、男もまた私を見つめていた。ばちりと視線を噛《か》み合わせ、示し合わせたように笑い合う。子供達が三人とも不思議そうにしているけれど、うん。この気持ちは、私達、親となった者の特権なのだろう。

それにしても、特に希望はない、か。ああそうだ、それならば。ふと思いついた名案に、私は「なら」と口を開いた。

「それなら、マフラーなんてどうかしら？　今使っているものは、もう随分くたびれ……」

「それは駄目だ」

最後まで言い切る前に、本人に却下されてしまった。ぱちぱちと瞳を瞬かせる私に、申し訳なさそうにしながらも、決して曲げることのない強い意志を宿した瞳を向けて、長男坊は言い切る。

「ごめん、いくら母さんの提案でも、それは駄目なんだ。俺はあれがいいんだから」

エストレージャが言う『あれ』とは、以前……それこそ、この子が『ノクト』という名前だった頃に、私がプレゼントしたマフラーである。

毛足の長いラベンダー色の毛糸で私が編んだ手作りのマフラーを、エストレージャはそれはそれは大事に愛用してくれている。プレゼントしてから今年で三度目の冬だ。毎日のように使ってくれているおかげで、あのマフラーは随分くたびれてしまっている。だからこそ、私のような素人《しろうと》が作ったものではなく、もっとしっかりとしたものを、と思ったのだけれど、エストレージャはそれでもあのラベンダー色のマフラーがいいらしい。

もちろん、嬉しくないと言えば嘘《うそ》になる。けれど、神族の末裔として、女神の愛し子たる我が国の生ける宝石と謳《うた》われるクレメンティーネ姫様の守護役として、あのマフラーはいささかどころではなく情けないものに成り果てつつある気がするのだ。

私が編んだものがいいと言ってくれるのならば、いくらだって新しいものを編むというのに。けれどそうして新しいものを押し付けたとしても、なんだかんだと理由を付けてはエストレージャはあのラベンダー色のマフラーを使うのだろう。その姿が容易に想像できてしまって、私は実に複雑である。

「まあその件に関しては、フィリミナが諦《あきら》めるべきだろうな。俺だってフィリミナから贈られたものは手放したくない」

「ですが……」

「父さんもこう言ってるんだから、もし誕生日に何かくれるなら、絶対に別のものにしてほしい」

肩を竦《すく》めながら言う男に反論しようにも、それよりも先に本人に釘《くぎ》を刺されてしまっては、私はもう何も言えない。がっくりと肩を落とすと、エルフェシアとエリオットが、「おかあしゃま、がっかり？」「だいじょうぶ？」と問いかけてくる。言葉の覚えが早い双子のあどけない労《いた》わりが身に染みる。

ああ、そういえば。

「エディ、エージャのことばかりではありませんよ。あなただってエージャの誕生日が来たらもうすぐ誕生日ではありませんか。今年こそ何がよろしいか、ちゃんとわたくしに教えてくださいまし」

そう、エストレージャと同じく、この男もまた冬生まれなのである。知り合って以来毎年――それこそ、この男が魔法学院にて寮生活を送っている頃ですら、私はこの男に欠かさずプレゼントを贈ってきた。当初は何を贈ろうかと心を躍らせたものであるが、この歳《とし》になると、いい加減プレゼントのネタも切れてくる。よって、ここ数年は、事前に何がほしいかと問いかけてきたのであるが、しかし。

「なんでもいい」

……これなのである。

『なんでもいい』。これがここ数年、この男に聞かされ続けてきた答えなのだ。それが一番困るのに、と思っても、男の答えは変わらない。だからこそ毎年、ああでもない、こうでもない、あれならどうだ、これならどうだと、試行錯誤してプレゼントを用意する羽目になっている。

その時間は確かに楽しいし、なんだかんだでどのプレゼントも愛用してくれていることを知っているのだけれど、それはそれ、これはこれ。他ならぬこの男が、一番欲しいと思ってくれるものをあげたいと思うのは、当然の心理ではないか。

私が情けない表情を浮かべているのを見て、男はくつくつと笑い、そしてするりと私の頬を撫《な》でた。

「俺も一番欲しいものはとうに手に入れている。すべて、とは言い難いがな。その『すべて』は手に入れば重畳だが、今のままでも悪くない。ならば今の俺にとって一番得たいと思うものは、お前が俺のことを考えてくれる、その時間だ」

「……無欲なのか贅沢《ぜいたく》なのか、あなたったらどちらなのかしら。本当に困った人ですこと」

「お前に言われたくないな。それより、絵本はもういいのか？」

楽しげに唇をつり上げて笑いながら、男は片手を挙げて、床に敷かれたカーペットの上に広げられたままの状態になっていた絵本を見えない力で引き寄せた。きゃー！　とエリオットとエルフェシアが同時に歓声を上げる。

ああそういえば、読み聞かせの途中だったのだった。私に似たのか、それとも男に似たのか、はたまた両方の血のせいか、エリオットもエルフェシアも、絵本を読むのが大好きだ。男に手渡された絵本を私が膝の上で改めて開くと、二人とも身を乗り出して絵本を覗き込む。それにつられたのか、男もまた絵本を覗き込み、そして「ああ」と納得したように頷《うなず》いた。

「――《プリマ・マテリアの祝宴》についての絵本か。開催まであとひと月だな」

「はい。エージャ、よかったらあなたもこちらにいらっしゃい。今更わたくしが教えることでもないとは思うけれど、せっかくだもの。一緒に復習しましょう？」

「あ、ああ」

私が手招くと、エストレージャはソファーから立ち上がり、私と男が座るソファーの反対側へと回り込んで、その腕を背もたれにかけて、後ろから絵本を覗き込んできた。

それをいいことに、さて、と私は一つ息を吐く。ええと、どこまで読んだのだったか。確か数々の精霊がこちら側の世界にやってきて……そうだ、この辺だ。

「……そのほかにもたくさんの精霊達が、こちら側の世界にやってきて、楽しく思い思いの時間を過ごすのです。その七日間を、わたし達は《プリマ・マテリアの祝宴》と呼びます。精霊と人間が入り乱れる七日間、わたし達は人間であることを隠さなくてはなりません」

「せいれいしゃん！」

「せいれいしゃん、くるの？」

「ええ、そうよ。エリーやエルの元にも、きっと皆様は遊びに来てくださるわ」

訳知り顔で私が頷くと、嬉しそうにエリオットとエルフェシアは笑った。その愛らしい笑顔に胸をときめかせつつ、私は改めて絵本を見下ろす。

——プリマ・マテリアの祝宴。

我がヴァルゲントゥム聖王国において五年に一度、一週間もの間、昼夜を問わず催される祭事だ。

五年に一度訪れるその一週間、私達のような人間が住まう『人間界』と呼ばれる世界と、普段は不可視の隣人として存在し、基本的に魔法使いくらいしか直接関わり合うことのない精霊が住まう『精霊界』のあわいが曖昧《あいまい》になる。二つの世界は混じり合い、精霊は活性化し、時に可視の姿を伴って、私達人間に干渉してくるのだという。それが《プリマ・マテリアの祝宴》である。

その間、私達人間は、精霊にさらわれたり惑わされたりしないように、ヒトならざるモノの仮装をする。子供達は魔導書に記された精霊の姿を真似たり、獣や鳥の姿を真似たり、絵物語の登場人物や、時には魔物の姿に仮装する。大人達もまた、仮面をつけて仮装したり、普段よりも盛大に着飾ったりして、七日間、昼夜を問わず続く舞踏会に参加するのである。

今年はその五年に一度の年なのだ。我が国の人々が浮足立っているのは、そのプリマ・マテリアの祝宴——通称《祝宴》のためだ。どんな仮装にしようかと、誰もが今を忙《いそが》しく過ごしている。

かく言う私も、実はも何もなく、来たるべき日のために心と身体を忙しくしている人間の一人だ。

「俺は今までの《祝宴》は、森とか山に籠ってやり過ごしてきただけだから、初めてみたいなものだけど……母さんはなんだかすごく楽しそうだな」

絵本を覗き込みながらエストレージャが、さらりと告げた悲しい過去に、ざっくりと胸がえぐられる。けれど、本人が平然としているのに、ここで私が落ち込んだ顔をしてはいけないだろう。だからこそあえてにっこりと笑みを浮かべて、力強く頷いてみせる。

「ええ。だって今年の《祝宴》は、わたくしにとって初めて尽《ず》くめの催しなんですもの」

「初めて？」

「あなたも知っての通り、わたくしは先達《せんだつ》ての大祭まで、精霊の皆様に嫌われていたから、皆様と接触するかもしれない今までの《祝宴》の間はアディナ家の屋敷に閉じこもり切りだったの。だから物心ついてから参加する《祝宴》は初めて……もう、エディ。そんなお顔をなさらないでくださいな」

無言で俯《うつむ》いて唇を噛み締めてしまう男の頬をつつく。もう終わったことなのに、それでもこの男は悔やんでくれるのだ。それをほんの少しだけ嬉しいと思ってしまう私はきっととても性格が悪くて意地悪なのだろう。もちろん、もうそんな顔をさせたくないという気持ちの方が、ずっと大きいけれど。

本当に、気にすることなんてないのに。確かに今まで経験した《祝宴》は、仮装して外に飛び出していく弟を羨ましくも思ったけれど、ただそれだけが思い出である訳ではない。父も母も乳母も、一週間もの間屋敷に引きこもることになる私が退屈しないよう、たくさんの本やおやつを用意してくれた。弟も、《祝宴》に参加するばかりではなく、私と一緒に何度も遊んでくれたのだ。それだけでも、私にとって《祝宴》とは、十分すぎるほど楽しいイベントであったのだ。

だから、この男が、私が《祝宴》に参加できなかったことを悔やむことはないと言えるだろう。

だがしかし、私につんつんと頬をつつかれ、それを膝の上から見上げていたエリオットにまでえいえいと更につつかれても、それでもなお男は沈んだ様子だった。

エルフェシアが不思議そうに首を傾げ、エストレージャが心配そうに男を見つめる。まったく、子供達にこんな風に気遣われるなんて、情けないぞ我が夫よ。

「エディ」

「解っている」

「でしたら、ちゃんとわたくしの顔を見てくださいな」

私に促《うなが》され、のろのろと大層重たい様子で持ち上げられた美貌が、これまたのろのろと緩慢にこちらへと向けられる。その瞬間、私は身を乗り出して、高い鼻先に口付けた。驚きに瞠《みは》られる朝焼け色の瞳に、私はくすくすと笑った。

「わたくしは、こうしてあなたと初めての《祝宴》を迎えられることがとても嬉しいのです。しかも、今回は、エージャも、エリーも、エルもいるのですよ？　ああ、初めての《祝宴》がこんなにも豪華だなんて、わたくしはなんて果報者なのでしょう！　女神様、心より御礼申し上げます！」

仰々しく祈りのポーズを取り、いと高きところに坐《ましま》す女神様に感謝を捧《ささ》げると、横でぷっと吹き出す声が聞こえてきた。そちらを見遣《や》ると、男が肩を震わせて笑っている。

「女神像で扉を破壊したことがある奴の台詞とは思えないな」

「あら、あれも愛ゆえの行動ですもの。女神様とて許してくださるはずですわ」

「女神像で扉を破壊……？」

「エージャ、それは気にしなくていいのよ。それよりも、もっと重要なことがわたくし達にはあるということを忘れていないかしら？」

男とエージャが首を傾げ、それにつられて双子もまた首を傾げる。ああ、かわいい。誰かカメラを持ってきて。永久保存版として後世に残せないことを悔やみつつ、私はぴっと人差し指を立てた。

「もちろん、エージャ達の衣装の準備よ。少し出遅れてしまったけれど、気合を入れて作ってもらわなくてはね」

そう、《祝宴》において欠かせない衣装の準備に、早く取りかからなくてはならないのである。《祝宴》の衣装は、未成年の子供達のものは、基本的に両親を筆頭にした周囲の大人達が用意するのが慣例だ。となればエリオットとエルフェシアの分の衣装はもちろん私と男の担当である。十六で成人とされる我が国では、エストレージャはもう成人済みの扱いであるけれど、彼が初めてであるという《祝宴》の衣装だけは、私達に準備させてほしかった。

「エージャ、わたくし達が準備しても構わないかしら？」

「……いいのか？」

「当たり前じゃない。むしろお願いさせてほしいくらいよ。どうかわたくし達に、あなたを着飾らせてちょうだいな」

今更遠慮なんてするものじゃないという気持ちを込めて笑いかけると、エストレージャは頬を赤くしてこっくりと頷いてくれる。私は更に笑みを深めて、いざ来たる《祝宴》へと思いを馳《は》せた。

「ふふ、どんな仮装にしましょうか。まずは生地から選ぶのもいいわね。色無地ばかりではなくて、柄物も捨て難いわ。《祝宴》は禁色が許される日なのだから。せっかくだから色んな色を……そうだわ、肝心の仮面も早く誂《あつら》えなくちゃいけないわね。エージャはやっぱり狼さんの仮面？　でもそのますぎて芸がないと言われてしまうかも……とは言え王道も大切だし……ああ、迷ってしまうわ。エリーとエルはやっぱりお揃いにして……望月の王子様と朔夜星《さくやぼし》のお姫様？　それともエージャとお揃いの善き冬の狼様の眷属《けんぞく》さん？　ふふ、わたくしとエディの子供達は三人ともかわいらしいから、何でも似合ってしまうんだもの。なんて贅沢な悩みなのかしら」

いくらでもアイディアが湧いてくる。母として子供達の衣装を選ぶことができるなんて、なんて倖《しあわ》せなことなのだろう。贅沢な悩み。正《まさ》にそれだ。我ながらいいことを言った。ふふ、ふふふふ。

「夢が膨らむわ……！」

「か、母さん、その辺で……」

「駄目よ、エージャ。今回の《祝宴》は、わたくしは妥協しないと決めているの！」

グッと拳を握って断言する。親の身勝手と言われるかもしれないけれど、私にとっても、そして子供達にとっても『初めて』になる此度《こたび》の《祝宴》を、最高のものにしたい。そのためならば、どんな苦労だって厭《いと》わない所存である。

実は既にいくつかの仕立て屋に目星を付けているのだけれど、やはりここは昔から懇意にしているあのマダムのお店に……と、そこまで考えた、その時だった。黙って私のことを見ていた男が、「そういえば」と口火を切ったのである。

「そう言うお前は、自分の衣装は決めているのか？」

不意打ちのような台詞に、脳内でぐるぐると回っていた様々なアイディアがいったんリセットされる。自分の衣装、と言われて、ああそうだった、と遅れて思い出した。

「わたくしの分は、アディナ家のお母様とシュゼットが用意してくださるのですって。これまで用意できなかった分、今回だけは、と仰《おつしや》ってくださいましたの」

「ほう？　それは楽しみだな」

「はい、本当に」

私がこれだけエストレージャ達の衣装についてあれやこれやと楽しんでいるのだから、これまで娘である私の衣装を考えることすら許されなかった母や乳母は、さぞかし気を揉《も》んでいたことだろう。親不孝な娘でつくづく申し訳なくて仕方がない。

だからこそ、私が此度の《祝宴》に参加できることを知った母は大層喜び、涙ぐみながら「今年はわたくし達に用意させてちょうだい」と言ってくれたに違いない。母と乳母がどんな衣装を私に用意してくれるのか、正直なところとても楽しみなのである。

「エディ、そう仰るあなたこそ、準備はできていらっしゃるの？」

「まあな」

「まあ。一体どんな……」

「秘密だ。《祝宴》とはそういうものだろう」

「それは、そうですけれど」

でも、少しくらいいいではないかと思ってしまうのも人の性《さが》だろう。

《祝宴》において何故仮装するのか。その理由は先にも述べた通り、『精霊にさらわれたり惑わされたりしないようにするため』である。ゆえに、夫婦間ですら、互いの仮装が何たるかを知らずに《祝宴》当日を迎えるのだ。

『個』としての自分の存在を曖昧にすることで、精霊に自分が人間であるとばれないようにするための配慮の一つであるのだとかなんとか。その辺りについては、生憎私は専門職ではないのでよく解らない。他の一般市民もまた同様だろう。ただ、誰もが皆〝そういうものである〟という暗黙の了解のもとに仮装するのである。

でも気になるものは気になるし……と難しい顔をしていた私の髪を、エルフェシアがくいくいと引っ張る。我が家の天使達は私の髪をいじくるのがお気に入りであるらしい。はいはい、とやわらかくあたたかく、そして小さな身体を抱き上げて、絵本を立ててその間の膝の上に乗せる。「はやくつづき！」と催促してくるお姫様と、隣の男の膝の上で同じく「はやくはやく！」と身体を揺らす王子様に笑みをこぼして、いざ絵本のページをめくる。

「ええと……人々は精霊達と歌い踊ります。自分ではないナニカになった人々は、お互いにお互いが誰なのか解りません。もしかしたら、自分自身すらも。けれど、たった一人だけ、自分のことを解ってくれる人がいるのです。自分ですら見失ってしまう『自分』のことを見つけてくれる、その相手こそが、運命の……」

「あっ！」

「どうした？」

後ろから絵本を覗き込んでいたエストレージャが突然上げた声に、私と男と双子は揃って背後を振り向いた。四人分の視線を一斉に集めたエストレージャは少々たじろいだようだったけれど、男の静かな問いかけに、「えっと」と続ける。

「その話、ちょうど今日、姫様から伺ったんだ。《祝宴》の仮面舞踏会の中で、仮面をつけたパートナーを見つけられたら、それは精霊すらも認めた運命の恋人なんだって。姫様は……まあ鼻で笑っていらしたんだけど……」

エストレージャの苦笑に、脳裏に「運命とは精霊に定められるものではなく、あたくし自らが切り開いて手に入れるものよ？」と艶然《えんぜん》と微笑む姫様の姿が浮かんだ。ああ、姫様。ご立派です。

それはさておき、わざわざこのタイミングで運命の恋人なんて話を、エストレージャが持ち出すということは、もしかして。

「あら、エージャは、自分で見つけたいお嬢さんがいるのかしら？」

だとしたらそれはとてもおめでたいことだ。『前』の世界であったらお赤飯を炊いているところである。この子の心を掴《つか》んだのはどんな素敵なお嬢さんなのだろう。そう期待を込めてエストレージャを見上げると、彼は顔を真っ赤にしてかぶりを振った。

「そ、そうじゃない！　俺じゃなくて、父さんと母さんはどうなのかなって……っ！」

「まあ、わたくし達？」

「俺達か」

エストレージャの言葉に、私は男と顔を見合わせた。そうは言われても、なんとも答えようがない。

「さっきも言ったけれど、わたくしは、物心ついてから《祝宴》に参加するのは初めてだし……そもそもエディは魔法学院に通っていらして、そういう噂《うわさ》とはお互いに無縁だったのではないかしら。ねぇエディ、そうでしょう？」

「まあ、そうだな」

「そ、そっか」

思いの外残念な返答になってしまった。何故か申し訳なさそうにするエストレージャに私までなんだか申し訳なくなる。

そうか、運命の恋人か。既に夫になってくれている相手にこんなことを言うのはお門違いかもしれないけれど、それでも、私は。

「わたくしは、見つけてもらえたら、とても嬉しいわ。ねぇエディ。わたくしのことを――見つけてくださいますか？」

どうか見つけてくださいましと、そう暗に込めた台詞に気付いてくれたのだろうか。男の手が伸びて、私の髪を一房持ち上げ、その毛先に唇を寄せ、そして。

「お前が望んでくれるなら――と、言いたいところだが。望まれなくても俺は、お前がどこへ行っても、どんな姿になっても、必ずお前を見つけ出してみせるさ」

その艶《あで》やかな笑みに、目を奪われる。見慣れているはずなのに、見慣れたつもりだったのに、それでも性懲《しょうこ》りもなくこの胸は大きく高鳴るのだ。ああ、頬が熱い。熱くて熱くてたまらない。

視界の端で、エストレージャが苦笑しながら「ごちそうさま」と呟いている。私の真っ赤な顔を見上げて、エルフェシアとエリオットが「まっかー!」「おかあしゃま、まっか!」と囃《はや》し立ててくれる。ああもう悔しい、誰も彼もかわいいったらない!

男のしたり顔ばかりが小憎たらしく、それ以上に気恥ずかしくてならなくて、私は唇を尖《とが》らせた。

「そんなことを仰って、見つけてくださらなかったら、わたくし、拗《す》ねてしまいますからね」

「それは困るな」

何が困るだ。そんな嬉しそうな顔で言われたって、まったく説得力がない。男の自信たっぷりな顔を睨《にら》み付けつつ、改めて《プリマ・マテリアの祝宴》までの日数を指折り数える。開催まであと約一か月だ。初めての催しがどんなものになるのか、胸が期待に打ち震えるのを感じる。

——ああ、なんて楽しみなのかしら。

そう内心で呟いてから、いい加減怒っているふりを続けるのが馬鹿らしくなった私は、自然と笑みを浮かべたのだった。

2

　木々の葉を緑から赤や黄色に塗り替える秋風に、真白い雪を招く冷たさが混じり始めた今日この頃。いよいよ、一週間続く祭事たる《プリマ・マテリアの祝宴》、その初日がやってきた。

　あれやこれやと子供達の衣装合わせに忙《せわ》しくしていたこの一か月は本当に忙しく、そして楽しく、あっという間の日々だった。ばっちり用意した衣装は、まだ子供達にはお披露目しておらず、私と夫である男の寝室に隠されている。

　三着とも、我ながらよくぞここまで、と感嘆の吐息をこぼさずにはいられない出来栄えであり、その審美眼には定評のある男にも「上出来だ」と太鼓判を押されている。

　子供達に見せたらどんな顔をしてくれるのか、ここ数日はそればかりを考えていて、男には「お前の方が子供のようだな」と額を小突かれてしまった。否定はできない。だが寝る前に満足げに子供達の衣装を何度も眺めていた男もまた他人のことを言えた義理はないと思うのは私だけだろうか。

　……まあいい。とにもかくにも、本日は《祝宴》の初日。既《すで》に町は仮装で着飾った人々であふれていることだろう。王都の外れにあるこのランセント家別邸にも、その賑《にぎ》やかさが伝わってくるようで、ついついい胸が躍ってしまう。

　とはいえ、いつも通りのルーティンを忘れてはいけないというのも事実である。《プリマ・マテリアの祝宴》が催されるこの一週間は、我が夫殿は、王宮筆頭魔法使いとして忙しく過ごすことになるのだという。そのせいか、男は、いつもよりも随分と早い時間に、王宮へ登城する運びとなった。

「いってらっしゃいまし、エディ」

「ああ。行ってくる。子供達は？」

「昨夜、エリーもエルも、今日を楽しみにしすぎてなかなか寝付けなかったのです。そのせいでまだまだぐっすりですの。わたくしの代わりに、エージャが二人を見てくれておりますわ」

「そうか」

そう、昨夜帰宅が遅かったこの男は知らないだろうが、昨夜の双子の興奮ぶりはすごかったのだ。まだ一歳半で、《祝宴》が何たるかなんて理解していないだろうに、本能的に「あしたはなんかたのしいことがある！」ということを理解していたらしい。「ねない！　ねないの！」「いやー！　おきてる！」とそれぞれ懸命に訴えかけてきては、寝かしつけようとする私やエストレージャの手を掻《か》い潜《くぐ》り、ベッドの上でころころと転がる様子は、それはもうかわいくて大変だった。そして最終的に疲れ果てて、二人揃《そろ》ってベッドの上で丸くなって眠ってしまったのだが、それもまたとってもかわいかった。

私とエストレージャはへとへとになっていたけれども仕方がない。かわいいから仕方がないのだ。

今なおベッドの上で、エストレージャに見守られながら眠る双子のそんな事情を理解したらしい男の答えは短いものではあったが、そこはかとなく残念がっていることが知れる声音だった。子供達に「いってらっしゃい、おとうしゃま」と小さな手を振られることを楽しみにしている節があるから、まあその反応は当然のものだろう。

がっかりしているというよりは、しょんぼりしている様子の男に苦笑して、私はちょいと爪先立ちになって男の額に口付ける。驚いたように朝焼け色の瞳を瞬かせる男の顔を見上げて、私は笑った。

「そんなに残念がらないでくださいな。今日のお仕事を終えられたら、そのまま《杮宴》に参加なさるのでしょう？　その時に子供達の仮装を存分に見て、たっぷり褒めてあげてくださいまし」

「……ああ、そうする」

一番に子供達の仮装姿を見られないことを心底残念がっているらしい男の姿に、何やら感慨深くなる。何と言うか、人間とは変わるものなのだな、と。これが結婚前、つまりは婚約中のこの男であれば、「何を着ても変わらないだろう」とでも言って魔導書を読み始めるに決まっている。

そう思うと、子供とは本当に偉大なものであると感じ入るばかりだし、アディナ家の面々やランセントのお義父《とう》様、この男の友人という立場にある大切な人々に改めて感謝せずにはいられない。

この男が変わったのは、周りの優しくあたたかな人々がいてくれたからこそだ。きっと私ができたことなんて数えるほどにもない。それでも、この男の変化を隣で見ていられたことを嬉《うれ》しく思う。

とは言え、まさかここまで子煩悩な親馬鹿になるとは流石《さすが》に思っていなかったな。そう内心で呟《つぶや》いていると、ふいに頬に柔らかくあたたかなものが触れた。口付けられたのだ、と気付いて、頬を押さえて男を見上げると、男はにやりと悪戯《いたずら》げに唇の端をつり上げていた。

「もちろん、お前の仮装も楽しみにしているぞ」

「……ありがとうございます。そう言っていただけて誠に光栄ですが、少し荷が重いご期待ですわ」

私の衣装は、つい先日、アディナ家の実母と乳母の手配により、我がランセント家別邸へと届けられた。「当日まで開けちゃだめよ」という母の言伝《ことづて》のため、私は未《いま》だに自分の衣装がどんなものなのかを知らないままでいる。

二人のセンスを疑う訳では決してないけれど、生来容姿の整っている子供達の衣装がとんでもなく『上出来』であることを鑑《かんが》みると、あの子達の隣に並んで見劣りしないでいられる自信などない。目の肥えたこの男が相手ならばなおさらだ。

私の小さな不安に気付いたのか、男は「何を今更」と呟きながら、器用に片眉をつり上げた。

「義母上《ははうえ》とシュゼットの見立てならば心配は無用だろう。むしろ別の意味で俺は心配なんだがな」

「と、仰《おっしゃ》いますと？」

「お前の仮装姿があまりにも魅力的で、余計な虫をひっかけてこないか心配だと言っているんだ」

あまりにも真面目くさって言われたものだから、一瞬何を言われたのか理解できなかった。そうして遅れて追い付いてきた理解に、私は思わず吹き出す。まったく、何を言うかと思えばそんなことか。仮装している私にわざわざ声をかけてくる物好きがいるとは到底思えないし、それよりも何よりも。

「その前に、あなたがわたくしを見つけてくださるのでしょう？」

「当然だ」

即答だった。ああもう、敵《かな》わない。くすくすとそのまま笑う私のこめかみにまた唇を寄せた男は、それからようやく玄関の扉に手をかけた。

「じゃあ行ってくる。子供達を頼む。それからお前自身も、くれぐれも油断するなよ」

まるで戦場に旅立つかのような言いぶりである。粛々《しゅくしゅく》と「かしこまりました。行ってらっしゃいませ」と手を振ると、最後まで名残惜《なごりお》しげにしながらも男は玄関から出て行った。

王宮へと向かう馬車の車輪の音が遠退《とおの》いていくのを聞いてから、私はほう、と息を吐いた。そして顔を覆い、ずるずるとその場にしゃがみ込む。

「心臓がいくつあっても足りないわ……！」

ぶわわっと今更ながらに一気に顔が赤くなる。男の前では意地と根性で平静を装っていたけれど、やはりあの男の笑顔はナイフのように胸に突き刺さるし、スキンシップは金づちのようにこれまた胸をぶんなぐってくれる。

こう言うと、笑顔やスキンシップが嫌だと言っているようであるが、断じて、決して、そういう訳ではない。

むしろ嬉しくて、嬉しすぎて、だからこそ余計に困ってしまうのである。子供が二人もいて私は何を言っているのか。年を重ねたらもう少し落ち着けるのかもしれないが、生憎《あいにく》今のところその気配は一切感じず、白旗を上げ続ける羽目になりそうだ。ぐぬう、悔しい。大丈夫な時ももちろんあるけれど、ふとした瞬間に、こう、ぶわっと来るのだ。その感覚がどうにもこそばゆくて、でも嬉しくて、倖《しあわ》せで、胸がいっぱいになってしまう。

今が正《まさ》にそんな感じである。ああああ、と、気恥ずかしさにうずくまったまま身悶《みもだ》えている私の耳元で、またあの台詞《せりふ》が蘇《よみがえ》る。

——お前がどこへ行っても、どんな姿になっても、必ずお前を見つけ出してみせるさ。

まったく恥ずかしい。恥ずかしいったらない。酔っている訳でもなく素面《しらふ》で言うのだからタチが悪い。どんな姿になっても、なんて。そんなのまだ、私にも解っていないのに、それなのにあの男ときたら『必ず』なんて言ってくれるのだ。そんなの、期待せずにいられる方がおかしいではないか。

「……そういえば」

そう言うあの男自身は、一体どんな仮装をするつもりなのだろう。その衣装の詳細について、一切聞かされていない私としては、楽しみなような、むしろ恐ろしいような——と、悶々《もんもん》としていた、その時だった。訝《いぶか》しげな声が私の耳朶《じだ》を打ったのである。

「母さん？　そんなところで何をして……？」

「おかあしゃま？」

「おかあしゃま！」

左右の腕に軽々とそれぞれエリオットとエルフェシアを抱いたエストレージャが、奇妙なものを見る目で私のことを見つめていた。双子が目を覚ましたから、わざわざ連れてきてくれたのだろう。あまりにもよくできた長男の姿に感動しつつ、私は火照る顔を手で扇《あお》ぎながら、ささっと立ち上がった。

「大丈夫、なんでもないわ。それよりも、エリーとエルを連れてきてくれてありがとう。エージャ、あなたもお腹《なか》が空《す》いたでしょう？　朝食にしましょうね」

朝食という言葉に歓声を上げる腕の中の弟妹に相好《そうごう》を崩すエストレージャから、ひとまずこちらへと手を伸ばしてきたエルフェシアを受け取って、私達はダイニングルームへと向かった。

男の分と一緒に用意しておいた私とエストレージャの分の食事と、エリオットとエルフェシアのための離乳食を前にして、天に坐《ましま》す女神へ祈りを捧《ささ》げたら、いざ朝ごはんである。私がエルフェシアに、エストレージャがエリオットに離乳食を食べさせ、その後で自分達も軽く食事をしてから、そうしていよいよ、本日のメインイベント——というには気が早いが、少なくとも私にとっては重大なイベントの一つ、子供達の《祝宴》における衣装合わせだ。

子供達を寝室へと案内し、まずはエストレージャに、大きな深緑の衣装箱を押し付ける。

「さ、エージャ。これがあなたのお衣装よ。着替えてきてくれるかしら」

「あ、ああ」

「エリー、エル。あなた達もお着替えしましょうね」

「あい！」

「エルも！」

「ふふ、いいお返事だこと。それじゃあエージャ、着替えたらまたこちらに戻ってきてね」

思いの外大きい衣装箱に戸惑っている様子のエストレージャを寝室から追い出し、私は早速、双子の着替えに取りかかった。

エリオットはどんな服も基本的にすんなりと受け入れてくれるから難しくはないのだけれど、エルフェシアはなかなか気難しく、気に入らない服は「や！」と小さな手で押し退けてしまうのである。ランセントのお義父様は、「エルはもう立派なレディなのだね」と微笑《ほほえ》んでいらした。そのご意見には諸手《もろて》を上げて賛同する。だがしかし、いざ着替えをさせる側になると、という話である。

幸いなことに、今回の《祝宴》のために用意した衣装は、エリオットもエルフェシアもお気に召してくれたらしく、きゃっきゃっと笑いながら着替えさせてくれた。その出来栄えは、最早《もはや》言うまでもないことだろう。かわいい。すごくかわいい。

じゃれ合う双子をうっとりと見つめていると、コンコンコン、と扉がノックされる音が響いた。どうぞ、と応えると、ゆっくりと扉が開かれる。そしておずおずと入ってきた長男坊の姿に、私は「まあ！」と大きく歓声を上げてしまった。双子がびくぅっ！　と驚きに身体《からだ》を震わせるが、泣き出すことはなく、私の視線の先を追いかけて兄の姿を認めると、その表情を輝かせた。

「にいしゃま！　きれい！」

「きらきら！　かっこいい！」

「そう、かな。ちょっと派手すぎじゃないかと思ったんだけど……」

自分の姿を見下ろして、自信なさげに俯《うつむ》いてしまうエストレージャの元に、私は満面の笑みと共に駆け寄った。

「そんなことはないわ。とても、とぉっても、凛々《りり》しくて素敵よ」

エストレージャのために私と男が用意した衣装は、足首まである長いロングジャケットに、同じく丈の長いゆったりとしたシャツ、そして細身のズボンと膝下まであるロングブーツだ。

この言い方だけだと「それだけ？」と言われてしまうかもしれないけれど、どれもこれも仕立て屋のマダムと何度も顔を付き合わせて、厳選に厳選を重ねて素材や装飾を施してある逸品である。

ロングジャケットは詰襟であり、形そのものは実にシンプルである。身体のラインを拾っているのは腰だけで、そこが少しばかり詰められていることを除けば、後はすとんと落ちるような形だ。それは鮮やかな深い紫色――ディープロイヤルパープルとでも呼ぶべき色の、厚みのある絹の生地で造られている。その紫の上では、金糸と銀糸を用いたゴブラン織りによって描かれた、つる草が四方八方に伸びて絡み合う、いわゆる唐草模様が見事に生地に映える。

唐草模様は吉祥紋様だ。どこまでも伸びるつる草は強い生命力を象徴し、一族の繁栄や長寿を意味するのだという。あの男からその逸話を聞いて、ぜひともエストレージャに身にまとってほしいと思ったのだ。

ロングジャケットの下のロングシャツは、たっぷりと布が使われており、着心地も抜群なはずだと仕立て屋のマダムからお墨付きを頂いている。加えて、見たところ、ズボンもどうやらぴったりなようである。いつもよりもヒールの高いブーツに落ち着かない様子だけれど、この調子ならすぐに慣れてくれることだろう。

どこか異国情緒を感じさせる、エキゾチックな装いの息子の姿をじっくりと眺めてから、私は深く感嘆の吐息を吐いた。今回の子供達の衣装のデザインにおける功労者は、言うまでもなくあの男である。確かにこの一か月は、衣装のために忙しくしていたけれど、ここぞというデザインの決め手はいつもあの男の言葉だった。それが悔しくもあり、それだけ子供達のことを理解しているということで嬉しくもあり、実に私は複雑である。

「母さん？　その、どうしたんだ？」

「ああ、ごめんなさい。ただあまりにもあなたが立派なものだから、感動してしまって。髪はまだ下ろしたままなのね。だったら、ほら、こちらに座りなさいな」

黙りこくる私に、もしや似合わないか、とでも言いたげな様子で不安そうにその綺麗《きれい》な黄色い瞳を揺らすエストレージャを手招いて、私の鏡台の前に座らせる。

エストレージャのアッシュグレイの髪は、気付けば背の中ほどまで伸びていた。私にはよく解《わか》らないけれど、神族の末裔《まつえい》としてのエストレージャにとっては、そちらの方が都合がいいのだという。繰り返すが、よく解らない。神族だとかそういうことは関係なく、ただ息子の髪に触れさせてもらえる理由ができたことを、私としては喜ぶだけなのだ。

鏡台の前の椅子に座っているエストレージャの左右に、双子がそれぞれちょこりと立ち、鏡の中を覗《のぞ》き込む。私と、子供達の顔、計四人の顔が、鏡の中に映り込んでいた。

「それにしても随分伸びたわね。どうしましょうか。いつも通りに一つにまとめるだけにする？」

「母さんに任せる」

「あらそう？　じゃあせっかくだから、少し遊んでみましょうか」

櫛《くし》で丁寧に梳《す》いてから、両サイドの髪は一房ずつ垂らすようにして残し、左右のこめかみのあたりで細い三つ編みを編んで後ろへと持ってくる。三つ編みと一緒に残りの髪を後頭部で一つにまとめ、そこからまた一房取り出して、まとめた髪の根元にくるくると巻き付けてピンで留める。簡単だけれど、いつものただの一つ結びよりは華やかになったのではなかろうかと自画自賛してしまう。

きらきらと瞳を輝かせながら鏡越しに兄の姿を見つめる小さな弟妹に笑いかけ、私はエストレージャの肩に手を置いた。

「どうかしら？」

「えっと、母さんが器用なことは解った」

「あら、それだけ？」

「そ、そうじゃなくて、その、ありがとう」

照れたようにそう続ける息子に、私はにっこりと笑いながら「喜んでいただけたならば光栄ですわ」とわざとらしくドレスの裾を持ち上げて一礼してみせる。

照れ笑いを苦笑に変えるエストレージャにまた笑みを返し、さてお次は、と視線を下に下げるときらっきらと期待に輝く二対の朝焼け色の瞳が、じっとこちらを見上げていた。

「おかあしゃま、エルも！」

「エリーも！」

「ええ、そうね。ちょっと待ってちょうだい、準備してあるのよ」

私の言葉に嬉しそうにしながら私の後を追おうとする二人を、エストレージャがそっと抱き上げることで阻んでくれる。双子がどちらも健やかに成長し、まるで雛鳥《ひなどり》のようについてきてくれるのはかわいいし嬉しいことだ。けれど、何か物を運んだり料理したりしている時は危ないからハラハラしてしまうのも事実な訳で、そんな時エストレージャが二人の相手をしてくれるので、とても助かっている。

大好きな兄の膝の上に抱き上げられて、エリオットもエルフェシアも嬉しそうにきゃらきゃらと笑っている。その様子を優しい眼差《まなざ》しで見つめながら、エストレージャが口を開いた。

「エリーとエルの衣装も、母さんと父さんが用意したんだよな？」

問いかけというよりは確認と呼ぶ方が相応しい言いぶりに、私はにっこりと笑って胸を張った。

「ええそうよ。最高に上出来でしょう？」

「ああ。最高に上出来で、最強にかわいい」

「ふふ、そうでしょう」

「エリーは、かわいいじゃないの！　かっこいいの！」

「エルはかわいいのよ！」

「そうだな、エリーはとてもかっこよくて、エルはとてもかわいいよ」

「でしょ！」

「でしょ！」

大好きな兄に手放しに褒められ、エリオットとエルフェシアはくふくふと笑い合っている。エストレージャも含めた三人のその尊い姿に目頭が熱くなりそうだけれど、今はそんな場合ではない。エリオットとエルフェシアのために用意しておいた花飾りを、隠しておいた戸棚から取り出して、改めてエストレージャ達の元に歩み寄る。

「はい、それじゃあまずはエリーね。ほら、立ってくれるかしら？」

私に促《うなが》され、エストレージャの膝から降ろされたエリオットは、きりっと幼いなりに顔を引き締めてみせる。愛らしい表情に吹き出しそうになるのを耐えながら、エリオットが張った胸の左側に、黄色い酢漿草《かたばみ》の花飾りをつける。

エリオットの衣装は、我が国の王宮騎士団の団服をベースにした、小さな騎士のものである。ただの騎士ではない。カササギという名の鳥の騎士。それが此度《こたび》の《祝宴》におけるエリオットの役割だ。

カササギは黒い身体に、白と青から紫、そして緑がかった翼を持つ美しい鳥だ。東方では慶事を報《しら》せに来る鳥であるとされているし、私の『前』の世界においても、七夕《たなばた》と呼ばれる夜に織姫と彦星が出会えるのは、カササギの群れが天の川にかかる橋となるからだと言われている。つまりは縁結びの象徴であり、これもまた吉祥の象徴だ。

そんなカササギをイメージしたカラーリングの騎士としての正装に、腰には騎士団長殿から誕生祝いの際に贈られた、刃が潰してある小さな銀の守り刀が下げられている。その守り刀に刻まれているのは酢漿草だ。酢漿草が私とあの男にとって特別な意味を持つことを、騎士団長殿はどこからか聞き付け、わざわざエリオットに贈ってくださったのである。騎士団長殿の小粋な気配りが嬉しい酢漿草の守り刀と、胸元の黄色い酢漿草の花飾りは、暗色で統一された騎士の衣装によく映えていた。

そしてその背には、カササギそのものの色合いの、作り物の翼を背負わせている。これで完璧なカササギの騎士様だ。我が息子ながら最高にかわいい。

あまりにもかわいすぎて顔がとろけてしまいそうだと思っていたら、その原因であるカササギの騎士様は、むうっと不満そうに頬を膨らませた。あら？　と首を傾《かし》げると、ぎゅっと抱き着いてくる。

幼児特有の甘い匂いを堪能しつつ首を傾げてみせると、小さな騎士様は震える声で続けた。

「おかあしゃま、エリーは、かみは？」

「エリーはまだ髪が短いから、また次の機会にしましょうね」

「エリーも、エリーもかみ……にいしゃま、いっしょ……」

あ、まずい。これは泣く。泣き出す。私が焦《あせ》り始めるのをよそに、エリオットはふるふると小さな身体を震わせ始める。しまった、コサージュではなく髪飾りにすべきだったか。

「エ、エリー、あのね」

「エリー」

私がなんとかご機嫌を取ろうとしても、ぐすぐすと今にもしゃくりあげそうになっているエリオットを、いつの間にか立ち上がってこちらへと来ていたエストレージャが軽々と抱き上げる。涙目の弟に、こつりと自身の額を押し当てて、優しいお兄様は穏やかに言い聞かせる。

「エリオット、お前は誇り高き騎士なんだ。母さんやエルフェシアのことを守らなきゃいけない。それなのに、最初に泣いたら、母さん達のことを守れなくなってしまうぞ？」

「だって、だってにいしゃま」

「お前のその花飾りは、俺の目の色と一緒だ。それじゃあ駄目かな？」

「……にいしゃまと、いっしょ？」

「ああ、一緒だ」

「いっしょ！」

数秒前まで今にも泣き出しそうだったのが嘘《うそ》のように、エリオットの顔が笑顔になる。お見事である。母親としてものすごい敗北感だがしかし、エストレージャがいいお兄ちゃんをしてくれていることを改めて感じ、とても嬉しくもあるのだから複雑なことこの上ない。

ああままならない……と小さく溜息《ためいき》を吐く私のドレスの裾が、くいくいと引っ張られた。そちらを見下ろせば、先程のエリオット以上にムスッとした表情のエルフェシアが私を見上げている。

「エルも！　エルもはやく！」

どうやら長兄の膝から降ろされたことがご不満であるらしい。自分も早くと急《せ》かすエルフェシアの、蜂蜜色の髪を指で梳き、その上に今度は雛菊で作った花冠を乗せる。

「はい、エル。あなたは紋白蝶《もんしろちょう》のお姫様よ」

「おひめしゃま？　ひぃしゃまといっしょ？」

「ええ、そうよ」

「ひぃしゃま！　いっしょ！」

――よしよし、ご機嫌が直ってくれて結構である。エストレージャの手法は素晴らしいものだ。

エルフェシアは、たびたび私的なお茶会に招いてくださるクレメンティーネ姫様のことが大好きである。そしてとても憧れているらしい。ひぃしゃま、ひぃしゃまと姫様のことを呼び慕うその気持ちはものすごく解る。私もあの方が大好きだし憧れている。あまりにもエルフェシアが姫様に懐《なつ》いているものだから、父であるあの男は、心底複雑そうに「これも血か……」と私を半目で見つめてきたものだ。思い返すだに失礼である。

と、話がずれた。そのエルフェシアの衣装であるが、これもまた大層愛らしい出来栄えになっている。コンセプトは先程の台詞の通り、紋白蝶のお姫様。これである。

つやつやとした上等な真白い絹で作られた上半身。ぴったりと身体のラインに沿ったその上半身に対し、惜しげもなくたっぷりとチュールやシフォン、そしてレースを何枚も何枚も重ねて膨らませた足首まであるボリュームたっぷりのスカート。スカート部分もまた上半身と同じく白がベースだけれど、光の加減で様々な陰影を描き、得も言われぬ風情を醸し出すのだ。

胸元に下げられているのは、姫様が誕生日祝いに贈ってくださった、雛菊が刻まれたカメオのペンダントだ。こちらもどこから雛菊の存在を聞き付けられたのか謎なのだが、他ならぬ姫様からの贈り物なのだから、こうして今日の娘を飾り立てる一品にさせてもらっている。

エリオットの衣装と比べると飾り気がない分、めいっぱい生地を贅沢《ぜいたく》に使用させてもらった。気付けばそんじょそこらのドレスには負けない価値があるものになってしまったが、それよりも恐ろしいのはそんなドレスを一歳半にして既に着こなしている我が娘の美貌である。本気で将来が恐ろしい。

娘よ、母はどんな相手を連れてこようとも基本的にはあなたの味方だぞ。とりあえず父や兄や祖父や叔父の暴走は止めるよう頑張ってみせよう。

私が内心でそんな誓いを立てていることなど露知らず、エルフェシアは無邪気に「ひぃしゃまといっしょ！」とはしゃいでいる。その背に背負われているのは、作り物の紋白蝶の翅《はね》である。白い蝶は倖せの予兆であるとされ、天使の守護とも言われており、或《あ》るいは幸運の象徴そのものであるともされる。私達に倖せをもたらしてくれるかわいいお姫様がエルフェシアなのである。

さて、これにて子供達の衣装はほぼほぼ完成だ。私が寝室の片隅に隠しておいた包みと一緒にエルフェシアを抱き上げて、エストレージャはエリオットを抱き上げたまま、連れ立って玄関へと向かう。

「さあ騎士様、お姫様。お先に町にいってらっしゃい。エージャ、ごめんなさいね。あなた一人にエリー達を任せることになってしまって」

本来ならば私もさっさと衣装に着替えて一緒に屋敷を発《た》ちたかったのだけれど、《祝宴》においては、よっぽどの事情——それこそ、双子達くらい幼い子供を除いては、別々に自宅を出るのが慣例だ。これもまた、自分自身のルーツに繋《つな》がる『家族』や『自宅』というものを精霊に悟らせないようにして、『個』を守るためであるらしい。

ならばエストレージャこそ一人で先に送り出すべきではないかと思ったのだが、せっかく初めての《祝宴》なのだからと、私のかわいい長男坊は自ら幼い弟妹を引き受けてくれたのだ。気を遣われているのかとも思ったけれど、きっとそればかりではないことも解っている。だから私は、エストレージャの厚意に甘えることにした。

とは言え心配なものは心配な訳で、私はいかにもそういう顔をしていたらしい。特注の双子用乳母車にエリオットとエルフェシアを乗せたエストレージャは、そんな私の心配をかき消そうとするかのように力強く「構わないから」と頷《うなず》いてくれた。

「俺達は大丈夫だ。むしろ母さんこそ、一人で本当に大丈夫か？」

「もう、あなたまでエディみたいなことを言うんだから。大丈夫です。わたくしだってもう《祝宴》において仮面をつけるべき貴婦人なんですからね」

胸を張ってみせるけれど、エストレージャはじっと疑わしげな視線を向けてくる。こういう時、この子もようやく遠慮がなくなってきたなと思う。嬉しいのだけれど、喜ばしいのだけど、そこまで私は信用がないのかと思うと若干《じゃっかん》切ないものがある。

ぐさぐさと突き刺さる視線から目を逸《そ》らしつつ、私は話題を逸らすために、寝室から持ち出した包みをエストレージャの前に差し出した。

「はい、エージャ。肝心のものを忘れるところだったわ」

「これは……」

「ええ。あなたの仮面よ」

包みを開いたエストレージャの黄色い瞳が見開かれる。包みの中から現れたのは、白銀で作られた、顔の上半分を覆う仮面だった。いわゆるハーフマスクと呼ばれるものである。わざと艶を消した白銀の地に、金と銀で様々な星々の輝きが描かれた逸品だ。

息を呑《の》んでそれを見つめるエストレージャの様子に、サプライズが成功したことを確信する。よしよし、仮面職人のおじいさんも、素晴らしいお仕事をしてくださったものだ。

「ほら、つけてみたら？」

私が促すと、エストレージャは恐る恐る仮面を持ち上げて、顔の上半分を覆う。紫のエキゾチックな衣装と相まって、本当に天に住まう神族の一柱のような出で立ちだ。

ああそうだ、それから。

「狼《おおかみ》さんのお耳を出してもらえる？　……そう、これで完成なの。お気に召していただけた？」

ぴょこんとエストレージャの頭から生えた、白銀の毛並みに覆われた、狼の耳。普段は隠しているそれを表に出すことに戸惑っている様子のエストレージャに、私は笑いかける。

「此度の《祝宴》の仮装の流行《はや》りは『善《よ》き冬の狼』なんですって。だからそのお耳を出していても、誰も気にしないわ」

「そ、そうか。なら、これで行ってくる。何から何までありがとう、母さん」

「その台詞は後でエディにも言ってあげてちょうだい。ふふ、やっぱりエディの見立てに狂いはなかったわね。とっても素敵よ、わたくし達の守護狼様」

仮面をつけているにも関わらず、エストレージャの顔が赤くなっているのが解る。かわいらしい反応に思わず手を伸ばして頭を撫《な》でたくなるが、余計に恥ずかしがらせてしまいそうだったので諦《あきら》めた。

そしていざ玄関からエストレージャと双子を見送ろうとしたのだ、けれど。

「お待ちなさい、エージャ。まさか今日もそのマフラーを？」

「ああ」

玄関の横に置かれている小物棚の上に丁寧に畳まれて置かれていた、ラベンダー色のマフラーを、エストレージャは至極当たり前のことのように手に取って自らの首に巻いた。いやいやいや、ちょっと待とうか我が息子よ。思わず固まりそうになりながらも、なんとか私は言葉を続ける。

「そ、それはちょっと……」

その立派な衣装に合わせるには、あまりにもそのマフラーは貧弱すぎる気がしてならない。衣装を完成させるまでに協力してくださった職人の皆々様に申し訳ない。勘弁して、といくら視線で訴えかけても、エストレージャは口元に小さく笑みを浮かべてかぶりを振ることで答えてくれた。

「俺がいいんだからいいんだ。じゃあいってきます」

「いってきましゅ！」

「いってきましゅ！」

「ええ？　こら、お待ちなさ……って、もう。仕方のない子ね」

そして、同じくらいかわいい子なのだからもう本当に仕方がない。乳母車を押してさっさと玄関から出て行ってしまった我が子達を見送って、一つ溜息を吐く。それから、気合入れのために、パンパン、と軽く両頬を両手で叩《たた》いた。

「さて、最後はわたくしね」

子供達の準備に思いの外時間を持っていかれてしまったから、これは急がねばならない。足早に寝室まで戻り、私のクローゼットに隠しておいた、先程エストレージャに渡したものと同じ、深緑色の衣装箱を取り出す。

この母と乳母から贈られた衣装箱は、私の実家であるアディナ家が昔から懇意にしている仕立て屋のものだ。だからこそ子供達の衣装も同じ仕立て屋で仕立てていただいたのだけれど、よくよく考えてみなくても、母達もあの店で仕立てるに違いないということに早く気付くべきだった。仕立て屋のマダムには、「フィオーラ様もシュゼットさんも、大層張り切っていらっしゃいましたよ。私も存分に腕を振るわせていただきました」とこっそり囁《ささや》かれてしまった。閑話休題。

はてさて、この王都でも指折りの実力を持つマダムによって作られた、母と乳母が誂《あつら》えてくれた仮装の衣装とはどんなものなのやら。

衣装箱をベッドに移動させ、蓋を持ち上げる。そして私は、大きく息を呑むことになった。

「まあ……！」

黒。黒だ。第一印象は、『黒』。その一言に尽きる。だが『黒』と一口に言っても、ただの黒ではない。そのしっとりとした生地には光沢のある黒糸で精緻《せいち》な刺繍《ししゅう》が施されており、光の加減でオーロラのように『黒』がゆらめく。

思わず箱の中のドレスの両肩のあたりを持って、目の前まで持ち上げると、何の抵抗もなくそれはするりと下方へと滑り落ち、そのシルエットを明らかにする。そして私はまたしても息を呑む。

どちらかというとふんわりとしたボリュームのあるスカートラインが好まれる風潮に逆らうような、身体にぴったりと沿うマーメイドラインのドレスだ。そんな飾り気のないシンプルなラインに、太腿のあたりからすうっと切れ込む深いスリットが、見る者に悩ましげな印象を抱かせる。だが決して下品ではなく、むしろ上品であるがゆえのセクシーさを感じさせる逸品である。

一見して地味に見えるのでは、と思わせるデザインであるが、実際はまったくそんなことはないだろう。いくら《祝宴》では禁色が許されるとはいえ、こんな風に黒一色を選ぶ人はなかなかいないだろうし、触れればすぐにとんでもなく上等なものと知れるこの生地、そしてその上に施されたこの刺繍の繊細さ、一体どれだけの財力と労力がかけられているのか、考えるだけで恐ろしくなってきた。

何より、この深いスリット。こ、これをわたくしに着ろと仰るのですか、お母様、シュゼット。

今まで着たこともないような大胆なデザインに、ひええ、とおののく私の目に、衣装箱の中の更に小さな箱が目に映る。この上何を、とびくびくしながらその箱を開けた私は、更に顔を引きつらせることになった。

「ガ、ガーターベルトまで……？」

やはり黒のレースの縁取りに、きらめく同色のビーズが縫い付けられた、長いリボンで結ぶタイプのそれ。実用性よりも装飾性が意識されているそれは確かに美しいが、ここまで用意されてしまうと、喜びや驚きよりも戸惑いが先に立ってしまう。

それだけ気合を入れて用意してくれたということなのだろうけれど、この逸品を私が着こなせると、本気で母達は思っているのだろうか。

せっかく用意してくれたのにこんな風に文句を垂れているのを申し訳なく思いつつ、気を取り直してもう一つの衣装箱を取り出し、その中身を広げる。そして、ほう、と私は深く安堵《あんど》した。

二つ目の衣装箱の中に収められていたのは、繊細な総レースのゆったりとした透けるガウンである。ドレスの上に羽織れということらしい。フード付きのそれは、身体のラインをあらわにするドレスを前に気後れするに違いない私への母と乳母の配慮だろう。ものすごくありがたいのだが、しかし。

「それでもやりすぎではないかしら」

母と乳母、そして仕立て屋のマダムのセンスを疑う訳ではないけれど、これらを着こなせるほど私は容姿に自信がないのに……と、ドレスを前に固まっていた私は、ふいに、衣装箱の底に隠されるように入っていたメッセージカードに気付く。手に取ってみれば、そこには、見慣れた母の柔らかい筆跡で、一文だけが記されていた。

――初めての《祝宴》くらい、旦那様色に染められてさしあげなさい。

いつまで経《た》っても少女のような雰囲気をまとう母が、くすくすと悪戯げに笑う声が聞こえた気がした。思わず私も笑ってしまう。まったく、本当に母には敵わない。

旦那様、というのは、もちろんあの男のことに違いない。なるほど、旦那様色か。そう思うと、恐れ多くて仕方がなかったこのドレスも、なんだか身近に思えてくるから不思議である。我ながら現金なものだ。

よし、ここで四の五の言っていても仕方がない。他に選択肢はないのだし、何より、あの男の色、というのが嬉しいのだから、もうためらいなどしない。うむうむ、なんだかドキドキしてきたぞ。

逸《はや》る心を抑えながら、最後に残された箱に手を伸ばす。衣装箱ではなく、仮面を収めるための箱だ。蓋を開けると、ふわりと甘い香りが鼻孔をくすぐる。そうして私は、ぱちぱちと瞳を瞬かせた。

なるほど、こう来たか。箱の中の仮面も、てっきり黒で統一されているものだとばかり思っていたけれど、実際はその真逆だった。極彩色、とでも呼べばいいのだろうか。顔の上半分を隠すハーフマスクは、季節を問わない様々な花々で全面的に飾られており、とても華やかな印象である。ドレスとガウンだけならば、それこそ喪服か魔女かと言われるかもしれないけれど、この仮面をつければ、それらの印象なんてすべて払拭《ふっしょく》されてしまうだろう。

ふふ、と思わず笑みがこぼれる。少しだけ視界が歪《ゆが》んでしまい、自分が涙ぐんでいることに気付く。ああもう、歳《とし》を取ると涙もろくなっていけないな、なんて冗談交じりに思ってからそっと仮面の花を撫でて呟く。

「ありがとうございます、お母様、シュゼット」

きっと、私が思っていた以上に、母達は私について辛い思いをしてきたのではないだろうか。それなのに私の前ではそんな素振りなどちっとも見せずに、いつだってあたたかく手を差し伸べてくれていた。そんな『母親』になりたいと思う。私も、エストレージャやエリオットやエルフェシアにとって、そういう存在でありたい。あの男と、一緒に。

目が赤くならないようにそっと眦《まなじり》を拭《ぬぐ》い、さて、と気を取り直す。細身のドレスに袖を通すと、「入らなかったらどうしよう」とこっそり抱いていた不安は綺麗になくなってしまった。流石、幼い頃よりお世話になっているマダムのお仕立てである。普段から節制しているおかげで、あらわになっている身体のラインは、決して見苦しいものではない、はずだ。スリットに気恥ずかしさが残るけれど、ガーターベルトを結んだら、いい加減覚悟もできた。

後は化粧と髪型である。いくら仮面で上半分は隠れるとはいえ、ここで手を抜いた化粧なんてご法度だ。仮面が色とりどりの花々で飾られているのだから、それを邪魔しないように口紅の色は抑えめに、それでいて艶やかに。そして髪の毛は、いつものシニヨンではなく、あえて下ろしたまま、香油を揉《も》み込み艶を出して、左肩の前へとすべて流す。ワンサイド寄せという奴だ。髪飾りはいらない……と、思ったのだけれど。

いやいや待てよ、と、私は髪飾りの類をまとめて収納してある引き出しから、一本の赤いリボンを取り出して、くるりくるりと肩に流した髪に緩く巻き付けた。母達が用意してくれたものだけでもう十分すぎるほど完成されているのだから、下手に装飾を増やすのは無粋なのは解っている。華やかな仮面とのバランスを考えれば、余計な真似であるとは承知の上だ。けれど。

「……運命の、赤い糸、なんて」

年甲斐《としがい》もないことは解っている。けれどこの赤いリボンがあの男のことを呼びよせてくれたらいいのに、なんて、そんないやに乙女チックなことを考えてしまう。ああ恥ずかしい。結局期待してしまっている自分がものすごく恥ずかしい。

でも、それでも、やっぱり期待せずにはいられないのだ。

ガウンを羽織り、仮面をつける。そして姿見鏡の前で最終チェックをしたら完成だ。我ながらいつもとはまったく異なる印象の姿である。なんだか緊張してきてしまったけれど、仮面から香る花の香りが、その緊張を和《やわ》らげてくれる。

さあ、それではいざ戦場へ――ではなかった、《プリマ・マテリアの祝宴》に飛び込もうではないか。

一つ深呼吸してから玄関へと向かい、待たせておいた馬車へと乗り込む。道化師の仮装をしていた御者は、私の姿に驚いたようだったけれど、それでもプロとして私を無事に《祝宴》のメイン会場である王都の大広場へと運んでくれた。

大広場は、様々な仮装の人々でごった返していた。天に輝く星を思わせる揃いの衣装を身にまとった楽団が、大広場の中心で、月を思わせる衣装の指揮者のもとで音楽を奏でている。その周囲で、人々は楽しげにステップを踏む。

たっぷりとスカートが膨らんだ豪奢《ごうしゃ》なドレスを身にまとい、これでもかと髪にボリュームを出し、大きく真っ赤なハート形の仮面をつけた女王様や、ふわふわのウサギの耳を付けた、これまたふわふわの生地の衣装を身にまとった少女。蒼穹《そうきゅう》砂漠で見かけたようなエキゾチックな衣装を身にまとい、青い炎の形の仮面をつけた青年や、真っ白な髭《ひげ》をたっぷりとたくわえ、ゆったりとしたローブを羽織り、手には色とりどりの貴石で飾られた杖《つえ》を持つドワーフの仮装をしているご老人。

その他にもちらほら見かけるのが、銀色の三角の耳と、同じく銀色の尻尾を付けた仮装をしている人々だ。老若男女を問わない彼らはきっと口を揃えて「『善き冬の狼』様の仮装です！」と言うに違いない。息子が大人気で母は嬉しい限りです。

華やかな衣装の人々の中で、黒を基調とした細身のドレス姿の私は、なんだか目立っているらしかった。ちらちらと視線を感じて、居心地の悪さを覚える。けれど、誰もがいつまでも私を気にかけている訳がない。今日から一週間続く《祝宴》を謳歌《おうか》しようと、すぐに目の前のダンスに身を投じる。立ち止まっていると邪魔になってしまうため、私はそっと大広場の片隅の、ほとんど忘れ去られてしまっているかのような位置にあるベンチへと腰を下ろした。

うーむ、どうしよう。いざここまでやってきたものの、その後どうやって過ごすかは考えていなかった。子供達はもうここに来ているはずだ。合流したいのだけれど、この人混みではそれも難しい。そして、合流したいのは、子供達ばかりではなく。

「本当に、見つけてくださるのかしら？」

あの男は、王宮筆頭魔法使いとしての仕事として、見回りついでに《祝宴》に参加する手筈《てはず》になっているのだと聞いている。見つけてみせると言ってくれたけれど、期待してもいいのだろうか。

……いや、期待している。してしまっているからこそこの髪の赤いリボンなのだけれど。

運命の恋人なんてものを今更信じようとは思わない。既に結婚して子供もいるから、という理由ばかりではなく、たとえ運命ではなくても私はあの男のことを選んでいたし、あの男に選ばれていたに違いないという自信があるのだから。

だが、しかし。そうは言っても期待したくなるのが乙女心という奴である。

このままここで待っていてもいいだろうか。いや、待っているだけでは駄目だ。むしろ私が先にあの男を見つけてみせようではないか。あの男がどんな仮装をしているかなんて解らないけれど、私だって必ず見つけてみせる。見つけたいと、そう思うから。

そうと決まればこんなところでくすぶってなんていられない。いざ、と立ち上がり、ごった返す人々の中に飛び込もうとした、その時だった。

「お一人かしら、レディ？」

目の前に、ほっそりとした、磁器のように白くすべらかな手が差し出される。ぱちりと瞳を瞬かせてその手の持ち主へと視線を向けた私は、「まあ！」と思わず声を上げた。

金糸で刺繍が施された、真紅のジャケットとチョッキ。ぴったりと身体のラインに沿うボディスーツのようなズボン。ひらひらとした装飾がかわいらしい白シャツと、そのかわいらしさを引き締めるかのような凛々しい黒のネクタイ。頭の上にはモンテラと呼ばれる黒い帽子。その帽子から覗く、綺麗に編み込まれてまとめ上げられた髪の色は、目が覚めるような凛《りん》とした白銀。

顔は輝かしい金剛石と優しい艶めきの白真珠で飾られた、猫のハーフマスクで覆われているけれど、目の前のこの闘牛士姿の麗人が誰なのか解らないほど、私は耄碌《もうろく》したつもりはない。

「まあ、姫様……。なんて麗しいお姿でいらっしゃることでしょう」

私が仮面の下でうっとりと瞳を細め、ほぅ、と感嘆の吐息混じりに呟けば、目の前の麗人、もとい我がヴァルゲントゥム聖王国が誇る生ける宝石、クレメンティーネ姫様は、鮮やかなルージュの唇に、チェシャ猫のような笑みを浮かべてくださった。

「ふふ、ありがとう。フィリミナ、あなたこそとても素敵よ。まるで夜の帳《とばり》を編む貴婦人のようね」

手放しの賛辞に顔が赤くなるのを感じる。姫様にこんな風に褒められて、喜ばずにいられるはずがない。仮面をつけていてよかったと思いながら、私は膝を折って一礼した。

「もったいないお言葉にございます。自分で言うのも何ですが、普段のわたくしとはまったく異なる姿ですのに、よくわたくしのことがお解りになられましたね」

「あら、大好きで大切なお友達のことが、どうして解らないでいられるの？　貴女だって、すぐにあたくしだって解ってくれたでしょう。それと同じことよ」

「然様《さよう》にございますね」

ごもっともである。深く頷いて笑うと、姫様もまたくすくすと笑ってくださった。いくら男装していらっしゃるとはいえ、その仕草はとても愛らしく魅惑的なものだ。だからこそ、ふいに心配になる。

「あの、姫様。もしやお一人でいらっしゃるのですか？　護衛の方は……？」

「撒《ま》いてきたわ」

「え」

「冗談よ。少しだけ一人で遊んできてもいいという許可を、周囲に取り付けてきたの。この国の姫としても、女神の愛し子《いとこ》としても、《プリマ・マテリアの祝宴》は特別なのよ。あたくしは普段から巫女《みこ》として女神の加護のもとに人間と精霊の狭間《はざま》に立っているわ。けれどこの《祝宴》の間だけは、その責務から解放される。もちろん、最低限の公務はあるけれどね。人間と精霊のあわいが曖昧《あいまい》になるこの時期のあたくしは、姫でも巫女でもない、ただの『クレメンティーネ』なの。ふふ、五年に一度のご褒美ね」

そう言って楽しげに笑う姫様のお姿に、なんだか切ないような、やるせないような、複雑な気持ちが湧き上がる。ご本人はさらりと軽く仰ってくださったけれど、この方が背負われているものの、なんて重いことだろう。少しでもその重責を支えられる存在になりたいと思うのは大それた願いだろうか。

思わず沈黙する私を、どう思われたのか。姫様は、再び私に向かって手を差し伸べられた。

「どうせ貴女は人を探しているのでしょう？　でもその前に、あたくしと一曲、いかがかしら？」

紳士が淑女をダンスに誘う際の一礼を完璧にこなして、姫様は鮮やかな紅の唇に弧を描く。そのかんばせと、差し伸べられた手を見比べてから、私もまた微笑んだ。

「はい。喜んで」

姫様と一曲踊れるなんて最高すぎる。私の方がご褒美を頂いてしまった。弾む心と共に、姫様の手に自分の手を重ねる。そして姫様がそのまま私の手を引いて、ダンスの輪に連れ出してくださろうとした、その時だった。

ざわり、と。突然人々が沸き立った。そのざわめきは徐々にこちらへと近付いてくる。何事か、と目を瞬かせる私をよそに、私の手を解放した姫様は、そのたおやかな両腕を胸の前で組んで、チッと姫様らしからぬ舌打ちをなさる。

「邪魔が入ったわね」

心底忌々《いまいま》しげに吐き捨ててから、姫様は背後を振り返る。その視線の先を追いかけて私もそちらへと視線を向ける。

そして、息を呑んだ。

――白だ。

そう思った。真っ白な存在が、こちらへと近付いてくる。

『前』の世界で言うような着物や漢服を思わせるその衣装は、東方の異国のものだろうか。上等な、まるで雪のように白い生地が、惜しげもなく使われた、たっぷりとした長い袖や裾。同じく白色で刺繍が施されたその衣装は、白一色であるというのに不思議とどんな色よりも鮮やかだ。

『前』の世界の白無垢《しろむく》の打掛そのもののようなローブをゆったりと羽織り、同じく白の綿帽子を頭に被《かぶ》っている。深く被っているその綿帽子の下は、白塗りに朱色で隈取《くまどり》がなされた狐《きつね》の仮面で顔の上半分が隠されている。その仮面は、左目にあたる部分に、黄金でわざわざ傷のような紋様が刻まれていた。

誰もが息を呑み、そのまま呼吸を忘れて、圧倒的な存在感を放つ長身の白い存在に見入っている。仮面に隠されて、その顔は窺《うかが》い知れないというのに、何故だか誰もが、その存在がとても、とても美しいことを、本能的に理解していた。

そんな存在がしずしずと歩み寄ってくるのを、私もまた呼吸を忘れて見つめていた。そうして、その『白』が、私の前までようやく辿《たど》り着いてくれる。仮面の向こうから無言で見下ろしてくる目の前の美しい存在に向かって、私は唇を震わせた。

「……エディ」

問いかけるまでもない。確認するまでもない。目の前の白い存在が、私の夫であるエギエディルズ・フォン・ランセントであることを、私は確信していた。

だからこそ口にしたその大切な響きに、目の前の白をまとう人物は、その唇を満足げにつり上げる。

「言っただろう？　必ずお前を見つけてみせると」

その手が伸びて私の左手を取り、その薬指――朝焼け色の魔宝玉がきらめく銀の指輪の上に口付けてくる。指輪越しであるというのに、その感触は、優しくも熱いものだった。

ぶるりと全身が震えそうになる。仮面をつけているのに、きっと私の顔が真っ赤になっていることは、誰の目にも明らかだろう。けれどそれをこの男に知られるのがなんだか悔しくて、私はつんと顔を背けてみせた。

「わたくしだって、すぐにあなただって気付きましたもの」

「ああ、そうだな」

嬉しそうに男は笑う。口元に浮かべられた鮮やかな笑顔に、強がっているのが馬鹿らしくなってしまって、私も笑った。

「……そろそろ、あたくしが口を挟んでもよろしくて？」

「あ、は、はいっ！」

いかにも呆《あき》れ果てていることが窺い知れる、それでも鈴を転がすような美しい声音に、私は慌《あわ》てて姿勢を正してそちらへと向き直った。男がチッと舌打ちをして、仮面越しでもそうと解る鋭い視線で姫様を睨《にら》み付ける。

「馬に蹴られるぞ」

「その前に退散させてもらうことにするわ。もう、あたくしの方が先だったのに。フィリミナ、まだ《祝宴》は六日間もあるんだもの。必ず一度は一緒に踊りましょう」

絶対よ、と言い残し、颯爽《さっそう》と踵《きびす》を返して人混みの中へと姫様は消えていってしまわれた。ああ、お名残惜しい。

「もう、エディ。凛と背筋を伸ばされている姫様の後ろ姿を見送って、私は再び男と向き直った。せっかく姫様と踊るチャンスでしたのに」

「俺では不満か？」

「そうは言っておりません。ただ、順番というものが」

ありましょう、と続けようとして、それはできなかった。男に強く手を引かれて、その腕の中に飛び込む羽目になったからだ。

　突然のことに目を白黒させる私の耳に、大きな溜息が届く。いかにも物憂げで沈痛な響きを宿した吐息に、私は男の腕の中で顔を上げ、狐面に隠されたその顔を見上げる。

「エディ？」

「なんなんだ、そのドレスは」

「え？」

「余計な虫を引き寄せる格好にはしてくれるなと、義母上達には頼んでおいたはずだったんだが。なんだそのラインは。スリットは。ガウンがあるから安心だとは思うなよ。その透けるレースの陰影が余計にまずい。お前は俺をどうしたいんだ」

「と、仰られましても……」

　褒められているのか、けなされているのか。実に解りかねることをぶつくさと言い募る男に対し、もう苦笑するしかない。まだ言い募ろうとする男の唇を、そっと人差し指で押さえて、私は笑った。

「お母様が、《祝宴》くらいはあなたの色に染まってさしあげなさいと。ふふ、黒は黒蓮宮《こくれんきゅう》の魔法使いの皆様のローブと、喪服としてしか許されていませんものね。わたくしもこのデザインには驚かされましたが、でも、こうしてあなたと同じ色をまとえることを嬉しく思いますわ」

「……俺の色、か」

「はい。ですがエディ、忘れないでくださいまし。あなたの色をこの身体にまとえるのは今回ばかりですけれど、心はいついかなる時も、あなたの色に」

染まっております。そう続けようとしたところに、こつん、と。私の鼻先に狐面の鼻先がぶつかる。

何事かと目を瞬くと、間近にある狐面の向こうで、朝焼け色の瞳に悔しそうな光が揺れている。これはどうやら私にキスしようとしたらしい。だがしかし、鼻先が前方に出ているデザインの狐面のせいで、唇が触れ合うことは叶《かな》わなかったらしい。

「あらあら」

「…………」

いかにも不満げに口をへの字にする男に、ついつい笑ってしまった。なるほど、こういう弊害は考えていなかった。男もまさかこんなことになるとは考えていなかったらしく、「東国に倣《なら》いすぎたか」と悔しそうに吐き捨てている。

「エディこそ、そのお衣装はどうなさったのですか？」

目立つことを厭《いと》うこの男がわざわざこんなにも目立つ衣装を選ぶとは、一体どういう心境の変化なのだろう。首を傾げて問いかけると、男は少しばかり迷うように口を開閉させ、それからゆっくりと言葉を紡いだ。

「適当に流行りの衣装を揃えようかとも思ったんだがな。お前にとってはほとんど初めてのような《祝宴》だし、それに」

「それに？」

何やら言い淀《よど》んでいる男の台詞の先を促すと、男は神妙な声で「笑うなよ」と続けた。いや、とは言われても。

「内容によります」

うむ。そんな風に言われたら、かえって笑ってしまう確率の方が高くなる気がする。だからこそ正直に答えたのだが、それが悪かったらしい。男は「なら、言わない」と、ぷいっとそっぽを向いてしまった。

「そこまでわたくしが笑ってしまうような内容ですの？」

一体何を言おうとしているのか、ここまで来ると気になって仕方がない。せがむように「エディ」とその名を呼ぶと、いかにも渋々といった風情で、男は続けた。

「……目立つ格好の方が、お前に見つけてもらいやすいだろう？」

「…………あら、まあ」

それはそれは。そうかそうか、そういうことか。なるほどなるほど。

「だから、笑うなと言っただろう」

「ふっ、ふふふ、ふふふふっ、ごめ、ごめんなさいエディ」

こみ上げてくる笑いを抑えきれず、男の胸に顔を押し付けて笑う。

ああもう、なんてかわいい人なのだろう。私がこの男に見つけてほしいと思っていたように、この男もまた私に見つけてほしいと思っていた訳だ。運命なんて私以上に信じていないのに、それなのに！

「エディ」

「なんだ」

仮面の下で仏頂面を浮かべているであろう男の左手を取って、先程男がしてくれたように、その薬指で光る銀色の指輪に、恭しく口付ける。

「見つけてくださって、ありがとうございます」

どうしよう。今ならば運命なんてものを信じていいかも、などと思う私は、本当に現金な女なのだ。

「お前こそ、俺に気付いてくれて礼を言う」

「どういたしまして。お互い様ですね」

「そうだな」

ふふふ、と笑い合い、そして密着させていた身体を離して一定の距離を取り、手を取り合う。そして男は、先程の姫様と同じ、紳士が淑女をダンスに誘うための一礼をしてみせた。

「この衣装は、東国の婚礼衣装だそうだ。相手の色に染まるための白。お前がもう俺の色に染まっているというのならば、俺のことも、今日改めて、お前の色に染めてくれ」

なんとまあ恥ずかしいことを素面で言ってくれる男である。

ああ、でも、その言葉が、こんなにもどうしようもなく嬉しい。

「――はい。喜んで」

男の手に自分の手を重ね、導かれるままに大広場の中心へと足を踏み出す。あれだけごった返していた人々は、何故だか私達の前では道を開けてくれた。まあこの男のこの存在感と迫力では当然か。目立つ位置までやってくると、まるでタイミングを計ったかのように楽団が奏でる曲調が変わる。ワルツだ。流行りの曲をアレンジしたそれは軽快にステップを誘い、周囲の人々が楽しげに踊り出す。

そして私達もまた、その三拍子に合わせて踊り始めた。

いち、に、さん。いち、に、さん。衣装は変われども定められたステップは変わらない。あまりダンスは得意ではないが、この男のリードに合わせれば私もまたいつだって華麗にステップが踏める。

嬉しいような悲しいような複雑な気持ちだが、それ以上に楽しいのだからよしとしよう。

そうして、ワルツが終わる。わっと沸き立つ周囲の中から、「父さん！　母さん！」という、聞き慣れた声が聞こえてきた。

「おとうしゃま！」

「おかあしゃま！」

「まあ、エージャ。エリー、エル、やっと会えたわね」

双子用乳母車を押しながら、ほっとしたような様子で駆け寄ってくるエストレージャと、その乳母車に乗っている双子と一緒に、再び大広場の片隅へと移動する。

懸命に小さな手を伸ばしてくるので、私がエリオットを、男がエルフェシアをそれぞれ抱き上げる。仮面をつけている私達に対して怯《おび》えるでもなく、きゃっきゃっと嬉しそうに笑ってくれる二人に安堵しながら、改めてエストレージャに向き直った。

「エージャ、よく俺達が解ったな」

「すごく目立ってたから。それに、俺、父さん達の、その、息子だから」

だから解るのだと、気恥ずかしそうに続ける長男の姿に、きゅんと胸が高鳴った。こんな風に素直に、自分が私達の息子であることを認めてくれていることが嬉しくてならない。

思わず手を伸ばして、その頭を撫でてしまう。十八にもなるこの子に対しては失礼なのだろうけれど、それでもかわいいのだから仕方がないではないか。

「ええ、そうね。わたくし達を見つけてくれてありがとう、わたくしとエディのかわいい子」

これも運命なのかしら、と冗談めかして続けると、エストレージャはしばらく大人しく頭を撫でられていてくれたけれど、やがてまじまじとその仮面の向こうの瞳で私達の姿を見つめてきた。

「父さんも母さんも、すごく綺麗だ。似合ってる」

「おとうしゃま、まっしろ！　きつねしゃん、きれいだねぇ」

「おかあしゃま、まっくろ！　おはなしゃん、かわいい」

子供達の賛辞に私達は顔を見合わせて笑う。何よりの褒め言葉である。

「お前達も立派なものだな。見違えたぞ。やはり俺の目に狂いはなかった」

満足げに頷く男に、双子が「きゃー！」と歓声を上げ、エストレージャの仮面に隠された顔が赤くなる。解りやすく照れている長男の姿に、男はくつくつと喉を鳴らして笑った。ますますエストレージャの顔が赤くなっていくのが見ていられなくなって、私は男の袖を引いた。

「もう、いくら本当のことだからと言っても、あまりエージャをからかわないであげてくださいまし」

「お前もフォローになっていないぞ」

「あら？　そうでしょうか」

「……父さんも母さんも、本当にもう勘弁してくれないか……」

「あらあら、ごめんなさいねエージャ……あら？」

仮面から覗く顔の下半分を真っ赤にして、呻《うめ》くように呟くエストレージャをにこにこと見つめていた私は、そこで思わず首を傾げる。男が訝しげに私とエストレージャを見くらべ、双子が私の仕草を真似てことりとそれぞれ首を傾げた。

四人分の視線を向けられて、たじろいだ様子のエストレージャに、私は「ええと」と言い置いてから問いかける。

「エージャ、あなた、マフラーはどうしたの？」

「え？　……っ⁉」

私の言葉に、はたと自らの首に手を遣《や》ったエストレージャの表情が、驚愕《きょうがく》に固まる。その首に巻かれていたはずの、ラベンダー色のマフラーがどこにもないことに、この子は今気付いたらしい。この様子では、誰かに貸したとか預けたとかいう訳ではなさそうだ。

「……ごめん、父さん、母さん。エリー達を頼む。俺、探してくるから」

それまで真っ赤だった顔を蒼褪《あおざ》めさせながら、今すぐにでも駆け出していきそうな長男になんと言葉をかけようかと迷ってしまう。どうやら落としたらしいけれど、この人混みの中では見つけるのは至難の業だろう。だったらまた新しいものをいくらでも編んであげるから、と言っても、きっとこの子は納得しない。

どうしたものかと悩む私の横で、男があっさりと「解った」と頷いた。

「好きなだけ探してこい。お前ならすぐに見つけられるだろうさ」

「ありがとう。いってきます」

「ああ」

頷くが早いか、あっという間にエストレージャは人混みの中へと飛び込んでいってしまった。器用に人の波をすり抜けて駆けていく背中はすぐに見えなくなってしまう。

私の腕の中のエリオットが不思議そうに首を傾げ、男の腕の中のエルフェシアが「にいしゃまぁ」と不満げな声を上げた。

「エディ、無責任なことを仰るのはよくないのでは？」

この人混みの中でマフラーがそう簡単に見つかるとは到底思えない。それなのに『すぐに見つけられるだろう』なんて、少々どころではなく意地が悪いのではなかろうか。思わずじろりと男を睨み上げると、腕の中のエルフェシアをあやしながら、男は小さく肩を竦《すく》めてみせた。

「無責任なつもりなどない。ただの人間ならともかく、エージャが相手ならば話は別だ。すぐに見つけて戻ってくるだろう。その間に俺達は休憩でもしておくか」

エルフェシアを乳母車に乗せ、私にもエリオットを同様に乗せるように促して、男は双子が乗った乳母車を押してさっさと歩き出してしまう。エストレージャならば、という言葉の意味は解らないけれど、あの子に関することでわざわざ男が嘘や冗談を言うとも思えず、私は男の後に続いた。

そしてそのまま私達は、大通りに面したカフェのテラス席に陣取る運びとなった。お仕着せの制服を着て、愛らしいリスの仮面と大きなしっぽを身に着けた給仕が運んできてくれた紅茶を口に運び、ほう、とようやく一息を吐く。

双子はそろそろお疲れの様子らしく、しばらくむにゃむにゃと何かを言っていたけれど、やがてそのまますやすやと眠り始めた。うーん、つくづくかわいい。ここに至るまで様々な仮装の子供達を見てきたけれど、その中でもやはりこのカササギの騎士様と紋白蝶のお姫様が一番かわいいと思ってしまうのは母の性《さが》である。親馬鹿と誹《そし》らば誹るがいい。

ああ、温かいミルクティーがおいしい。もちろん男の淹《い》れてくれる薬草茶には敵わないけれど、それでもこうしてひだまりのテラス席でのんびり過ごす時間は得難いものだ。エストレージャはマフラーを見つけたら戻ってくることだろう。場所を移動してしまったけれど、男の落ち着き払った様子から鑑みるに、合流について心配する必要はなさそうだ。

となれば私はゆっくりケーキでも頼もうか、とメニュー表を手に取ろうとして、ふいに気付く。男が運ばれてきた紅茶に手を付けようとはせずに、なんとも難しい顔をしていることに。

顔の上半分が仮面で隠されているとは言え、付き合いの長さのせいか、その雰囲気でどんな顔をしているのかということくらい解るものだ。結婚して以来、表情が豊かになったとはいえ、一昔前はそれこそ仮面でもつけているのかと訊《き》きたくなるような鉄壁の無表情をその美貌に貼り付けていたし。

「エディ？　どうかなさいまして？」

難しい顔をしていると先程評したが、まとう雰囲気は悩んでいるというより……これは、むしろ。

「あまり調子がよろしくないようにお見受けします。紅茶ではなくお水をお願いしましょうか」

不調を隠そうとして難しい顔を浮かべている、正にそれが正解であるような気がしてならない。

そういえば、ここ最近は、この《プリマ・マテリアの祝宴》という祭事のために、王宮筆頭魔法使いとしてその準備に、時に追い回され、時に追い回し、とにかく忙しくしていたのがこの男だ。その疲れが今になって表れたのかもしれない。今更そのことに気付くなんて、妻として情けない。

私が片手を挙げて給仕を呼ぼうとすると、男の手が伸びて、その私の手を掴《つか》んで下げさせた。あら、と仮面の下で目を瞬かせる私に、「調子が悪い訳じゃない」と男は続け、そうして深く溜息を吐く。

「調子が悪いというよりは、ただ単に落ち着かないだけだ。大したことじゃない」

「落ち着かない？」

それはどういう意味だろう。確かに私も男も目立つ衣装を身にまとっていて、気付けば衆目を集めているけれど、誰もがいつまでも私達のことを気にしていることはなく、すぐにそれぞれの楽しみの中に身を投じている。私以上に普段から他人の視線に慣れているはずのこの男が、今更そんな視線に対して『落ち着かない』なんて思うとは思えないのだが、それは私の思い違いだったのだろうか。

私がいかにも不思議そうにしていることを汲《く》み取り、男は再び溜息を吐いてから続けた。

「俺にとって精霊の存在は元よりごくごく身近なものだ。当たり前のようにそこにいる存在であると言える。それこそ、その辺の人間と同じように、常に側《そば》にあって当然のものなんだ。だからこそ、毎回のことだが、普段以上に人間と精霊の距離が近くなるこの《プリマ・マテリアの祝宴》では、感覚が狂いそうになる」

「ええと……申し訳ありません。つまり？」

「《祝宴》の間は、俺には人間と精霊の区別がほとんどつかなくなるということだ。彼らの影響を受けやすい状態になり、そのまま『あちら側』に引きずり込まれそうになる」

厄介なことにな、と付け足して、男は気を取り直すように紅茶を口に運んだ。そのどうにも疲れている様子に、余計に心配が募っていく。

「その、『あちら側』とは何なのですか？」

『引きずり込まれそう』とは、なんとも物騒かつ不穏な言い回しである。その本人の意思とは関係のないところで起こるとでも言いたげなそれは、やけに私の不安を誘った。

「お前も、このあいだ、子供達に読み聞かせをしていた絵本で知っているはずだ。あちら側。異界。彼岸。見えざる隣国。呼称は様々だが、最も知られた呼び名は『精霊界』だろう。絵本の通りにな。要は精霊が本来住まうべき世界のことだ。『こちら側』……つまりは人間界にいる精霊は、彼らの感覚で言えば精霊界から『遊びに来ている』だけだ。本来の住まいは『あちら側』にあり、彼らは彼らの王に仕え、そしてその王を筆頭にして女神に付き従っている。この時期はそんな彼らが大挙して『こちら側』にやってきて、人間の間に交ざって思い思いの時を過ごすんだ。たとえば……ほら、あの少女だ。あれはおそらく風の精霊だな」

「えっ？」

すい、と男が長く白い指で示した先を追いかけて振り返ると、そこには出店で、白鳥の形の飴《あめ》細工を受け取っている、蜻蛉《とんぼ》の翅を背負った、十歳ほどの少女の姿があった。どこからどう見ても普通の少女のようにしか見えない。私が戸惑うのをよそに、男は淡々と続ける。

「実体を取れるだけ高位にある精霊だ。おそらくは『個』としての名前も持つだろうな」

そう言って男は再び紅茶を口に運ぶ。私が半信半疑で少女のことを見つめていると、そんな私の視線に気付いたらしい少女が、くるりとこちらを振り返る。

　怖いくらいに綺麗な翡翠《ひすい》色の瞳に射抜かれて、ついぎくりとする私に向かって、少女は小さく笑い、そのまま駆け足で近付いてくる。何をするつもりなのだろう、と、言葉もなく少女を見つめていると、彼女は乳母車を覗き込み、眠るエルフェシアの額にそっと口付けを落とし、そしてついでのようにエリオットの頭を撫でた。

「あ、あの」

　ありがとう、と言おうとしたのだけれど、その前に少女は、飴細工を持っていない方の手の人差し指を立てて、唇に寄せる。しーっと声なく発言を止められて息を呑む私に、少女はやけに大人びた仕草で片目を閉じ、そのまま踵を返して走っていってしまった。

　後に残されたのは、呆然《ぼうぜん》と固まる私と、相変わらず難しい顔の男、そして未だすやすやと眠る双子である。改めて、今のこの時期が、特別な時間であることを思い知らされた気がした。

　なんとも不思議な気持ちになりながら、改めて男の方を見遣れば、男はやはり難しい顔……本人の言葉を借りれば『落ち着かない』顔で、紅茶を口に運び、気を紛らわしているようだった。

『あちら側』に引きずり込まれそうになる？　その言葉は、浮かれてばかりいた心に、冷たい氷を投げ込んできた。

　冗談ではなかった。勘弁してほしかった。どこにもいかないでと、側にいてと、人目もはばからず縋《すが》りそうになってしまう。今までが今までであっただけに、不安と心配がごちゃ混ぜになっていく。

　そんな私の視線に気付いたらしい男は、ティーカップをソーサーの上に戻し、行き場がないままテーブルの上に置かれているばかりだった私の手に、自らの手を重ねてきた。

「俺がお前のいない世界に好き好んで行くと、本気で思っているのか？」

そう言って男は、にやりと口の端をつり上げる。

——ああ、もう。なんて私は現金なのだろう。

そんな質問、愚問でしかない。驚くほど軽くなった心のままに、私も口元に笑みを刻んで、そっと男の手にもう一方の手を重ねる。

「いいえ、ちっとも」

「だろう？　俺はそんなこと、たとえお前に頼まれたとしても絶対にごめんだぞ」

どこかぶすっとした様子で言い切られ、私はとうとう吹き出してしまった。じろりと睨み付けてくる視線を感じるけれど、一度笑ってしまうともう抑えられない。

「ふふ、ふ。ごめんなさい、エディ。ええ、ええ、解っておりますとも。わたくしのかわいいあなたは、わたくしと子供達のことを置いていけるような方ではいらっしゃらないことを、わたくしはよぉく存じ上げておりますわ」

「ならいい」

「はい」

互いに笑みを交わし合い、そして改めて紅茶を楽しむ。すぐに空になってしまったティーカップに、ティーポットから紅茶を注ぎ、ついでに給仕に《祝宴》期間限定であるというタルトを注文する。

そのまま私達は、しばらくゆっくりとお茶を楽しんだ。これだけ人々のざわめきで周囲が満ちていると言うのに、双子は目を覚ます気配はない。この図太さは一体誰に似たのだろう。エストレージャはどんどんこの男に似てくるというのに——と、そこまで考えてから、今はここにいないその長男のことが改めて気にかかった。

「エディ、エージャは大丈夫でしょうか？　ちっとも戻ってきませんし、もしかして迷子になっているのでは」

「そんな歳でもないだろう」

「ですが」

「大丈夫だ。あいつは『鼻』が利く。人間離れしたあいつの嗅覚は、マフラーの匂いを確実に嗅ぎ取ることができる。これだけ様々な匂いにあふれた雑踏だろうが関係ない。エージャの『鼻』が嗅ぎ取るのは匂いばかりじゃない。そこにまつわる『縁』もまた嗅ぎ取るからな。お前があいつに贈ったマフラーならば、必ず見つけるだろうし、俺達の元に来るのもたやすい……ほら、見ろ」

「あら、エージャ！」

男が顎でしゃくったその先に、とぼとぼと近付いてくるエストレージャの姿がある。凛々しいその姿に周りの人々が振り返るのが、自分のことのように誇らしい。

けれど、どうしたことだろう。そのエストレージャ本人は、白銀の獣耳をぺたんと折っており、なんだか落ち込んでいる様子である。

こっちよ、という気持ちを込めて片手を挙げると、エストレージャは小走りになってやってきた。そのまま空いている椅子を勧めれば、彼は大人しくその席に腰を落ち着ける。

「エージャ、マフラーは？」

「……見つからなかった」

「なんだと？　どういうことだ？」

私の問いかけに、今にも泣き出しそうな情けない声音で、エストレージャは小さく呟く。男が珍しくも驚きをあらわにして更に問いかけると、エストレージャは俯いてしまう。

「途中までは確かにマフラーの『匂い』があったんだ。だからそれを追いかけていたんだけど、急にその匂いが途切れてて。まるでそこから一瞬で遠いところに移動したみたいに、匂いがどこにもなくなってて、それ以上手がかりもなくて……」

自分で説明している内に、エストレージャはどんどん更に気落ちしていっている様子である。先程の男の台詞とは矛盾する内容だ。どういうことかと男を見遣れば、男もまたこれは想定外であったらしく、腕を組んでいる。

「ただの私物ならともかく、あのマフラーが見つけられないだと？　エージャがあそこまで自身と縁深いものを見つけられないなど、そうそうある話ではないんだが」

解せない、とでも言いたげな声音で続ける男に、エストレージャはますます落ち込んでいく。見ていられなくなって、ちょうどいいタイミングで給仕が運んできてくれた色とりどりの様々な果物がたっぷり乗せられたタルトを、私はそっとエストレージャの前に押し遣った。

「そんなに気落ちしないで。マフラーなら、わたくしがまた、今度はもっととっておきの物を編んでみせるわ。そこまであのマフラーを大切にしてくれてありがとう」

「でも」

「まずは甘いものを食べて落ち着きなさいな。その後でまた探しに行くのも手でしょう？」

「……ああ」

エストレージャの手にフォークを握らせると、彼は不承不承ながらも頷いてくれた。よしよし、と私もまた頷いて、再び紅茶を口に運ぶ。

その時だった。男が紅茶を注ごうとティーポットへと伸ばそうとしていた手をぴたりと止める。そしてそのまま、綿帽子を押さえながら上空を見上げた。その一連の動作につられて、私もエストレージャも同じように上空を見上げる。そして息を呑んだ。


「見ろ、日食だ！」


誰かがそう叫んだ。わあっと歓声が上がり、誰もが空を見上げる。

晴れ渡る青空の中心で輝く太陽が、少しずつ、けれど確実に欠けていく。太陽を直接見上げるのは本当は目に悪いからご法度なのだろうけれど、誰もそんなことは気にしてはいない。私もまた同様だ。

だからこそ、男が呟いた言葉に、反応が遅れた。

「……おかしい」

その低い呟きに、太陽から男の方へと視線を向けると、男は空を睨み据えたまま続けた。

「ありえない。日食は、今回の《プリマ・マテリアの祝宴》には重ならないはずだ」

そう男が言い終えると同時に、驚くほどのスピードで欠けていく太陽が、とうとう完全に影に隠される。突然起きた奇跡に、一際大きな歓声が上がり、そうして、今度は静寂が世界を満たす。

誰もが息を呑んで、隠された太陽を見上げていた。けれどそれは長くは続かず、ほんのわずかな間にすぎなかった。太陽を隠していた影がそのまま動き、再び輝かしい金色の光が降り注ぎ始める。周囲のざわめきもまた戻ってきた。


――そして、そのざわめきが、やがて悲鳴へと変わる。


「うちの子がいない！」

誰かが叫んだ。その言葉を皮切りに、周りが一斉に、より一層大きくざわめき出し、次々に悲鳴を上げ始める。

「あの子はどこへ行ったの⁉」

「隠れてないで出ていらっしゃい！　お願い、出てきて！」

待ってほしい。どういうことなのか。混乱が混乱を呼ぶ周囲を見回せば、それまであちこちで見かけていた幼い子供達の姿がどこにも存在せず、大人ばかりが残されていることに気付く。

そう、いないのだ。子供達が、どこにも。

そしてそれは、他人事ばかりではなくて。

「エリオット⁉　エルフェシア⁉」

エストレージャの悲鳴が上がる。ぞ、と背筋が凍りつくのを感じた。エストレージャの視線の先にある乳母車の中で眠っていたはずの双子の姿がない。さあっと全身から血の気が引いていく。エリオットも、エルフェシアも、忽然《こつぜん》と姿を消していた。

気付いた時にはもう、何もかもが遅かったのである。

3

子供達の突然の消失で混乱する最中、男とエストレージャは、元より持ち歩くよう厳命されていた通信用魔法石により、王宮へと緊急招集されることになった。招集の命令が、姫様からの直接のお言葉であったおかげで、私もまた特例としてその場に立つことを許された。

消えた子供達――エリオットとエルフェシアについて、いち早く何かしらの手がかりを得られるかもしれないと思うととてもありがたい。けれど、私がその場にいて役に立てるとも思えない。

いくら王宮筆頭魔法使いの妻であり、姫様の守護役たるエストレージャの母であり、姫様と私的な友人関係にあるとはいえ、私が出張るのはあまりにも公私混同がすぎるだろう。歯痒《はがゆ》く逸《はや》る心を抑えて辞退しようとしたのだけれど、何故か男に「お前も同席すべきだ」ときっぱりと言い切られたため、私はこうして、王宮の紫牡丹宮《しぼたんきゅう》の一角に存在する姫様の執務室のソファーに、男とエストレージャと共に並んで座っているという訳である。

王宮には男による結界が張られているため、仮面を外すことが許されている。それをこれ幸いとして、私達は三人揃《そろ》って仮面を外していた。けれど、男の厳しい表情や、エストレージャの泣き出しそうな表情を見ていると、いっそ仮面をつけていた方がマシだったのではないかと思ってしまう。私だって、さぞかし情けない顔をしているに違いないのだから。

姫様はまだいらっしゃらない。状況が状況なだけに、さぞかし忙しくされていることだろう。お労《いたわ》しい、と思いながらも、私の心はそればかりに浸っていることはできなかった。

エリオット。エルフェシア。二人とも、どこへ行ってしまったのだろう。

心配、不安、焦燥、混乱、様々な感情がぐちゃぐちゃに入り混じって、何も解《わか》らなくなってしまいそうだ。無意識に左手の薬指の指輪を撫《な》でていると、そっとその手が白く大きな手によって包まれた。そちらを見遣《みや》ると、男が私の手を握ってくれていた。それだけで安心できる訳がないけれど、それでも波立っていた心が少しずつ凪《な》いでいくのを感じる。

懸命に取り繕った笑顔で頷《うなず》いてみせると、男の手は離れていく。名残惜《なごりお》しい、なんて、とんだ甘えだ。男のもう一方の手が、今度は私とは男を挟んで反対側に座っているエストレージャの頭を撫でている。がちがちに強張《こわば》っている様子の長男の肩から力が抜けていくのが見て取れて、私もまたほっと息を吐いた。

ああ、情けない。こんな時にこそ、母親である私だって、我が子を安心させてあげられる存在でありたいのに。それなのに結局私は自分のことばかりで、男に甘えてばかりで。情けないにもほどがある。


——おかあしゃま！


エリオットとエルフェシアが、愛らしい笑顔と共にその小さな両手を伸ばしてくる姿が脳裏に浮かんだ。今すぐ抱き締めたいといくら思っても、二人の行方は解らないのだ。

一体どうしてこんなことになってしまったのだろう。そう内心で、もう何度目かも解らない疑問を思い浮かべたその時、執務室の扉が開かれた。

「待たせたわね」

闘牛士の衣装の姿のまま、仮面だけを外して、背後に腹心である執務官たるハインリヒ・ヤド・ルーベルツ青年と、王宮騎士団の団長たるアルヘルム・リックス殿を引き連れた姫様が、カツカツと足音も高らかに入っていらっしゃった。

私達が立ち上がり礼を取ると、「面倒な礼は不要よ」と姫様は再び私達に座るより促《うなが》し、その正面のソファーに、姫様ご自身もまた腰かけられる。その背後の左右にそれぞれハインリヒ青年と騎士団長殿が並ぶのを待ってから、姫様はその白百合《しらゆり》のような美貌に険しい表情を浮かべられて口火を切った。

「知っての通り、この王都に集まっていた子供達が、全員消えたわ」

それは、解っていたことだった。けれどこうして改めて口にされると、その恐ろしさにぞくりと背筋が粟立《あわだ》つ。

子供達が、消えた。エリオットやエルフェシアばかりではなく、王都の子供達全員が。

現実味のない、けれど紛れもない現実でしかない恐ろしい事態に対し、この場にいる誰もが手をこまねいているのが自然と感じ取れる。

姫様がハインリヒ青年と騎士団長へと目配せすると、彼らはその手に持っていた資料らしき紙の束をめくろうともせずに口を開く。どうやらもう暗記してしまったほどに、繰り返し何度も読み込んだ後らしい。

「エギエディルズ殿の指示通り、黒蓮宮《こくれんきゅう》を始めとした王宮付き魔法使いには全員に捜索、感知魔法を使わせています。蟻《あり》の子一匹逃さない探索網です」

「騎士団員ももちろん王都中に派遣して、ガキ共の行方を追ってる。当然、聞き取り調査もな。だが皆言うことは同じなんだとよ。日食が終わったら、気付いたらガキが消えてたってな」

私の知る限りでは、ハインリヒ青年はいつだって泰然とした笑みを浮かべているし、騎士団長殿だっていつも余裕たっぷりの頼りがいのある快活な笑顔を浮かべている御仁だ。そんな二人が、男と同様に、極めて厳しい表情である。それだけで、今の状況がいかに緊迫した事態であるのかが解る。

「俺も、エリオットとエルフェシアの匂いを追おうとしました。けれど、二人とも、まるでその場で転移魔法を使ったみたいに、匂いがまったくしないんです」

　膝の上で両手を握り締めて、悔しげに呻《うめ》くエストレージャを見つめてから、姫様は「でしょうね」と一言呟《つぶや》かれた。まるでエストレージャの答えは予測済みであったと言わんばかりだ。姫様もまた厳しい表情のまま、その両手を膝の上で組み、努めて冷静であろうとするかのように低く続ける。

「消えたのはエリオットやエルフェシアばかりではなく、王都中の子供達全員であるとは先程言ったわね？　大規模誘拐だなんて言っている輩《やから》もいるけれど、これはそんな生易しいものではないわ。もっと厄介な、人知を超えた力が働いていると考えるべきよ」

「人知を超えた力……？」

　なんだそれは。呆然《ぼうぜん》と私がその突拍子もない言葉を反芻《はんすう》すると、姫様はこくりと頷き、いかにも忌々《いまいま》しげに続けられた。そんなお姿も美しく麗しいが、生憎《あいにく》今はそのお姿に見惚《みと》れていられるような余裕なんて皆無である。

「人間がその手で直接さらうのであれば、これだけの人数を一度にだなんて不可能よ。たとえエギエディルズほどの魔力があり、王都中の人間の意識を逸《そ》らしてその目を盗む禁呪を使えたとしてもね。そもそもそんな大きな魔法の行使に、現場にいたエギエディルズやエストレージャ、そしてあたくしが気付けないはずがないわ。そうよね、エギエディルズ」

　淡々とした言葉は、姫様がとても冷静であるように聞こえるけれど、それは姫様ご自身がそうあろうと努めているからこそそう聞こえるだけに違いない。現に、姫様が膝の上で絡ませ合っている手は、力を込めすぎているせいか、小刻みに震え、その指先が白くなっている。けれどそれに突っ込むような真似は誰もせず、同意を求められた男は一つ頷きを姫様に返した。

「ああ。これは人力によるものでも、ましてや魔法によるものでもない。超自然的現象と呼ぶべき事象だろう」

超自然的現象とはつまり、自然界の法則をこえた、理論的に説明のつかない神秘的な現象ということか。そんな話、聞いたことがない。史書の中どころか、絵物語の中ですら知らない話だ。

つまりは未《いま》だかつて起こったことのない事態に、エリオットとエルフェシアを含めた王都中の子供達が巻き込まれたということになる。

目の前が真っ暗になるような、真っ白になるような、奇妙な感覚がした。眩暈《めまい》がする。許されるならばこのまま隣の男の肩に身体《からだ》を預けてしまいたくなるけれど、そんな真似、誰に許されたとしても私自身が許せない。握り締めた拳に力を込めることでなんとか平静を装って、私は目の前で繰り広げられる会話に耳を傾ける。

「占星術師はなんと？」

男の問いかけに、ハインリヒ青年がこの部屋に入ってきて以来、初めて微笑を浮かべた。手元の資料をめくり、ぱんぱん、と紙面を手の甲で叩《たた》く。

「その件についてはエギエディルズ殿に先に御礼を。今回の事象は我々人間の手を離れたそれです。慣例であれば神殿への託宣を待つばかりでしたが、エギエディルズ殿のおかげで先手が打てました」

「御託はいい。つまり、収穫があったんだな？」

「はい。王宮付き占星術師にとっても今回の日食は不測の事態でしたが、それでも『読んで』くれましたよ。日食の瞬間に、精霊界と人間界の狭間《はざま》に存在する『扉』とも呼ぶべき境界が開かれたことを」

エストレージャが大きく息を呑《の》む気配がしたけれど、ハインリヒ青年の言葉の意味が解らない私は、どんな反応をしていいのか解らない。

精霊界とは、先程男が言っていた『あちら側』と呼ぶべき、精霊が住まう世界のことだとは解る。その精霊界と、私達人間が住まう人間界の間の『扉』が開かれた？

それはつまり、とそこまで考えてからようやく辿《たど》り着いた結論に、私は瞳を見開く。まさか。

「全員、察しがよくて結構。子供達は皆、精霊によって『あちら側』に連れ去られたと言えるわ」

「そんな……！」

エストレージャが悲痛な声を上げ、そんな弟子の姿を騎士団長殿が気遣わしげに見つめる。何故こんなことに、とは、この場にいる誰もが思っていることであったに違いない。その答えにおそらくは最も近い立場にいらっしゃる姫様ですら、ゆるりとかぶりを振って溜息を吐かれた。

「精霊の気まぐれが起こした事件は史書にもいくつか残されているけれど、今回のことは異例だわ。何故子供達を彼らがさらったのかは、誰にも解らないの。既《すで》にウィドニコルを始めとしたエギエディルズの部下達には精霊界との交信を試らせているけれど、向こうからの反応はなしのつぶてね。蒼穹《そうきゅう》砂漠の精霊の寵児《ちょうじ》にも連絡を入れたけれど、通信そのものが何らかの力によって阻害されているわ」

「つまりは何の対応も取れず、対策は皆無という訳か」

「そういうことね」

男の低い呟きに、姫様はそこで初めて悔しげに表情を歪《ゆが》められた。

重苦しい沈黙が執務室の中に満ちる。誰も何も言わなかった。言えなかった。初めての《祝宴》に浮かれていたのが、今となっては遠い昔の話のようだ。不安でたまらない。怖くてたまらない。

エリオット。エルフェシア。どうかお母様達の元に帰ってきて。

そう願うことしかできない私の拳は、力を込めすぎているせいでもう真っ白になっていた。爪が手のひらに突き刺さるけれど、その痛みよりも心の方がもっとずっと、千々《ちぢ》に引き裂かれそうなくらいに痛くてならない。


――そんな私の手に、再び、あたたかな手が重ねられた。


はっと息を呑む。気付けば俯《うつむ》いていた頭を持ち上げると、私の手に自らの手を重ねている男は、一つ頷いた。何かを言われた訳でもないというのに、「大丈夫だ」と。そう言われた気がした。言葉を完全に失い、男のことを凝視《ぎょうし》していると、男はそんな私から視線を外して、姫様の方を向いた。

「ならば、直接彼らに理由を聞きに行き、子供達を取り戻してくるしかないな」

その言葉に、今度こそ誰もが言葉を失った。エストレージャが勢いよく男の方を向いて、綺麗《きれい》な黄色い瞳をまんまるにする。ハインリヒ青年が訝《いぶか》しげに眉をひそめ、騎士団長殿がぽかんと大きく口を開けた。そして姫様が、「まさか」と呆然と呟く。

「直接ですって？　エギエディルズ、まさか貴方、精霊界に飛び込むつもりだとでも言うの？　『あちら側』では人間が人間として存在できないことを、他ならぬ貴方が知らないとは言わせなくてよ」

呆然とした表情から一転して、厳しい表情と口調で問いかけてくる姫様に対し、男は至極大真面目な様子で「無論解っているとも」と頷いた。だったら、と更に言葉を連ねようとされた姫様を視線で制し、男は続ける。

「人間が人間として存在できないならば、精霊に俺達が人間であると悟らせなければいい。あちら側とこちら側のあわいが曖昧《あいまい》になるのは今日を含めて一週間だ。その間に子供達を取り戻さなければ、次の機会は五年後になるんだぞ」

「そんな……っ！」

それは、ぞっとする結論だった。五年だと？　五年もの間、かわいい子供達と引き離されることになるというのか。いいや、五年で済む保証なんてない。五年後に精霊達が子供達を私達の元に返してくれる保証なんてどこにもないのだから。

けれど、だからと言ってこの男を危険に晒《さら》すような真似がしたい訳でもない。姫様のお言葉から察するに、精霊界に行くのは、正《まさ》にその『危険な真似』そのものなのだろう。それなのにこの男はその精霊界に行こうというのか。

子供達とこの男を天秤《てんびん》にかけるような真似なんてしたくないのに、私はここでどちらかを選ばねばならないのだろうか。私は、どうすれば。そうぐるぐると内心で葛藤する私を見かねたのだろうか。エストレージャが身を乗り出して、男に向かって叫んだ。

「絶対駄目だ！　俺だって今日まで勉強して、あちら側がどういうところなのかは少しくらいは知ってる。だから、父さんじゃなくて俺が、俺がエリオット達を……！」

「却下だ」

「どうして！」

必死に言い募るエストレージャの台詞《せりふ》を、男は一言で一刀両断にした。今にも泣き出しそうな顔で男のことを睨《にら》み付ける長男を見つめ返し、男は淡々と続ける。

「お前は神族の末裔《まつえい》だ。だからこそお前ならば、あちら側でも『エストレージャ』として存在することができるだろう。だが、それが逆にまずい。その存在の『重み』は、世界の均衡に影響を与えるに十分に足るものだ。あちら側にお前が行けば、その瞬間に世界の均衡を担う天秤のバランスが一挙に壊れかねない」

「で、でも、それは魔封具で魔力を封じていけば！」

「魔封具程度でお前の神気が抑えられる訳がないだろうが。それに、俺があちら側に行くにあたって、お前にはこちら側に残ってもらう方が都合がいい。俺達の間には血の繋《つな》がりこそないが、確かに『親子』という縁《えにし》が結ばれている。子供達と共にこちら側に戻ってくるにあたって、俺はその親子の縁という『糸』を辿って戻ってこられる。そのためには、エストレージャ。お前には何としてでもこちら側にいてもらわねばならない」

解ったか、と問いかけられ、エストレージャは悔しげに歯噛《はが》みした。男の言うことに、理性では理解できても、感情では納得できないらしい。当たり前だ。私はエストレージャが、どれだけエリオットとエルフェシアのことを大切に思ってくれているのか知っている。男のことを、どれだけ慕ってくれているか知っている。三人が危険に晒されることになるというのに、黙ったまま大人しくしているなんて真似ができるはずがない。どんな拷問だ。

……そして、それは、私にも言える話である。

エリオットとエルフェシア、そして王都中の子供達のために、精霊界に行こうとしているこの男を、どうして笑って見送るなんて真似ができるだろう。待っているだけなんてもう嫌だ。あの魔王討伐の時のような思いなんてもうごめんだ。

けれど、結局私は、この場にいる誰よりも無力なのだ。いくら自分も一緒に行きたいなんて思っても、それはあまりにも大それた望みでしかない。今までのように「わたくしも」なんて、そんな風に気安く言える訳がない。足手まといになんてなりたくなかった。

けれどエリオットとエルフェシアのことを思うと、いても立ってもいられない。この思いはきっと、我が子をさらわれた親達の総意だ。だからこそ私はもう、私のわがままでこの男の邪魔をする訳にはいかないのだ。

前世持ちが聞いて呆《あき》れる。何の力もない私に、前世が何の意味がある。『前』の『私』が聞いたら、「失礼ね！」と怒りそうなものだけれど、そう思わずにはいられない。唇を噛み締めることだけができることだなんて、どんな冗談だろう。

そんな私の手に重なったままだった男の手に、ぎゅっと力が込められる。「待っていてくれ」と言われるのだろう。そう思うとその顔が見られなくて、私は俯いたままでいることしかできない。

「エディ、わた、くしは」

わたくしは、ちゃんと、信じて待っておりますから。

そう言いたいのに、その台詞が喉で引っかかって出てこない。代わりに込み上げてくる嗚咽《おえつ》をかろうじて飲み込む。

「フィリミナ。お前にも付き合ってもらうことになる」

「――――えっ？」

そして聞かされた予想外の言葉に、嗚咽が思い切り引っ込んでいってむせ返りそうになった。勢いよく顔を上げて男を見つめる。言葉を失う私の顔を、この上なく真剣な表情を浮かべた、夜の妖精すら恥じ入る中性的な美貌が、まっすぐに見つめ返してくる。

男の台詞は、私にとってばかりではなく、エストレージャや姫様方にとっても予想外のものだったのだろう。誰もが目を丸くして男のことを凝視する中で、男は続けた。

「お前自身は意識していないだろうが、お前もまた姫やエストレージャとは異なる意味で精霊とは縁深い存在だ。かつて高位精霊の手で傷を負い、精霊から拒絶されて生きてきたお前は、彼らの影響から隔絶されていたことになる。そしてあの焔《ほのお》の高位精霊に赦《ゆる》されたことで、再び精霊との縁が結ばれた。これは歴史上においても稀《まれ》な事象だ。あの焔の高位精霊はそれだけの力がある『個』としての意識を持つ存在だからな。彼からの赦しはそのまま『祝福』になる。つまりはフィリミナ、お前の存在もまたある意味では精霊に近しい存在であると言える。そして同時に、連れ去られた子供達、その中でも俺達の子であるエリオットとエルフェシアの母という、何よりも強固な縁を持つお前は『あちら側』において二人を探す糸をたぐるにおいて重要な役割を果たすだろう」

だから、と一息吐いてから、男はじっとこちらを見つめてくる。私は目を大きく見開いて、見つめ返すことしかできない。言葉なんて忘れてしまった。それを私からの拒絶と受け取ったのか、男は「すまない」とその表情を歪めた。

「無理にとは言わない。『あちら側』に足を踏み入れて無事に戻ってこられたものは数えるほどにもいない。そのまま戻ってこなかった者もいる。帰ってこられたとしても、気狂いの病に侵された者もいる。お前を、危険に晒すことになる。エストレージャと共に『こちら側』で待っていてくれても……」

苦しげに続けようとする男の心が、まるで手に取るように解った。

子供達を取り戻すためには私が必要で、けれど私を危険に晒したい訳でもなくて。一緒に精霊界に行きたいけれど、行きたくない。

矛盾する感情に板挟みになっている男の言葉尻は、らしくもなく曖昧で弱弱しいものだ。その唇に、思わず身を乗り出して口付けた。触れるだけの口付けに、男の朝焼け色の瞳が見開かれる。美しい瞳を覗《のぞ》き込み、私は涙をこらえて笑った。

「いいえ、いいえ、エディ。わたくしは嬉《うれ》しいのです。やっとあなたの力になれるのです。他ならぬわたくし自身の手で、あの子達を取り戻せるのならば、これ以上喜ばしいことはありません」

「フィリミナ」

「わたくしも、参ります。あなたと一緒ならば、どんな世界も恐ろしくはありません」

私にとって恐ろしいのは、この男がいない世界なのだから。私にとっての世界は、この男と一緒に、子供達を見守ることができる世界なのだから。

だから私は、私の世界を取り戻すために、精霊界へ行こう。そんな決意を込めて男の手を握り返すと、男は安心したような、それでいて不本意であると言いたげな、大層複雑な表情を浮かべて頷いてくれた。そんな男の背を押すためにもう一度深く頷いてから、私達のやりとりを息を呑んで見つめているエストレージャへと視線を向ける。

「エージャ、自分には何もできないなんて思わないでね。どうかわたくし達を信じてちょうだい。あなたには、辛《つら》い思いをさせることになるけれど」

「すまない。俺達は必ず、エリオットとエルフェシアと共に、お前の元に帰ってくる」

「――――ああ。解ってる。ちゃんと待ってる。待ってるから」

今にも泣き出しそうになりながら頷く長男坊に、私と男が声をかけると、何度も彼は頷いた。ぐすっと鼻を鳴らすエストレージャにハンカチを差し出していると、ふううううう、と、ものすごく重々しい溜息《ためいき》が聞こえてきた。

「まったく。あたくし達を抜きにして話を進めないでくれるかしら」

「申し訳ございません、姫様。ですがわたくし達は……」

「ええ、もういいわ。今のところ、他に方法はないのだから。ならばこれはこのあたくしからの――ヴァルゲントゥム聖王国の姫たるクレメンティーネからの命令よ。精霊界に赴き、子供達を取り戻し、

そして必ず無事に帰還なさい」

凛《りん》としたその命令に、私と男はソファーから立ちあがり、深く一礼する。ハインリヒ青年が「クレメンティーネ様の命を違《たが》えることは赦しませんよ」と微笑《ほほえ》み、騎士団長殿が「帰ってきたらとっておきの酒を飲むぞ。忘れんなよ」とにやりと笑う。そんな二人に頷きを返し、私は男とそっと手を繋いだのだった。

4

私と男が精霊界へ直接赴き、消えた子供達を取り戻してくる。そう決まった後の、男と、そして姫様方の行動は非常に迅速なものだった。

男は部下である黒蓮宮《こくれんきゅう》の魔法使い達にこのまま探索魔法を続けるよう命じ、また、占星術の覚えのある者達には昼夜を問わず星の動きを観察し続け、何か異変があればすぐに魔法使いと連携して行動するように厳命した。

ハインリヒ青年は国の政《まつりごと》を司《つかさど》る執務官として、騎士団長殿は国の平和を守る騎士団の代表として、それぞれ部下達に、子供が消えて混乱する王都の統制に努めるように命じ、自身の戦場へと飛び込んでいった。

私と男、そしてエストレージャは、姫様と共に、再び仮面をつけて、王宮から大神殿へと移動する運びとなった。王宮ばかりではなく大神殿にも、民が大挙して押し寄せており、神官や神殿騎士達が暴動を起こす寸前の彼らを諫《いさ》め、宥《なだ》めようと必死になっていた。それを横目に、姫様だからこそ知る大神殿の隠し扉から内部へと入った私達は、大神殿の中でも許された者しか入ることができない最奥《さいおう》へと通された。

姫様の案内で向かったのは、大神殿の最奥にあるとある一室。そこで、今となっては最早懐《もはやなつ》かしいと言いたくなるようなお方の御尊顔を拝む羽目になったのである。

「やあ、久しいね。フィリミナも、エギエディルズも、そしてその子息たる狼《おおかみ》少年も、元気そうで――と、言うのは冗談にしては我ながら質《たち》が悪いかな」

そう言って、ふふ、と穏やかな、かつどこか悪戯《いたずら》げな笑みを口元に刻む目の前の青年の顔の上半分は、白い鳩《はと》が両翼を広げた形の仮面によって隠されている。高位神官の証《あかし》である真白い衣装に身を包み、神殿に属する者の証である仮面をつけた人物の髪は、肩口で切り揃《そろ》えられた見事な白金である。半分も顔が隠されているというのに、不思議と美しいことが知れるかんばせは、いつも通り泰然自若《たいぜんじじゃく》としたものなのだろう。仮面の向こうの、姫様と同じ、光の加減で金色にも見える琥珀《はく》色の瞳は、やはり穏やかなものだった。

こんな時でも通常運転のこのお方の態度に、苛立《いらだ》てばいいのか、安心すればいいのか、いっそ勇気付けられればいいのか。きっとどれもが正解であり、同時にどれもが不正解であるに違いない。彼の言葉や態度一つ一つを大真面目に受け取っていたら馬鹿を見る——とまでは流石《さすが》に恐れ多くて言えないが、とりあえずいらない苦労を背負う羽目になることはまず間違いないのだから。

「お久しゅうございますわ、叔父上」

「勇ましい格好だね、クレメンティーネ。その辺の騎士など、今の君ならばあっという間に叩《たた》きのめしてしまいそうだ」

「ええ、あたくしもそんな気分ですわ。叔父上、それ以上ご冗談を仰《おっしゃ》るようでしたら、その記念すべき第一号にしてさしあげましてよ」

「おやおや、怖い怖い」

大神殿における高位神官にして、我がヴァルゲントゥム聖王国国王陛下の異母弟、つまりは姫様の叔父にあたる青年、その名をクランウェン殿下と仰るお方は、首を竦《すく》めてころころと楽しげに笑った。

姫様が仮面越しに非常に鋭くクランウェン殿下のことを睨《にら》み上げているのが感じ取れる。隣の男は盛大な舌打ちをしそうになっているところを奥歯を噛《か》み締めることで耐えているようだし、エストレージャはクランウェン殿下相手に下手な真似はできないと解《わか》っているものの、それでも彼のあまりにものんびりとした様子にもの言いたげな様子である。

私もまた、許されるのならばクランウェン殿下のみぞおちあたりに拳を一発入れて、「いいからさっさと本題に入ってくださいまし」と言い放つくらいはしたいのだが、悔しいかな、身分の差というものはこんな時に大きな弊害となるのである。

徐々に殺気立つ私達の空気にいい加減気付いたのだろう……というか、最初から気付いていていてわざと無視していたに違いないクランウェン殿下は、ようやく、「さて」と、口元から笑みを消した。

「現状は、事前に受け取ったクレメンティーネからの報告の通りだろうと、我々神殿側も結論を出しているよ。子供達は皆、我々が属する『こちら側』たる人間界から、『あちら側』と呼ばれる精霊界にさらわれてしまったと言えるだろう。我らが女神からの託宣は未《いま》だ得られておらず、ゆえに、現状としては我々自身の手で子供達を取り戻すしか方法はない」

改めて現状を言葉にされ、思わず唇を噛み締めた。今の状態がどれだけ切迫した緊急事態であるのかをまざまざと思い知らされる。クランウェン殿下は、本当に重要なことについては嘘《うそ》や冗談を言わないお方だと私は認識している。ならば、子供達を取り戻すためには、本当にもう、たった一つしか方法はない訳だ。

無意識に握り締めていた手に、更に力が籠る。そんな私の手に、隣の男の手が無言のまま重ねられた。その温度がとても冷たいことに、今になってようやく気付く。男の緊張を、思い知る。

何を言われた訳でもないというのに、何故だか「ついてきてくれるか」と問いかけられているような気がした。狐《きつね》面の向こうの朝焼け色の瞳が、不安に揺れている。だからこそ私は微笑《ほほえ》みを唇の上に刷《は》いて、がちがちに固まっていた拳を解いて男の冷たい手を握り返す。

そうして体温を分け合うと、ほう、と男の薄い唇から、安堵《あんど》の吐息が小さくもれて、続いてゆっくりと誓いの言葉を吐き出した。

「必ず、エリオットとエルフェシアを、そしてその他の子供達を、俺達は連れ帰ってみせます」

「子供達は国の宝です。わたくし達は必ずや、その得難い宝物を取り戻してまいります」

男に紡いだ言葉は、きっと、自分自身に対する誓いであり、今の私にとっては何に代えても叶《かな》えたい願いだった。

いいや、私ばかりではない。男や、エストレージャや、消えた子供達の家族全員の願いなのだ。未だ無言を貫いているのだという女神に、この祈りは届いているのだろうか。届いているのだとしたら、どうかこの祈りに応え、この願いを叶えてほしい。

けれどそんな神頼みなんて、性に合わないというのも事実な訳で、私は、私自身がエリオットとエルフェシアを取り戻すために行動できることを、心の底から嬉《うれ》しく思う。

そんな私の思いが届いたのだろうか。クランウェン殿下は再び口元に穏やかな弧を描き、くるりと踵《きびす》を返す。

「全員、ついておいで」

そう言い残して奥の大きな扉へと向かうクランウェン殿下の後ろ姿に、私と男とエストレージャは顔を見合わせ、姫様は一つ溜息《ためいき》を吐かれた。どうやら私達は、クランウェン殿下のお眼鏡にかなうことができたらしい。

姫様がまず足を踏み出され、私達が後に続く。既《すで》に大神殿の随分奥へと来たと思っていたのに、更に奥があるようだ。自分達以外の人の気配が一切感じられない、静まり返った廊下に、五人分の足音ばかりが大きく響く。あまりにも静かで穏やかな空気に満ちているものだから、外の喧騒《けんそう》など忘れ去ってしまいそうな、何もかもが幻だったかのような、そんな都合のいい錯覚に陥《おちい》りそうになる。

やがて、先頭を歩いていたクランウェン殿下は、廊下の最奥の行き止まりの前で立ち止まった。行き止まり、と言うのは正確には正しくないのかもしれない。そこには真っ白な大理石で作られた、巨大な観音開きの扉がそびえ立っていた。なんの彫刻も施されていない、雪のような白さばかりが際立つ扉に、クランウェン殿下はおもむろに自らの手を宛がう。

触れただけにしか見えず、それだけでは決して開くようには見えなかった重厚な扉は、その瞬間、重々しい音を立てながら両開きに開かれた。

「さあ、行こう。クレメンティーネには馴染《なじ》み深い場所だろう？」

「ええ、叔父上」

クランウェン殿下の言葉に姫様が頷《うなず》かれ、ためらうことなく扉の向こうへと足を踏み出される。男が私の手を引いてその後に続き、必然的に私も扉の中へと引き込まれることになった。

――そうして、全身を包み込んだ空気を何と呼ぼう。

深い森の奥の湖の水のようにひんやりと冷たく、同時に我が子を慈しむ母の手のようにあたたかい。

円形の部屋は、肺腑《はいふ》が一気に浄化されるかのような、清廉《せいれん》な空気に満ちていた。

様々な色硝子《ガラス》を組み合わせて作られた天窓から、太陽光が降り注ぎ、扉と同じ白い大理石で作られた石畳の上に様々な花の紋様を描く。まるで万華鏡のようだった。各地の神殿でよく見る女神像や花飾りが置かれている訳でもないというのに、何故だかこの部屋が、どんな神殿よりも清浄な空間であることが解るようだった。

「あたくしが巫女《みこ》として託宣を受ける部屋よ。解りやすい言葉を用いるなら、〝聖域〟と呼ぶのが相応《ふさわ》しい場所ね」

「大神殿の神官の中でも、選ばれた者しか入れない場所だ。王族すら足を踏み入れることは許されない。神族の末裔《まつえい》たるエストレージャはともかく、エギエディルズとフィリミナは、歴史上でも初めての例外と言えるだろうね」

姫様とクランウェン殿下はさらりと言ってくださるが、その内容はそのままさらりと受け流すにはあまりにも重すぎる内容だった。

聖域って。歴史上初めての例外って。

ひええ、と、花の仮面の下で顔を引きつらせる私の隣で、「なるほど」と男が頷いた。

「ここが、『あちら側』と『こちら側』を隔てる壁が最も薄い場所という訳ですか」

「そういうことだよ。察しがよくて何よりだ」

「託宣を授かる場所ということはつまり、女神や精霊の『声』が届く場所であるということだもの。『壁』が薄ければ薄いほど『声』は届きやすくなる。だからこその〝聖域〟であり、それゆえに大神殿は、この場所を中心にして造られたのよ」

姫様の言葉に男が再び頷き、愛用の杖《つえ》を召喚する。シャン、と杖の装飾が、涼やかな音を立てた。存外に大きく聖域に響き渡ったその音は、空気を優しく、それでいて有無を言わせず震わせる。

男が足を踏み出し、部屋の中心に立った。色硝子越しに降り注ぐ色とりどりの光の中に、凄絶《せいぜつ》なまでの美貌の魔法使いが一人佇《たたず》む。まるで絵画のような光景だった。濡《ぬ》れたように艶めく漆黒の髪が、ゆらりと光の中でゆらめいた。

シャン。シャン。シャン。

男が杖の柄を地面に打ち付け、そのたびに、凪《な》いだ水面に波紋が広がっていくかのように空気が塗り替えられていく。涼やかな響きに合わせて、男が朗々と、謡うように紡ぐのは、旧《ふる》き時代から連綿と受け継がれてきた魔法言語だ。

あ、と思わず周囲を見回す。風だ。天井の嵌《は》め殺しの窓以外にはどこにも窓なんてないはずのこの部屋で、何故だか風を感じる。冷たいような、あたたかいような、どちらとも言える風は、やはり男を中心にして、渦を成しているかのようだった。

シャン。シャン。シャン。

涼やかな音が、男の声と共にどんどん重くなっていく。清浄な空気が、まるで蜂蜜のような、とろりとした密度と重量を孕《はら》む。何故だろう。ひどく息苦しい。眩暈《めまい》を感じてよろけそうになる身体《からだ》を、すぐ側《そば》にいたエストレージャがすぐに支えてくれた。白銀の仮面の向こうの黄色い瞳に、私を案じる光を感じ取り、なんとか笑みを返して体勢を立て直す。とはいえ、やはりエストレージャの手を借りたままではあるのだけれど。

私達が見守る先で、男は高く杖を掲げる。その杖の先端の、男の瞳と同じ朝焼け色の魔宝玉が、一際大きく輝いた。

「〝導け。現れよ。そして〟」

ゴォッと風が啼《な》いた。吹き荒《すさ》ぶ風は、清浄すぎる空気をぐるぐるとかき混ぜ、男の前に一つの形となって収まろうとしている。

「――――〝開け〟」

風が止《や》んだ。そして気付いた時には、男の前に、一枚の扉が立っていた。

観音開きのそれは、粗末なものだった。古びた木で手慰みに造られて、何年も放置されていたかのような、薄っぺらいものだ。けれど何故だろう。その扉は、今まで私が見てきたどんな扉よりも存在感があり、重圧感を孕み、威圧感を感じさせる。

エストレージャの手を握り返しながらごくりと生唾を飲み込む私の方を、男が振り返る。仮面で隠されているけれど、そのいつも通りに引き結ばれた唇に、ほ、と安堵してしまう自分がいる。

そんな私達をよそに、クランウェン殿下がぱちぱちぱちぱち、と呑気《のんき》に拍手をした。

「見事なものだね。境界破りの扉を、こうもたやすく創り上げるとは」

「お褒めに与《あずか》り光栄です」

「私が珍しく本気で褒めているのに、君はつれないねぇ」

「叔父上、ご冗談を仰る際は時と場合を選んでくださいませと、あたくしはここでも進言せねばなりませんの？」

「ははは、ごめんごめん。いやでも本当に感心しているんだよ。界渡りは一つの禁呪だ。普段不干渉を是としている世界の境界に無理矢理穴を開けるんだよ？　影響が及ぶのは穴が開いた相互の世界ばかりじゃない。周囲に存在する三千世界にも影響が及ぶ、正《まさ》しく禁忌《きんき》の魔法だ。それをこんな風に軽くこなされてしまうと、ねぇ」

敵《かな》わないな、とくつくつと喉を鳴らして笑うクランウェン殿下の口調は実に軽いものであるけれど、内容はやはりとんでもない。あまりにも男が平然としているからそういうものなのかと思ってしまいそうになるけれど、やはり男に負担がかかっているのではないだろうか。

――ああ、駄目だ。また不安がぶわりと込み上げてくる。

「エディ」

「問題ない」

「……まだ何も言っておりませんのに」

「言われずとも解るさ。お前の心配はありがたいが、無用なものだ。俺を誰だと思っている？」

にやりと口の端をつり上げて問いかけられ、思わず言葉に詰まる。誰だと思っているなんて、そんなの、最初から決まっている。

「何かと無茶をしがちな、わたくしのかわいい旦那様です」

私の返答に、姫様が「貴女がそれを言うの？」と溜息を吐き、クランウェン殿下がぶふっと吹き出し、エストレージャがいかにももの言いたげに私の顔を見つめ、そして男が口をへの字にした。

「…………お前にそれを言われるとはな」

「だ、だって、エディったら、わたくし達のことになるとすぐに無理をなさって、しかもそういう素振りを見せてくださらないではないですか」

「まあ、そう言われればそうか。俺にも意地があるからな。否定はできない」

「でしたら！」

「だが、今回は本当に大丈夫だ。俺とお前が渡る程度の『扉』であれば、俺の魔力だけで十分創ることができる。見た目は粗末なものだが、この『扉』は確実に俺達を『あちら側』へと渡してくれる」

コンコン、と後ろ手で背後の扉を叩いて男は笑った。弧を描く口元から窺《うかが》い知れる笑顔は確かな自信に満ちている。それを見ていると、なんだか不安に苛《さいな》まれているのが馬鹿らしくなってきて、私は一つ溜息を吐いた。

「信じておりますからね」

「ああ。行こう」

「はい。……エージャ？　どうしたの？」

男が差し出してきた手を取ろうとして、エストレージャと繋《つな》いでいた手を離そうとするけれど、エストレージャはその私の手を離してくれない。どうかしたのかと呼びかけても返事はない。

エストレージャは俯《うつむ》いていた。私の手を掴《つか》んでいる手は震えている。けれど、決して離そうとはしない。仮面に隠された表情を見ることは叶わないけれど、この子が今にも泣き出しそうな顔をしていることくらい、すぐに解った。何も言わないけれど、「行かないで」と、「置いて行くな」と、そう訴えかけられていることが、手に取るように解る。だって私は、この子の母親なのだから。

今のエストレージャが、一体どれほどの不安の中にいるのか、遅れ馳《ば》せながらに気付いて反省をする。気付くのが遅くなってしまい、本当に申し訳ない。

いくら口では「待っている」と言えたとしても、いざ実際に待つとなると話は違うだろう。待つことができるのは幸運なことだけれど、だからといって辛《つら》くない訳がない。この子を一人で待たせることになるのがとても心苦しい。私は、待つということの辛さを、知っているから。

「エストレージャ、大丈夫だ」

「ご、めん。解ってる、解ってるんだ。でも、でも俺は……っ」

男の静かな呼びかけに、エストレージャは震える声で謝罪しながら、なんとか私の手から自分の手を剥《は》がそうとして失敗している。言動が一致しないことに、他ならぬ本人が一番戸惑っているのが明らかだった。

ぎゅっと私の手を握り締めてそのまま再び俯く息子の頭を、私は空いているもう一方の手で撫《な》でる。

「エージャ、エストレージャ。手を出してもらえるかしら」

「……？」

私が促《うなが》すと、私の手を握っていたエストレージャの手から、ようやく力が抜けた。それをいいことに、左手の薬指から指輪を抜き取る。

「これを、受け取ってもらえる？」

きょとりと仮面の向こうで瞳を瞬かせて私を見つめる息子の手の上に、まだ私のぬくもりが残る指輪を乗せた。銀の地金に、朝焼け色の魔宝玉があしらわれた、シンプルな指輪だ。かつてその魔宝玉は、男から贈られたブレスレットの中心に据えられていたのだけれど、今となっては男と揃いの、結婚指輪とでも呼ぶべきものである。

その指輪が何たるかをよく知っているエストレージャは、仮面越しでもそうと解るほど大きく目を見開いて、ふるふるとかぶりを振った。

「これ、母さんの大切な指輪じゃないか。受け取れない」

押し返そうとしてくる手を、ぎゅっと両手で包み込む。大きく息を呑《の》む息子に、私は笑いかけた。

「ええ、わたくしのとても大切な指輪よ。だから預けておくだけ。帰ってきたら、あなたがわたくしに返してちょうだい」

仮面の向こうの黄色い瞳が、驚きに見開かれる。そうして涙の膜が張るその瞳を拭《ぬぐ》ってあげたいと思うのだけれど、仮面のせいで生憎《あいにく》それは叶わない。だから代わりに、背伸びをして、こつりとエストレージャの仮面の額に、自分の花の仮面の額を押し当てる。ほんの少し前まではほとんど同じ背の高さだったのに、本当に子供の成長とは早いものだ。

「わたくし達の綺麗《きれい》なお星様。あなたの輝きが、きっとわたくし達をエリオットとエルフェシアの元へと導いてくれるわ」

だから待っていて、と言外に告げる私と、そんな私を泣き出しそうな顔で見つめるエストレージャを、二人ごとまとめてがばりと大きな腕が包み込む。たっぷりとした真っ白い袖に抱き締められて、私は思わず笑ってしまった。

「もう、エディ、どうなさいまして？」

「俺も交ぜろ」

「あらあら、甘えたさんなお父様ですこと」

ねえ？　とエストレージャに同意を求めると、私達のかわいい長男坊は、困ったようにぺったりと白銀の毛並みに覆われた獣耳を下げてしまった。愛らしい仕草にくすくすと笑う私をよそに、男はぐしゃりとエストレージャの頭を撫でた。

「必ず帰ってくる。それまでいい子にしていろよ」

どこか冗談めかした男の台詞《せりふ》に、エストレージャが男の腕の中から抜け出して、むっすりと口を引き結んだ。

「……あんまり子供扱いしないでくれ」

「嫌か？」

「ち、ちが……っ！　嫌って訳じゃ、ないけど、その」

男の問いかけに顔を赤らめて、「恥ずかしいから」とこれまた何ともかわいらしい返答をしてくれる息子の姿に、つい笑み崩れてしまう。

仮面があってよかった。こんな泣き笑いの表情を、この場にいる面々に見せられるはずがない。エストレージャのことを愛《いと》おしく思えば思うほど余計に、ここにエリオットとエルフェシアがいてくれたら、と、そう思わずにはいられない。どうか無事でいてと、必ず迎えに行くからと、そう何度も自分に言い聞かせるばかりだ。

エリオットもエルフェシアも、私達の大切な宝物だ。奪われたならば取り戻しに行くのは当然の流れである。そして、エストレージャの心からの笑顔を取り戻すためにも、私達は行かねばならない。

「クレメンティーネ姫、クランウェン殿下、そしてエストレージャ。それでは、我々は行ってまいります」

男が私を引き寄せて、三人に対して一礼する。続いて私も一礼すると、私達のやりとりを黙って見ていてくださった姫様は厳かに頷かれた。

「あたくしとも約束よ。必ず、子供達と共に無事に帰還すると」

「はい。必ず」

男の代わりに私が答えると、姫様はいつものように泰然とした笑みで頷いてくださった。それは彼女にとっては取り繕った笑顔であったかもしれないけれど、私にとっては十分すぎるほどの勇気を与えてくれる笑顔だ。

ひらりとクランウェン殿下が片手を挙げ、エストレージャが「いってらっしゃい」と震えそうになっている声音をかろうじて気丈に保ちながら、そっと背を押してくれる。


そして私達は、目の前の『扉』を開けて、『あちら側』へと足を踏み入れた。


――――ざわり、と全身が総毛立つかのような感覚に襲われた。

気付けば閉じていた目を、恐る恐る開く。私は、淡い紫色の霧の中に佇んでいた。

背後を肩越しに振り返ると、そこにあったはずの『扉』は、ほろほろとまるで砂糖菓子のように霧の中に溶けていくところだった。あ、と思った時にはもう遅く、そのまま『扉』は跡形もなく消えてしまう。

周囲は前述の通り、淡い紫色の霧が広がるだけだ。奥深い霧は、何もかもを覆い隠している。生き物の気配は一つとして感じ取れず、どこまでも何もない。

「ここが精霊界……？」

無意識に男に身体を寄せて呟《つぶや》くと、私の腰に片腕を回して自身の方に引き寄せ支えてくれる男は、綿帽子をより深く被《かぶ》り、狐の仮面をもう一方の手で押さえて低く呟いた。

「出迎えにしては雑なものだな」

「え？」

「見ろ」

男が顎をしゃくって示した先を見ると、何故かそこだけ、霧が晴れていた。まるでハサミで切り込みを入れたかのように、霧が左右に分かれ、一本の道を作っている。ちょうど二人分の幅の、白い石畳の道だ。

まるで——いいや、確実に、「こちらに来い」と言われているのが、私にも解る。一体誰の真似だか知らないが、男の言う通り、随分と『雑』な案内である。

歓迎されているのか、いないのか。どちらとも言い難い対応に眉をひそめずにはいられないが、だからと言って他に道がある訳ではない。私と男は顔を見合わせてから、無言で歩き出した。

一歩前へと進むたび、一歩後ろが霧に飲み込まれていく。後戻りはできないし、させない、という意思を感じる。この霧が人為的なものであるならば、それを成している人物はあまりよろしくなさそうだ。私やこの男に言われたくはないだろうけれど。

はたしてどれほどの間、そのまま歩き続けたか。気楽なほんの数分か、はたまたへとへとになるほどの数時間か。時間の感覚がひどく曖昧《あいまい》になっていくのを感じた。

これが独りだったら、それこそ本当に気が狂っていたかもしれない。他ならぬ男のぬくもりが感じられることと、この道の先に子供達がいるかもしれないというわずかな希望が、かろうじて折れそうになる心を支えてくれていた。

「エリーも、エルも、泣いていないでしょうか」

お母様と、お父様と、兄様と、そう、泣き叫んでいる声が聞こえるような気がして、胸がざわめき悲鳴を上げる。男の大層上等で高級な真白い衣装をぎゅうと掴むと、男がそっと私の頭を小突く。

「お前の方が泣きそうでどうする」

しっかりしろ、と言外に言われてはっとする。この男の言う通りだ。ああもう、弱気になってばかりでいけない。エストレージャにも、姫様にも、約束してきたというのに。

「そう、ですね。わたくしが泣いている場合ではありませんね」

泣いている暇なんてないのだ。そう自分に言い聞かせ、男になんとか笑みを返すと、男は深く頷いてくれた。

「その意気だな。――――ほら、到着らしい」

男が見上げたその先を視線で追いかけて、私は息を呑んだ。同時に、一気に視界を埋め尽くしていた紫色の霧が晴れていく。

そうして現れたのは、巨大な城だ。絵物語で語られるような美しい城は、すべて硝子でできているようだった。透明な硝子と曇り硝子を組み合わせて何棟もの塔が連なり、その塔には色とりどりの色硝子によって様々な絵が描かれた窓がいくつも嵌め込まれている。

その時になって、私はようやく気が付いた。私と男が歩んできた石畳の道以外の地面が、ただの地面ではなく、水面であることに。どこまでも透明な水の上に、私達は立っている。そして、城もまた水の上にそびえ立ち、天から降り注ぐ光によって、水面に鏡写しにその姿を描いていた。

これでこの道から足を踏み外していたらと思うとぞっとせずにはいられなかった。どこまでも深く、どこまでも透明な水が周囲を取り囲んでいる。こんなにも綺麗な水であるというのに、生き物の気配が一切ないことにもまたぞくりとさせられる。

ああ、しかも、なんてことだ。天から降り注ぐ光は、てっきり太陽によるものであるとばかり思っていたのに、実際は違う。空を見上げても、太陽はない。代わりに、おびただしい量の星々が輝いている。太陽も月もなく数多《あまた》の星々ばかりが輝いて――いいや、もしかしたら、太陽も月も、すべてあの星々の中の一つなのかもしれない。

「大丈夫か？」

「は、はい……っ！」

気遣わしげな声に頷いてみせるけれど、失敗した。今のは明らかに大丈夫ではない返事だった。そんなつもりじゃなかったのに、と悔やんでも遅い。そぉっと男を見上げると、狐の仮面の向こうから、男がじぃと私のことを見下ろしている。

ごまかすように笑い返すと、男の顔が近付いてくる。こつりと狐の仮面の鼻先が、私の花の仮面の鼻先にぶつかった。チッと男が舌打ちして顔を背《そむ》けるので、何がしたかったのか解らない私は首を傾《かし》げるしかない。

「どうなさいまして？」

「……緊張をほぐそうと思ったんだが、仮面の存在をまた忘れていた」

「………それは、それは」

ありがとうございますと言うべきなのか、実に悩ましいところである。

確かに私の緊張ぶりは傍目《はため》にも明らかかな、相当なものであるだろうという自覚はある。だがそれにしてもこの男、どうしてこんなにも落ち着いていられるのだろう。

私か？　私の方がおかしいのか？

そんな私の訝《いぶか》しげな視線を仮面の向こうからでも感じ取ったのだろう。男はフンと鼻を鳴らした。

「どうして俺に恐れるべきものがいる？　俺にとって一番恐ろしい存在はお前なのに」

「え？」

思ってもみなかった言葉だった。硬直する私に対し、男は薄い唇の端をつり上げて、不敵に笑う。

「隣にお前がいるんだ。ならば俺は、誰よりも強くなれる。不可能なんてあるものか」

お前は違うのかと、問いかけられている気がした。……ああ、なんてことだ。今更、そんな当たり前のことに気付かされるなんて、私もまだまだだということだ。

悔しさと気恥ずかしさを胸に、男の仮面の鼻先に自分の鼻先をこつんとぶつけ、私は笑った。

「ええ、あなたの仰る通りです」

「そういうことだ。さあ、行くぞ」

「はい」

改めて城の前に向き直ると、それを待っていたと言わんばかりのタイミングで、城門が音もなく左右に開かれていく。

男と手を取り合ってその中へと足を踏み入れる。大神殿の聖域で感じたような空気と同じ匂いがした。背後で城門が閉ざされる気配を感じ、振り向くと、『こちら側』に着いた時の『扉』と同じように、城門は消え去った。やはりここでもまた、私達は後戻りできないらしい。構わない。後戻りしたいなんて、これっぽっちも思っていないのだから。前へ進み、子供達の元に辿《たど》り着くだけである。

外観の壮大な豪華さに反して、城の中はとても殺風景だった。調度品の一つもなく、ただ広い空間が広がっているだけだ。さてどこへ行けばいいものやら、と考えていると、ころころころ、と、前方からこちらに向かって、先程の石畳の道と同じく大人二人が歩むのにぴったりの幅の絨毯《じゅうたん》が、転がりながら広がってくる。それは、私と男の前で止まった。

「こちらへ来い、ということか」

「そのようですね」

ならば今は従うより他はない。男と手を繋いで、絨毯の上に足を踏み出す。毛足の長い絨毯に足を沈めつつ、一歩一歩確実に前へ——すなわち、城の奥へと向かう。

やがて私達は、大きな扉の前まで辿り着いた。

その扉もまた、硝子でできていた。豊かな白銀の髪の女性が、その両手を胸の前で組み合わせて眠っている姿が、色硝子で描かれている。人知を超えた美しさに見惚《みほ》れる私をよそに、男がおもむろに扉に手をかけた。触れただけのその手に促されたかのように、絵姿の女性が瞳を開く。輝かしい金色があらわになった。

驚きに固まる私と、そんな私を即座に自身の白い打掛の中に囲い込む男に、絵姿の女性は春風のように笑いかけ、フッと扉ごと消え失せる。

絨毯はその扉があったはずの場所よりも向こうの空間に更に続いている。男と連れ立って中へと入ると、今まで以上に大きく開けた空間が広がっていた。

そして、空間の中心に、一脚の豪奢《ごうしゃ》な椅子が据えられている。色とりどりの宝石で飾られた大きな椅子に、ゆったりと腰かけている存在を前にして、私と男は、大きく息を呑むことになった。


「ようこそ、と、まずは言うべきか。稀《まれ》なるヒトの子らよ」


頑是ない少年のそれのようでもあり、年を幾重にも重ねた老人のそれのようでもある、不思議な響きを孕んだ声音だった。その声を発したのが、前方の豪奢な椅子に悠然と座る小柄な人物であるということに気付くのに、少しばかり時間がかかった。圧倒的な存在感を放つ存在に、意識の何もかもが奪われそうになる。

こちらを笑みと共に見つめる存在は、あまりにも鮮烈な姿かたちをしていた。

あらゆる鳥の絢爛《けんらん》豪華たる極彩色の羽根を集めたような長い髪。左右のこめかみから伸びる純白の鹿の角からは、種類を問わない様々な花が咲き誇り、離れた場所に立っている私の鼻にも芳《かぐわ》しい甘い香りが届く。こちらを見据える金剛石の瞳には、すぅっと線を引いたかのような獣の如き細い瞳孔があり、その奥で星のきらめきが覗く。

肌は滑らかな黒真珠のようであり、惜しげもなくたっぷりと生地が使われた白の衣装から覗く艶やかな黒はいっそ官能的であるとすら言えるだろう。

そして贅沢《ぜいたく》な白の衣装の合間からこぼれ出るのは、まるで繊細なレースで作られたかのような、一対の大きな翅《はね》だ。透ける翅は光の加減で、まるでオーロラのように様々に色を変化させ、夢か幻かと問いかけたくなるほどに美しかった。

指先には、薄く削り出された白蝶貝《しろちょうがい》と黒蝶貝からなる長く鋭い爪が乗り、その肘を肘掛けに預け、手の甲に細面の顎を乗せている。

相手は座っているはずだ。同じ高さにあるはずであるにも関わらず、何故だかとても高いところから見下ろされているような気になった。睥睨《へいげい》されている、と言うべきか。

ただただ呆然《ぼうぜん》と見つめることしかできない私を抱き寄せたまま、男もまた呆然と「まさか」と呟く。らしくもない声音だ。不安が誘われて男の顔を見上げるけれど、男はますます私のことを引き寄せて、自身の腕の中に囲い込み、低い声と共に、椅子――玉座と呼ぶべきそれに座る存在を睨み据えた。

「――精霊王御自らご登場とは、冗談にしては質が悪すぎるのではないですか？」

「せいれい、おう？」

男の台詞を半信半疑で繰り返す私を抱え込んだまま、男はその場に膝をつこうとした。慌《あわ》てて私も膝を折ろうとするけれど、ひらり、と、黒真珠の肌の手が蝶のようにひらめく。

「精霊王。確かに、ヒトの子は余のことをそう呼ぶな。構わぬ。楽にせよ。堅苦しいのは好かぬゆえ」

くつくつと喉を鳴らして笑うその存在、つまりは精霊王と呼ばれるあらゆる精霊を統べる存在の仕草は、妙に人間臭いものだった。だがしかし、かと言って気安くなれる存在であるはずがない。むしろ人間臭い仕草だからこそ、彼が人間から程遠い存在であることを浮き彫りにして、緊張せずにはいられない。

精霊王と言えば、魔法使いではない私でもよく知る存在である。古い絵物語や御伽噺《おとぎばなし》にたびたび登場する彼は、我がヴァルゲントゥム聖王国の守護神たる女神の第一のしもべにして夫であるとされる。

そんな神話上の存在が、目の前にいる。にわかには信じ難い事実だ。けれど、男のこの態度と、精霊王自身の圧倒的な存在感が、その事実を確かなものであると私に認識させていた。

私と男の視線を一身に受けている精霊王は、ひとしきり笑った後、そこで初めて気が付いたように、長く鋭く美しい爪が乗る指を、おもむろに私と男に向ける。

「仮面を外せ。余が許す。この城の中ではそなたらの『個』を認めてやろう。さあ、かりそめのおもてを外すがよい」

許可のような言いぶりであるけれど、実際の精霊王の台詞は、正しく命令と呼ぶべきものだった。

『こちら側』に来る前、姫様に実は何度も「決して『あちら側』で仮面を外しては駄目よ」と繰り返し酸っぱく言い聞かされている。いくら精霊王の命令とはいえ、姫様のあの言いぶりから鑑《かんが》みるに、迂闊《うかつ》に仮面を外していいものなのか。

私が迷う素振りを見せていると、精霊王の瞳がこちらへと向けられる。輝かしい金剛石の瞳に見据えられて動けなくなる。

こわい、と、本能的に感じた。怖くて怖くてたまらない。呼吸すらままならなくなり、唇をわななかせていると、男が動いた。

男はためらうことなく自らの狐の仮面を取り払い、ついでに被っていた綿帽子も肩へと落とす。そうしてそのまま私の花の仮面まで奪い、唖然《あぜん》とする私の唇に、自身の唇を押し付けてきた。

「ッ⁉」

ちょ、え、いきなり何をしてくれやがるのだこの男は！　そう怒鳴りつけたいのに、しっかりと頭を固定され、唇を唇でもって塞がれていてはどうにもならない。そして、いい加減息が苦しくなってきた頃にようやく解放される。

「～～エディ！」

「緊張が今度こそ解けただろう？」

涙目で叫ぶ私に、その手に自分の仮面と私の仮面を持ちながら、いけしゃあしゃあと男はのたまってくれた。この野郎。

私が必死に睨み付けても男は涼しい顔で肩を竦めるばかりだ。悔しいったらない。いくら私でも怒る時は怒るということをこの男はよく知っているはずなのに、それなのに！

そんな私の視線など完全にスルーして、男は精霊王に向かって一礼してみせた。

いや、今更すぎるだろう。そう思ったのは私ばかりではなかったらしい。精霊王もまた同様であるらしく、彼は呆《あき》れともからかいともつかない笑みを浮かべて、「随分と見せつけてくれるな」と呟いた。

何が悲しくてこんなところでこんな思いをせねばならないのかと思いながら、私もまた男に続いて、大変遅れ馳せながらの一礼をすると、精霊王は鷹揚《おうよう》に頷き、大輪の花のような、或《あ》いは輝く星のようなかんばせに、悠然と微笑を浮かべた。

「余の名はアルベリッヒと心得よ。本来の真名はヒトの子には発音できぬ。まあできたとしても、その名の『力』に潰されてしまうからな。ゆえに余は、ヒトの子に名乗る時は、便宜上はアルベリッヒと名乗っておる。『今』はな」

何やら含むもののある言い回しであると感じたのは、おそらく私だけではない。男だって気付いているだろうし、精霊王ご自身も、わざと私達が気付くような言い回しをしているようだった。

だがしかし、男も私も、大人しくその言葉尻を捕らえてさしあげるようなかわいらしい性格などしていない訳であって。

「ならば精霊王アルベリッヒに申し上げる。貴方方が連れ去った子供達を返していただきたい」

直球であるが、それが私と男の、いいや、子供を奪われた我が国の王都の民全員の総意であると言えた。私達の目的は、最初からそれ以外の何物でもない。

精霊王ともあろう者が、私達が何故精霊界に足を踏み入れたのかに気付いていない訳がないだろう。それなのに彼は、涼しい顔で小首を傾げてみせた。

「なるほど。ならば、余が嫌だと言ったら？」

「……なんだと？」

「エ、エディ、落ち着いてくださいまし」

精霊王の切り返しに、男の声が一段と低くなり、朝焼け色の瞳に剣呑《けんのん》な光が宿る。視線が武器になるならば、今のこの男の視線は、研ぎ澄まされたドワーフの宝剣か、はたまたエルフの魔法の矢じりか。

だが男の危険すぎる視線を受けてもなお、やはり精霊王は涼しい顔のまま……いいや、むしろ面白がるかのような表情になって、くつくつと喉を鳴らした。

「少々意地の悪いことを言ったか。嫁の方が冷静なようだな？　何故我らがヒトの子らを連れ去ったのか。その理由を訊かぬのか？」

「理由など二の次、三の次でありましょう。重要なのは、子供達の無事の帰還、それだけです」

「ふぅむ、なるほど？　つまらんな。そこなる娘よ、そなたの夫はこう言っておるが、そなたはどう考える？」

男の低い声音も鋭い視線も、何一つ精霊王には届いていないようだった。男が歯噛みする気配を感じつつ、私は必死に言葉を探す。けれどそんな真似はきっと無意味なのだ。どんなに言葉を飾り立てても、この人ならざる存在の前では、下手な芝居でしかないに違いない。

ならばもう、飾らない本音を吐き出すことしかできないではないか。

「理由が、気にならないと言えば嘘になります。ですが、夫の言う通り、そんなものはどうでもよいのです。どうか、どうか子供達をお返しください……！」

愛おしい名前を胸に抱きながら、私は男の側から一歩前へと踏み出して、深く頭を下げた。どうか、エリオットを。エルフェシアを。消えた子供達全員を、どうか無事に。

思いの丈を込めた私の声が、ようやく、精霊王の耳に届いたのか。彼はそこで初めて、微笑みばかりを浮かべていた表情を、いかにも困ったようなものへと変じさせた。

私と男の視線を受け入れながら、精霊王は「そもそも」とやはり困ったような口ぶりで続ける。

「そうは言われてもな。此度《こたび》のヒトの子らの『こちら側』への召喚は、我らにとっても不測の事態であったのだ」

「え？」

「なんだと？」

思わず礼儀も忘れて、私と男は声を上げ、顔を見合わせた。

不測の事態？　なんだそれは。それではまるで、精霊王や精霊の意思とは無関係に、今回の事件が引き起こされたかのようではないか。

なんだか嫌な予感が足元からじわじわと這《は》い上がってくる。男もまた険しい表情で精霊王を見つめている。精霊王は「どこから話すかな」と視線を宙にさまよわせ、そしてようやく再び口を開いた。

「ほんの少しばかり前に、世界を隔てる壁に亀裂が走ったのだ。ほんのわずかな、ヒトの子では気付けぬほどの小さなヒビであったが、小さくともヒビはヒビよ。その影響により、そなたらの世界と我らの世界の間にそびえる壁もまた揺らぎ、そなたらの言う《プリマ・マテリアの祝宴》なる、境界が曖昧になるこの時期に、『そちら側』と『こちら側』の間の壁に穴が開いたのだ。ちょうどそなたらの国の都の上にな。幼きヒトの子というモノは、まだ魂が肉体に完全に固着していないゆえに、我らと存在の在り様が近く、次元の狭間《はざま》や、結界の穴、或いは境界の亀裂に落ちやすくての。今回の事態はそれゆえに引き起こされたのだ。これでも余とて驚かされたのだぞ？」

のんびりとした口調で続ける精霊王の態度はあまりにも泰然自若としたもので、彼が語った事態の重要性が薄れそうになるが、実際はまあとんでもない。

まさか、つまり、と私が言葉を探す内に、男が低く、吐き捨て……もとい、確認した。

「つまり、偶然王都に空いた境界の穴に、子供達が皆落ちてしまったということですね？」

「そういうことよ」

男の確認に、これまた精霊王はのんびりと頷く。ギリリ、と苛立ちゆえに男が強く歯噛みしているのが手に取るように解った。私もまた、やり場のない怒りを、拳を握り締めることでなんとか耐える。

偶然が偶然を呼んだ事態とでも呼ぶべき状況なのだろう。誰が悪いという訳でもないことは理解した。けれどそれで納得できる訳がない。それなのに精霊王は、そんな私達を睥睨しながら笑うのだ。

「ゆえに余としては、我らが責められる謂《いわ》れはないと思っておるし、わざわざ幼きヒトの子らを返すという手間をかけてやる義理もないな。我らにとって幼きヒトの子のようなかわゆらしきモノは好ましい。『こちら側』でもそれなりにかわいがってくれようぞ？」

にっこりと、大粒の宝石がきらめくように、精霊王は微笑む。同時に、ぶちっと何かが切れる音がした。非常に危険な音である。

嫌な予感と共にそちらを見遣《みや》れば、いつの間にか愛用の杖をその手に召喚した男が、そのまま今にも攻撃魔法を放とうとしているところだった。

「エ、エディ！　駄目です、いけません！　どうか落ち着いてくださいまし！」

「これが落ち着いていられるか。エリオットとエルフェシアをかわいがるのは俺達とあちらに残してきたエストレージャ達だけで十分だ」

「お気持ちは痛いほど解りますが、どうか、どうかここは抑えて……！」

男の杖を持つ手に縋《すが》りついてなんとかその腕を下げさせ、改めて精霊王の方へと視線を向けると、彼は男の気迫に怯《おび》えるでもなく、また、その無礼に怒るでもなく、くつくつと至極楽しそうに笑っているばかりだった。

男の迫力に負けるような相手が精霊王という立場に在れる訳がないのだが、今回ばかりは迫力負けしてくれればいいのにと思ってしまう。

この様子では、精霊王の助力は期待できないだろう。当然だ。事態が本人の言う通りであるならば、やはり本人の言う通り、精霊側がわざわざ私達に力を貸す道理はない。

だからこそ、私達は私達自身の力で、子供達を取り戻さねばならない。

「発言を、お許し願えますか」

「よかろう。許す」

言ってみるがいい、と顎で促され、私は先程よりももっと深く頭を下げてから、挑むように精霊王を見つめる。

「精霊の皆様方に非はないことは理解いたしました。皆様のことを頭から疑ってしまった無礼をどうかお許しくださいませ。けれども、同時に、わたくし達や子供達にもまた非はないということも事実でございましょう。ならば、わたくし達が『こちら側』で子供達を探すことをお許し願えないでしょうか」

助力が望めなくても、せめて自分達の力で、動くことを許してほしい。この世界の王たるお方に、子供達を探すことを認めてもらわなければ何も始まらないではないか。だから、どうか。

「どうか、わたくし達に、子供達を取り戻すチャンスをくださいませ」

精霊界における絶対のルールは、精霊王にあるのだろう。勝手に動き回ってその意に沿わない真似をしたら、子供達の身が保証できなくなるかもしれない。ならばせめて、精霊界において自由に動く許可だけでも得たかった。子供達を探すという、すべての大前提となるチャンスがほしいのだ。

そうして再び深く頭を下げる。後頭部に、じぃと見つめてくる視線を感じた。精霊王の金剛石の瞳が、まるで値踏みするように私のことを見つめている。たったそれだけのことで、とんでもない重圧が全身に伸《の》しかかってくる。けれど、だからと言ってここで前言を撤回することなどできるはずもなかった。

しばしの無言、そして沈黙。静まり返った玉座の間の中で、ふいに、精霊王が「そういえば」といかにも今思い出したと言わんばかりの声音で呟いた。

全身を圧し潰そうとしていた重圧から解放されて顔を上げると、精霊王はにこやかに私の顔を見つめ、「そなたには恩があったのだったか」と続ける。

「恩……？」

とは言われても、思い当たる節はまったくない。むしろ迷惑ばかりかけまくってきた気がする。冷や汗が背筋を伝っていく私を、いかにも面白げに見遣って、精霊王は「解らぬか？」と首を傾げた。

はい、解りません——なんて馬鹿正直に言えるはずもなく、結局沈黙するしかない。

助けを求めて男の方に視線を向けても、男にも精霊王の言う『恩』が何なのか解らないらしく、眉をひそめている。ううむ、どうしたものか。だらだらといよいよ冷や汗が背筋を滝のごとく伝い落ちていくのを感じながら精霊王へと視線を戻すと、彼はにやりと口の端を持ち上げた。

「稀なる娘、そしてその夫たる、同じく稀なる者よ。吾子《あこ》に名を授けてくれたことに感謝し、その恩に免じて、そなたらにそなたらの求める機会とやらを与えてやろう」

「吾子？」

誰のことだ、と私が首を傾げると、精霊王は大仰《おおぎょう》に肩を竦め、嘆かわしげにこれまた大袈裟《おおげさ》な溜息を吐いてみせた。

「我らの寵児《ちょうじ》のことである。忘れられているとは吾子が哀れなものよ。そなたはあれにスノウと名付けたのではなかったか？」

思ってもみなかった名前に、思わず息を呑む。スノウ少年のことを忘れたことはない。ただこの場において思い浮かばなかったのは間違いなく私の失態だろう。

蒼穹《そうきゅう》砂漠に住まう、あらゆる精霊に愛されるさだめを背負って生まれた、玉虫色の髪と赤銅色《しゃくどういろ》の瞳、褐色の肌を持つ、幼い少年の姿が脳裏にまざまざと思い出される。あの少年に名前を付けたのは、不可抗力のようなものであったけれど、まさか巡り巡ってここでその話が出てくるとは思わなかった。

私は言葉を失い立ち竦《すく》み、男が私の隣で気を抜けば腰が抜けてしまいそうな私を支えてくれる。驚きに言葉を失っている私達を見つめて、精霊王は朗々と響く声で宣言した。

「お前達の子供達を、お前達自身の力で見つけられたら、すべての幼きヒトの子らを、『あちら側』に返すことを、我が真名において誓おう」

お前達の子、という言葉に、すぐに脳裏に、エリオットとエルフェシアの愛らしい笑顔が浮かんだ。おかあしゃま、と懸命に小さな両手を伸ばしてくる姿を抱き締めたくてならない。

あの二人を私達が見つけることができれば、すべての子供達を人間界に返してくれると、精霊王はそう言っているのだ。初めて見えた希望の光に、私は慌てて頭を下げる。

「つご温情、感謝いたしま……」

「ただし」

ようやく子供達を取り戻すための第一歩にあたる言質を獲得できて、撤回される前に謝意を伝えようとした私の言葉を遮るように、精霊王が片手をおもむろに持ち上げる。男性的とは言い難いたおやかな手が向けられた先にいるのは、私ではなく、私の隣にいる男だ。一体何を、と思う間もなく、精霊王の手から光が放たれ、その光は男のことを包み込んでしまう。

男の手から杖がこぼれ落ち、床に倒れるかと思いきや、その寸前で杖は光の粒子となって舞い上がり精霊王の手へと向かう。

「エディ！」

崩れ落ちるようにして膝をつく男に、私は悲鳴じみた声を上げながら隣に同じく膝をつく。その美貌を覗《のぞ》き込むと、男は、これ以上なく険しい表情を浮かべていた。

「エ、エディ……？」

大丈夫ですか、と。そう問いかけることすらためらわれる表情であり、雰囲気であった。男が杖を失った手で、自身の目と、耳を、それぞれ一撫でし、盛大に舌打ちをする。私がそっと男の頬に手を伸ばし、優美な頬のラインをなぞると、ようやく少しばかり男がかもし出す空気が和《やわ》らいだ。けれど相変わらず表情は険しいままだ。朝焼け色の瞳が、鋭い視線を精霊王へと向ける。

「本当に、質の悪い真似をなさる御仁だ」

いっそ憎々しげとすら言える、地を這うような声音だった。だが男の無礼を咎《とが》めるでもなく、精霊王はむしろ楽しそうに笑うばかりだ。

一体何が起こったのか。精霊王がこの男に何かしたことは確かだけれど、その『何か』が何なのかが解らない。現状に対する戸惑いと、事態を把握できないもどかしさに板挟みになりながら、男と精霊王のそれぞれの美貌を見比べる。

私がきょろきょろと首を動かしている仕草が何故かツボに入ったらしい精霊王は、それまでくつくつと喉を鳴らして笑うばかりだったところを、大きくけらけらと腹を抱えて笑い始めた。男の視線がますます鋭く剣呑なものへとなっていく。

ひえ、と内心で焦《あせ》る私に気付いたのか、それとも気付いたとしてもお構いなしなのか、精霊王は笑顔で両手を掲げた。精霊王の右手に、男の杖が現れ、そして左手の指先で、朝焼け色の光の塊が二対、踊るように舞っている。

　杖を奪われたことは理解できたけれど、何故だろう。そればかりではない気がしてならない。精霊王の指先で踊る二対の光の、非常に見覚えのある色彩に、無性に嫌な予感がした。そしてこういう時の嫌な予感というものは、得てして的中するものなのだ。

「そやつの杖と、『目』と『耳』を預からせてもらった。いやはや、なるほど。見事な杖であるが、それ以上にこの『目』と『耳』……ヒトの子が持つにはあまりにもすぎたモノよ。こんなものを持っていられたら、あっという間にそなたらの子供達を見つけられてしまうではないか。それは面白くない。まったくもって面白くない」

　ここまでは解るか？　と問いかけられても、返す言葉など見つからない。元より私達の返答など期待していないらしい精霊王は、まるで歌うように楽しげに続ける。

「で、あるがゆえに、余はこれらを預からせてもらおうぞ。なぁに、心配することはない。いずれ返してやろう。幼きヒトの子らについては、そなたら次第であるがな」

　……もう、開いた口が塞がらなかった。あまりにも理不尽な物言いである。

　精霊王の言うこの男の『目』と『耳』とは、そのままの意味の目と耳ではなく、魔法使いとしての目であり耳のことだろう。魔法に携わって生きる者は、その『目』と『耳』で、世界に満ちるマナやエーテルの流れを見極め、精霊の姿を捉え、杖という媒介のもとに魔法を行使するという。その『目』と『耳』、そして杖を奪っただと？　つまり今のこの男は、魔法使いとしてはあまりにも不完全な存在になってしまったということだ。

なるほど、この男がここまで怒りと苛立ちをあらわにする訳である。私だって「それはあんまりではありませんか」という文句の一つや二つや五つや六つぶちまけたい心境だ。

けれどできない。ここで下手なことを言って、精霊王の機嫌を損ね、更にハンデを背負わされる羽目になることだけは何としても避けねばならなかった。男もそれが解っているからこそ、睨むだけで沈黙を選んでいるのだろう。

私とこの男がいくら戸惑いや苛立ちや怒りを覚えようとも、無駄なのだ。先程も再確認した通り、『こちら側』、すなわち精霊界においては、精霊王こそがルールなのだ。すべては彼の気まぐれ次第。ただの人間であり、本来『こちら側』の存在ではない私や男には、彼に逆らうことは叶わない。

となれば、条件付きであるとはいえ、「子供達を返してやらんでもない」という結論に精霊王が至ったことは、彼なりの最大限の譲歩であるとすら言えるだろう。

そうとも、そんなことは解っている。解っているのだ。けれど、感情では納得しきれない。納得できる方がどうかしている。こっちは大切な子供達が人質に取られているようなものなのだ。

悔しさに思わず唇を噛み締める私と、私の肩に手を回しながらも相変わらず精霊王のことを鋭く睨み付けている男に対し、精霊王はにっこりと笑う。赤子のように無垢《むく》で、老人のように悪辣《あくらつ》で、腹が立つほどに美しい笑顔だ。

「我は退屈なのだ。ゆえにこれは余興である。さあ、存分に余を楽しませてみせよ。……とはいえ、杖と『目』と『耳』を奪った上に、何も手がかりもないというのはいささか公平性に欠けるか」

それはよろしくないな、と、精霊王は一つ頷いた。どの口が言いやがるのだ、このお方は。思わず私も男と一緒になって精霊王のことを睨み付けると、彼はくつくつとまた笑って、たっぷりとした袖から覗く艶《なま》めかしい手をおもむろに持ち上げた。

「疾《と》く出《い》でよ、××××」

精霊王が、私達には理解できない言葉を――名前を、呼ぶ。次の瞬間、私達のすぐ隣で、突然大きく炎が燃え上がった。赤々と鮮やかに美しく燃え盛る炎は渦を成し、ゴウッと空気を震わせたかと思うと、やがて一人の人間のかたちを形成する。

そして炎は収束し、代わりに現れたのは、凛々《りり》しい長身の青年だった。

一見して、歳《とし》の頃は二十代後半ほどに見える。燃えるように鮮やかな、赤をベースにオレンジ色や黄色や金色が入り混じる癖のある髪が、肩口あたりまで伸ばされて、四方八方に勇ましくゆらめいている。極上の宝石を思わせる瞳は、光の加減で朱金の輝きを帯び、やはりそれもまた炎を閉じ込めたかのような美しさを誇る。

高く通った鼻筋と、凛々しく勇ましい眉、彫りの深い整った顔立ちが印象的である。身にまとう衣装は、王都の大貴族に連なる面々すらなかなか手に入らないに違いないような豪奢なものだ。ルビー、レッドスピネル、ファイアーオパール、ガーネット……その他にも私の知らない赤い宝石があちこち彼の衣装を飾る。統一感がないようなたくさんの宝石は、何故だか不思議とそこにあるのが一番相応しいかのようにそれぞれ絶妙の配置で輝いている。

明らかに人ならざる、大層ご立派な御仁のことをしげしげと眺めていると、朱金に輝く瞳がちらりとこちらへと向けられた。切れ長の瞳が、ぱちん、と悪戯げにウインクを寄越してくる。

「まさか……」

男がらしくもなく驚きをあらわにして、青年のことを見つめる。青年は口元にやはり悪戯げな笑みを刷く。鮮やかな笑みが、いつかどこかで見たことのある、厳かで慈悲深いそれへと変わるのを目にした瞬間、私もまた大きく目を見開いた。

「そなたらとは旧知の仲の者、と言えば話は早いか？」

悪戯が成功して喜ぶ子供のように、無邪気に精霊王は笑う。男の台詞ではないが、本当にどこまでも質の悪い御仁だ。初見ですぐに気付かなかった私達に非があるのか？　いや、気付けという方が間違っているだろうと声を大にして言いたい。

このあらゆる赤をまとう凛々しい青年こそ、当時幼馴染という関係であった九歳のこの男が召喚した存在。その際に私の背に消えない火傷《やけど》の傷痕を残してくれたが、先達《せんだっ》ての大祭において、私達のことを赦《ゆる》してくださった尊いお方。人間の姿をしていようが、気付いてしまえばもう疑いようもない。彼こそが、燃え盛るたてがみを持つ獅子《しし》の姿の、焔《ほのお》の高位精霊だ。

私のことを庇《かば》うように、男が打掛の中に私を引きずり込む。焔の御仁は困ったように眉尻を下げた。私も、男を宥めるようにその腕を撫でる。もう私達に対して無体な真似をするような方ではないことくらい解っているだろうに、それでも私のことをこの男は守ろうとするのだから困ってしまう。嬉しくないと言えば嘘になるけれど、そのせいで要《い》らない負担をかけることになるのは心の底からごめんなのに。

一連の私達のやりとりを見つめていた精霊王は、玉座に座ったまま、ゆっくりと口を開いた。少年

のようにも、老人のようにも聞こえる、不思議な声音が、玉座の間に響き渡る。

「そやつの名は、ヒトの子の発音で言うならば、『ヴァルツオールイイ』。しばしの間、そなたらの協力者として遣わそう。双方、異論はあるやいなや？」

ヴァルツオールイイと紹介された焔の御仁は無言のまま優雅に一礼してみせる。私と男は顔を見合わせてから、続けて精霊王に対して一礼した。協力者が得られるならば、願ったり叶ったりだ。

私達の礼を見届けて、精霊王はゆらりと立ち上がり、背負う大きな一対の翅を広げて宣言する。

「期限はヒトの世の時間における、今日を含めて七日後、『あちら側』と『こちら側』の境界が再び閉ざされる、その直前まで。せいぜいあがくがいい、稀なるヒトの子らよ」

そして、私達の視界は、真っ白な光に飲み込まれた。

5

気付けば私達は、城門のすぐ前へと放り出されていた。前方には行きと同じ、一本の石畳の道があり、その左右はどこまでも深く、どこまでも透明な水に満たされている。

精霊王によって城から追い出されたのか。呆然《ぼうぜん》としたまま背後の城を振り仰ごうとする私の目の前に、ずいっと、めいっぱいの生花で飾られた私の仮面が差し出される。そちらを見遣《みや》ると、いつの間にか既《すで》に自らの狐《きつね》の面を被《かぶ》り、綿帽子を深く被っている男が、厳しい表情でそこに立っていた。

「つけろ。急げ」

「は、はいっ！」

有無を言わせない口調で促《うなが》され、慌《あわ》てて仮面を顔に付ける。私が仮面で顔を隠したことを確認してから、ようやく男のまとう雰囲気が和《やわ》らいだ。だがそれはほんのわずかな間にすぎず、男は私を片腕で引き寄せ、打掛の中に包み込む。そして、こちらの様子を面白げに見つめる燃えるような赤毛の青年――ヴァルツオールイイという名前であるらしい焔《ほのお》の高位精霊を、挑むように見つめ返す。

「ご助力くださるとのこと、感謝致します」

「構わんよ。我が王の仰《おお》せだ。俺が否やを唱える理由はない。そもそも俺の助力を受け入れたことが、本当にお前達にとって利になるとは限らんしな」

「……どういう意味でしょうか」

腹の底から響くようなバリトンボイスが、鷹揚《おうよう》な口調で紡いだ台詞《せりふ》に、男の視線がますます鋭くなる。くつくつと焔の御仁は喉を鳴らして、「そのままの意味だ」と続けた。

「我が王は俺をお前達の助力として認められたが、逆を言えば、俺以外の助力は認めないということだ。いくらお前達に縁深い精霊がいようとも、我が王の命に逆らってまでお前達に助力しようとはまず思わぬということよ。よく心得ておくがいい」

そして焔の御仁は、芝居がかった様子で私達に向かって一礼してみせる。

「それではしばらくよろしく頼もうぞ。俺のことはヴァルでいい。いくらヒトの子の発音をなぞらえたにしても、『ヴァルツオールイイ』を言の葉にするには難しかろう。まあ或《ある》いは炎獅子《えんじし》公か。多くの者は俺をそう呼ぶ」

「では炎獅子公。早速ですが、案内をお願いしたく……」

「その前に」

私を囲い込んだまま水面に浮かぶ道へと歩き出そうとする男の言葉を、焔の御仁は遮った。この上何を、とでも言いたげに仮面越しに睨《にら》み付けてくる男の視線も何のその、彼はどこまでも穏やかに落ち着き払ったまま、私へと朱金の瞳を向けた。

「そう急《せ》くな。案内の前に、まずお前の嫁御に色々と説明してやった方がいいのではないか？　見たところ、『こちら側』における約定も常識も、何一つ理解していないように見えるが」

違うか？　と首を傾《かし》げられて息を呑《の》んだのは、話題に挙げられた私ではなく、男の方だった。その顔を打掛の中から見上げると、仮面の向こうで男がなんともばつの悪そうな表情を浮かべているらしいことが解《わか》る。焔の御仁に指摘されて初めて気が付いた、とでも言わんばかりだ。

確かに彼の仰《おつしや》る通り、私は精霊界における、その、約定だの、常識だのといった類《たぐい》のことにまったく明るくない。焔の御仁がわざわざ最初に指摘してくるようなことなのだから、恐らくはそれらはとても大切なことであるに違いない。この男がそんなことを見落としていたなんて、と思うと、この男はそれだけ焔の御仁の仰る通り、『急いて』いるということなのだろうか。

「あの、エ……」

「待て」

呼びかけようとした唇を、男の手で押さえられる。ぱちぱちと瞳を瞬かせてどういうつもりなのかと視線で訴えかけると、男は至極大真面目な顔で続けた。

「名前を呼ぶな。まずはそこからだな」

「え、ええと」

やっと唇が解放されたものの、戸惑うことしかできず、要領を得ない言葉を吐き出すばかりの私を見下ろして、男は深く溜息《ためいき》を吐いた。何も解っていない私に対する落胆の溜息というよりは、自分自身を落ち着かせるための深呼吸とでも呼ぶべき溜息であるようだった。

「――すまない。炎獅子公の仰る通りだ。説明不足だったたな。俺もどうやら相当焦《あせ》っているらしい」

先程よりも幾分か柔らかくなった声音でそう言った男は、そっと私を自身の打掛の中から解放し、私と正面から向き直る。そしてその視線が、ちらりと焔の御仁へと向けられる。男からの視線を受けた焔の御仁は、「続けろ」とでも言いたげにひらひらと手を振った。それをいいことに、男は「まず」と口火を切る。

「どうして《プリマ・マテリアの祝宴》において、仮装や仮面が求められるのかを知っているか？」

唐突な質問だった。今更何を、という気が正直したのだけれど、ここでこう問いかけてくるのは、それだけの意味があるからなのだろう。

「精霊の皆様に惑わされたり、さらわれたりしないように、と伺っております」

絵本で語られていた通りの言葉をなぞると、男は頷《うなず》き、そっとその自身の狐の仮面に触れる。

「ああ。大筋ではそうなっているな。大雑把《おおざっぱ》ではあるが、ある意味では的確に本題を捉えていると言える。仮装も仮面も、自身が人間であることを精霊から隠すためのものだ。そして『こちら側』では、それに加えて名前もまた隠さなければならない」

「お顔ばかりではなく、名前も、ですか？」

「仮装、或いは仮面で顔を隠すことによって、『個』としての姿かたちを。そして名前を秘することによって、『個』としての魂の在り様を守るためだ」

そう男は断じてくれるが、いまいちピンとこない。

『個』というのはすなわち、自分が『自分』としてあるために最も重要な、必要不可欠な絶対条件であるはずだ。『個』があるからこそ私は私自身を認識できるし、自分以外の存在を自分ではない『他者』として認識できる。

その『個』を守るために必要なのが、この精霊界においては仮面であり、名前の秘匿《ひとく》であるということか。

うーん、解ってきたような、そうでもないような。仮面の下で難しい顔をしている私に気付いているのかいないのか、男は更に噛《か》み砕くようにゆっくりと言葉を紡ぐ。

「『こちら側』においては、人間界以上に『個』――つまりは『存在の在り方』が重要視される。名前と姿かたちは、その『存在』を表すに当たって最も大きな要素となり、それらが周囲に認識されることで人間も精霊も『個』を保つ。魔法に携わる者はその『個』の証《あかし》である名前を交わすことで精霊と契約を交わすんだ。逆に、契約を結ぶまでもない精霊は、それだけ『個』としての存在が希薄であり、ただそこに『在る』だけの曖昧《あいまい》な存在、マナとエーテルの集合体として扱われることになる。彼らが名前を持たないことがその際たる象徴だな。名前こそがその存在を世界に『個』として知らしめる証なのだから」

ああ、なるほど。少しばかり聞いたことがある。固有の名前を持つ精霊は、それだけ高位に位置する精霊であると。高位の存在と契約を結ぶことは、魔法使いにとってはそれだけ自身に実力があることを示す証となるのだったか。

そもそも高位精霊は、人間の召喚に応じることなど滅多にないという。その実力もなく召喚すれば、私のように精霊の手で制裁を受けることになるか、もしくは精霊に、召喚の際に鍵として持ち出した自身の『名前』を奪われて自分という『個』を見失うことになると聞く。

そういう意味では、九歳だったあの日、焔の御仁から受けた制裁が火傷《やけど》程度で済んだのは不幸中の幸いであったと言うべきかもしれない……とは、この男には絶対に言えないので黙っておこう。

かつて焔の御仁の召喚を不完全ながらも成功させてしまったこの男は、現在は何体もの尊い高位の精霊の皆様と契約しているのだそうだ。相も変わらず私達のやりとりを沈黙したまま、興味深そうに聞いている焔の御仁とは、未《いま》だに契約を結んでいないらしいけれど。

また、契約するまでに至らない、男の言葉を借りれば『脆弱《ぜいじゃく》』な下位の精霊に対しては、魔法使いは自身の魔力を与えることで彼らの力を操るのが、常とう手段のはずだ。

つまり、ただ存在するだけの存在、利用されるだけの存在にならないためにも、そして自分が自分自身であるためにも、『個』は何よりも重要なものであるということか。

ここまでは理解した。続きをどうぞ、という意味合いを込めて手を差し出すと、男は頷いて、その声音を低くした。ぎくりと反射的に身を固くする私に、男は努めて冷静であろうとしながら続ける。

「『個』が失われれば、個人としての意識を保つことができなくなり、世界の不文律とも呼ばれる『大いなる意思』の中に存在は溶けて消え失せてしまうことになる。精霊界と人間界の大きな差はそこだな。人間界では名前を失おうとも、それでも姿かたちがあれば『個』を保つことは不可能なことではない。だが、精霊界――『こちら側』はあまりにも不安定だ。『個』を――つまりは名前と姿かたちを『こちら側』で奪われ見失えば、大いなる意思、つまりは『個』と『世界』の間に結ばれている約定のもとに、溶けて消えるしかない」

淡々と告げられた言葉に、思わず息を呑んだ。ぞっとするような話だった。溶けて消える、とさらりと言ってくれたが、そんなのはごめんである。誰からも認識されることなく、忘れ去られて消えていくだなんて、あまりにも寂しく悲しすぎることではないか。

「《プリマ・マテリアの祝宴》において俺達が顔を隠すのは、精霊にまず姿かたちを奪われないようにするためだ。人間界と呼ばれる『あちら側』において精霊が不可視の存在であるのは、存在する世界が異なるからだとされる。『あちら側』に精霊が自身の『個』を確固たるものとして存在するための条件として、魔法使いとの契約が一例として挙げられると聞いたことはないか？　魔法使いが名前を契約の証として精霊を従わせることができるのは、相手の『個』を肯定し、その上で支配下に置いているからなんだ。となれば、精霊界と呼ばれる『こちら側』においても同じことが言える。『こちら側』では俺達人間は異物でしかない。世界は異物を認めないが、精霊からの『個』の肯定によって存在を許される。だが同時に、そのまま彼らの支配下に置かれることを意味することになる。そこから逃れるためには、名前と姿かたち――自分という『個』を構成する要素を隠す必要があるということだ」

「……もし名前と姿かたちを、本来であればわたくし達が存在することを許されない『こちら側』において、精霊の皆様に認められ、肯定されたら、わたくし達は精霊の皆様に『個』をそのまま奪われてしまうということですか？」

「そういうことだな」

男が静かに頷いた。ついぶるりと身体《からだ》を震わせると、男はそんな私を慰めるように、自らの手を私の肩に乗せてくれる。狐の仮面で隠された男の顔を改めて見上げると、男は今までで一番真剣な声で告げる。

「だからこそ、エリオットとエルフェシアについて、二人の名を呼びかける機会は、一度きりしか精霊王には許されていない」

「え？」

ぱちり、と目を瞬かせる。一度きり、とはどういうことだ。胸を占めていた恐怖をさっぱり忘れて、呆然と男の顔を見上げる。ちょっと待ってほしい。この広い世界で、あの子達を見つけるチャンスが、たったの一度きりであると、そういうことなのか？　そんなこと、ひとっことも精霊王は言っていなかったではないか。

意味が解らず、思わず男の手を掴《つか》むと、落ち着けと言わんばかりにそっと握り返される。あたたかなぬくもりに、心を支配しようとした焦燥がかろうじて収まっていくけれど、それでもじりじりと火で炙《あぶ》られているような感覚が足元から這《は》い上がってくる。

「俺達は一度たりとも、エリオットとエルフェシアを間違えられない。エリオット達を含めた子供達は皆、元の人間としての姿を失っているだろう。二人がどんな姿をしているのかすら現状としては解らないが、決して間違えられないんだ。子供はまだ自らの『個』への認識が曖昧であり、他者からの肯定によって『個』を成り立たせているが、『こちら側』に落ちた子供達の『個』への肯定は失われているからな。『こちら側』における『個』の重要性についてはもう解っているだろう？　つまりはそういうことだ。最もその存在を肯定すべき『親』に『個』を間違えられる、つまり否定されるということは、『こちら側』では致命的だ。俺達が二人を間違え、見失った瞬間に、エリオットもエルフェシアも、その『個』を――『存在』を大いなる意思のもとに、世界にかき消されることになる」

「そんな……！」

私に、そして自分自身に言い聞かせるかのように、至極丁寧に男が語ってくれたその内容に、私は悲鳴にも似た声を上げた。

正直なところ、今まで、エリオットとエルフェシアを見つけられる自信を、私は確かに持っていた。二人がどこへ行ってしまおうとも、母として、あの子達を必ず見つけてみせるのだと意気込んでいた。けれど、男の話を聞いて、それがいかに確証のない自信であったのかを思い知らされる。

たった一度きり。もしも見誤れば、エリオットもエルフェシアも消えてしまう。考えるだけで恐怖に足が竦《すく》みそうになる。

精霊王は余興だなんて言ってくれやがったけれど、これはそんな気安いものでも簡単なものでもないのだ。あのお方は、とんでもない難題を、私達に突き付けてくれた訳である。

レース製とはいえ、ガウンを羽織っているというのに、無性に寒く感じられてならなかった。思わず両腕で自分の身体を抱き締めると、突然目の前で、ボッと鮮やかな赤の炎が燃え上がる。

「きゃっ⁉」

「ッ！」

私が悲鳴を上げ、男が息を呑む。唖然《あぜん》としている私達をからかうように、炎はいくつもの火の玉になって私達の周りを飛び回り、そうしてそのまま焔の御仁の手のひらの上に収まり消えた。

「……何をなさるのですか」

男の極めて低い声に、焔の御仁はくつくつと笑う。

「いや、寒そうにしていたからな。少しは温まったか？」

「…………お気遣い、誠に感謝いたしますわ、ヴァル様」

「なに、当然のことをしたまでだ。それよりも、お前達は随分と深刻な顔をしているが、そう緊張することもないだろう。間違えなければ済む話ではないか」

何も心配することなどないと言いたげに、焔の御仁は呵々《かか》と笑った。いや、そんな簡単に言われても。思わず半目になってしまう。

けれど何故だか肩から力が抜けていた。それは男も同様であったらしく、コホン、と男は咳払《せきばら》いをしてから、私の方へと再び視線を向けた。

「まあ確かに、間違えなければいいんだ。俺達がエリオットとエルフェシアを間違える訳がない。そうだろう？」

「――ええ、ええ。そうですね、エ……」

と、いけない。思わずまたエディと呼んでしまいそうになった。皆まで言う前に自分で自分の口を押さえると、男は「不便だな」と呟いて、真白い袖から覗く、袖に負けないほどに白い手を顎に寄せた。

「仮の名で呼び合うこととしよう。俺は……そうだな。満天星《まんてんせい》とでも名乗ろうか」

満天星。その言葉に、そんな場合でもないのに思わず笑ってしまう。満天星とは酢漿草《かたばみ》の別名だ。解っていてそう名乗ることに決めたのだろうか、なんて愚問だろう。ならば。

「でしたら、わたくしは星見草《ほしみぐさ》と。そうお呼びくださいまし、満天星様」

男が酢漿草であるならば、私は雛菊《ひなぎく》だ。『星見草』は正確には雛菊固有の名前ではなく、菊の総称であるのだけれど、この男が『星』なのだから、私はそれを見つめる花となろう。

そう微笑《ほほえ》みかけると、男も小さく微笑んでくれた。その笑顔に、満天星に星見草が、正《まさ》に私達におあつらえ向きの名前であるとつくづく思う。見つめ合う私達をどこか呆《あき》れたように見つめていた焔の御仁は、くつくつと喉を鳴らして笑い、「夫婦仲がよくて結構なものだ」と、からかいなのか呆れなのか判断しかねる感情の入り混じる台詞を言ってから、目の前に続く道の先頭に立った。

「それではそろそろ構わないか？」

「はい」

「よろしくお願いいたします」

「心得た。まずは町に出ることとしよう」

くるりと踵《きびす》を返した焔の御仁は、カツン、と硬質な足音を鳴らしながら颯爽《さっそう》と歩き出す。カツカツと焔の御仁の爪先が石畳の道を蹴るたびに、足元で鮮やかな金色の火花が散る。改めて彼が人間ではないことを再認識しつつ、私は男と共に彼の後に続いた。

行きはあんなにも長く思えた道が、案内役がいる帰り道ではあっという間だった。紫色の霧が消えていたおかげかもしれない。水面に浮かぶ石畳の道は、正確には橋と呼ぶべきものだったのか。

焔の御仁の先導で、私達はようやく地面と呼ぶべき場所に辿《たど》り着く。背後を振り向けば、硝子《ガラス》の城は私達の遥《はる》か後方にあり、そこだけが霧の中に消えようとしているところだった。

そして、石畳の道もまた、その敷石が一つずつ、とぷん、とぷんと水の中に沈んでいく。もう城に戻ることは叶《かな》わない。

「我が王の居城は、王の許しなくば立ち入ることができない城だ。ヒトの身でかの城に足を踏み入れた者は……はたして幾年ぶりであったかな」

もう忘れた、と焔の御仁は笑う。「然様《さよう》ですか」と曖昧に笑い返す私と、無言を貫く男に、焔の御仁は少しばかり困ったように凛々《りり》しい眉尻を下げた。

「そう警戒するな——とは無理な話であろうが。俺は今はお前達の味方だぞ。王の命であるからという訳ばかりではなく、俺個人として、俺はお前達を気に入っているからな」

少なくとも今は、ともう一度『今』を繰り返す青年の姿の精霊に、どう答えていいものなのか解らない。確かにこの方は、先の大祭で、私達のことを赦《ゆる》してくださった。そのおかげで私には水の精霊による治癒魔法が効くようになったし、他の精霊に邪魔されることなくエルフェシアをあやすことができるようになった。だから私としては、彼の仰る通り警戒する理由はもうないのだけれど……。

「満天星様」

「……」

私の手をぎゅうと掴んで離さない男の視線は、未だに緊張と警戒を孕《はら》んでいるようだった。私の背に残る火傷の痕がこの男にそれをさせているのかと思うと申し訳なくて、痛いくらいに握り締められた手を握り返す。そしてもう一方の手で、ていっと男の額に手刀を入れた。

もちろん私の手は狐の仮面に阻まれて、直接男の額に触れることは叶わない。それでもそれなりに衝撃は伝わったらしく、男がむっすりと私のことを見下ろした。

「いい加減になさいまし。わたくし達だけでは子供達を見つけるのは至難の業であるとは解り切っているでしょう？　精霊王様のご命令とは言え、わたくし達にご協力くださるお方に、失礼な真似をなさらないでくださいな」

「だが」

「だが、ではありません。わたくしはもう大丈夫であるということを、他ならぬあなたが一番よくご存じであるはずでしょうに。ヴァル様、夫の無礼を代わりにお詫《わ》びいたします」

「いや？　これくらいかわいいものだ。気にするな」

「まあ、ありがとうございます」

私以外にこの男を『かわいい』と評してくれるお方がこんなところにいらっしゃるとは。世界とは広いようで狭いものだ。

ふふ、と思わず笑うと、にやりと焔の御仁も口の端をつり上げ、そして男はやはりむっすりと口をへの字にして顔を背ける。だからそういうところがかわいいというのに、この男にはそのあたりのことがまったく自覚がないらしい。まあ構わないけれど。この男のかわいさは、私がちゃんと解っていればいいのだ。

「……話を戻しましょう。炎獅子公、先程貴方は『町』と仰いましたが、『こちら側』にも『あちら側』と同じような世界が広がっていると、そう認識してもよろしいのでしょうか？」

あ、話を逸《そ》らした。話を戻す、ともっともらしいことを言いつつ、ちゃっかりばっちりしっかり話を逸らしたなこの男。そういうところはずるくてかわいくないなぁと私が内心で思っているのはさておいて、男に問われた焔の御仁は、「ああ」と一つ頷いた。

「その認識は正しいが、誤りであるとも言える。ここで四の五の説明するよりも、実際にその目に映した方が話は早いな。我が王は期限も定められていることであるし、さっさと行こうではないか」

そう言って焔の御仁は、人差し指と中指を立てて、唇に押し付け、ピュイッと指笛を鳴らした。高らかな音と共に、焔の御仁のその二本の指の間から炎が噴き出し、私達の前で燃え盛るたてがみを持つ馬が二頭並ぶ馬車が形作られる。御者はいない。キャリッジ型の馬車だ。

「乗れ。大した距離ではないが、早い方がいいのだろう？」

そう言うが早いか、焔の御仁はさっさと座席に乗り込んでしまう。どうやら拒否権はないらしいと悟った男が焔の御仁に続いて乗り込み、私に手を差し伸べてくれる。深く入ったスリットから脚があらわにならないように気を付けながら、男の手を借りて私もまた座席に座ると、馬がいななき、馬車が走り出した。

紫の霧の晴れた周囲には、鬱蒼《うっそう》と様々な木々が生い茂っていた。常緑樹や落葉樹、青々とした葉が照り映える木、赤や黄色の葉を舞い落とす木。樹齢何百年かと思われる大木や、ほんの数年程度の若木まで。そんな木々に囲まれて、先程の水たまり――湖があり、その中心に精霊王の居城があるのだろうと、なんとなく地理を理解するけれど、それが正しいのかは解らない。

木々の生い茂る中に道らしき道はない。それなのに馬車の走る前には、自然と道が開かれていき、そのままとうとう、森とでも呼ぶべき茂みを抜ける。

そうして私は息を呑んだ。隣に座っている男もまた驚きを隠せていない。私達の反応に、してやったりと言わんばかりに、焔の御仁が笑った。

「どうだ。見事なものだろう」

得意げな表情そのままの声音に対し、頷くことしかできなかった。

眼前に広がるのは、賑《にぎ》やかに栄えた町だ。馬車は中心を貫く大通りに入って停車している。突然現れた馬車にも、周囲は驚いた様子はない。ただ、焔の御仁に向かって黄色い歓声を上げたり、めいっぱい手を振ったりしている。炎の御仁の目に留まろうと懸命になっている『彼ら』に対し、焔の御仁は鷹揚に手を振り返している。

　どうやらこの炎の御仁、相当有名人でいらっしゃるらしいと思えども、そんなことに構っていられる余裕は、今の私にはなかった。それほどに、目の前の光景は美しく心惹《ひ》かれてやまないものだった。

　立ち並ぶ建造物は、時代を問わない世界中の建築様式が用いられており、統一感などまるでない。しかし何故だか一体感があり、不思議な魅力に満ちあふれている。あっちの青い斜塔は南の異国の海辺で見られる灯台の建築様式だし、そっちの白い神殿のような建物は我が国の旧時代の建築様式、こっちの黒いレンガが積み上げられた要塞の如き建造物は、隣国たるネログラント帝国の近年の建築様式、そして更にあっちは……と、数え上げればキリがない。

　色とりどりの、様々な形の建築物が所狭しと立ち並ぶ中で、私達がいる大通りを行き交う人々……もとい精霊達の姿は、人間の姿と何ら違いが見つからない姿の存在もいれば、明らかに人外であると解る姿の存在もいた。

　たっぷりとパニエで膨らませた優しいロゼワイン色のドレスに身を包み、同色のヘッドドレスを頭に乗せ、先端がとがっている長い耳と、肩甲骨のあたりから蜻蛉《とんぼ》の翅《はね》を三対伸ばした、パラソルをさして歩く美しい華奢《きゃしゃ》な貴婦人。地面の上に布を敷いて、その上に私には価値が解りかねる、ただの石ころにしか見えない商品を並べて座り込んでいるのは、椿《つばき》の葉のような艶めく深緑色の肌をした小太りの中年男性。颯爽と足早に歩いていくのは、紺色の馬の頭の紳士だ。彼の手は人間と同じ五本指のものであり、確《しか》と握られたステッキの頭の翁《おきな》がげらげらと声を上げて笑っているのがちょっと……いやだいぶ怖い。

更には、あちこちで種類を問わない小鳥や蝶が舞い飛んでいるのが印象的である。建造物と同じく、地域や季節など関係なく、あらゆる小鳥や蝶《ちょう》があちこちで遊び回っている。行き交う精霊達は皆、そんな小鳥や蝶に手を伸ばしては愛《め》で、慈しんでいるようだった。

町中は本来居場所がないはずの小鳥や蝶を除けば、建造物や住人の姿かたちこそ異なるが、目の前の光景は、人間界の栄えている町と何ら変わりはない。そう、変わりはないのだけれど、だからこそ余計にこの世界が私達が住まう世界と異なることを教えてくれていた。

「――『あちら側』の映し鏡として現界《げんかい》しているのか」

男がぽつりと呟いた。その顔を振り仰いだ私は、思わず内心で「うわぁ……」と呆れてしまった。仮面で顔を隠されていることで油断しているのかもしれないが、男の表情が、新しいおもちゃを前にした幼子のそれになっていることが手に取るように解る。

この男にとって、目の前の光景は、知的好奇心を刺激してやまないものらしい。事態が事態でなかったら、この男、私のことなど放っておいて自らこの『町』に飛び込んでいったのではあるまいな。

私が呆れ返っていることに気付いているらしい焔の御仁は、またくつくつと笑ってから、パチンと指を鳴らした。途端に、座っていた馬車が掻《か》き消え、危うく尻餅をつきそうになったところを男によって腕を掴まれ難を逃れる。ほっと息を吐いてから焔の御仁を見遣れば、彼は大きく腕を広げて、

「とくと見るがいい」と胸を張る。

「これが我々の『町』――お前達の言葉で言うならば王都とでも呼ぶべき地だ。お前達の目には、『あちら側』で人間が暮らす町と似たような姿として映っていることだろうが、真実の姿はまた異なる。

満天星と言ったか。お前が本来持ち合わせている『目』と『耳』ならば、その真実の姿を捉えることができたのだろうが、これればかりは仕方がないと諦《あきら》めよ。まあ捉えられずとも、お前達の子供達を見つけることはできるだろうよ。我が王は偽りは口にされないお方だ。すべてはお前達の努力次第であると言えよう」

「この地が王都であるというならば他にも『町』は存在するのでは？　子供達がこちらではなくそちらにいる可能性もありましょう」

焔の御仁の言葉に対し、淡々と努めて冷静に、有無を言わせない圧力を孕んだ声音で男が問い返す。どうやら目の前のおもちゃよりももっとずっと、比べ物にならないほどに大切な存在について、ちゃんと考えてくれているらしい。

私もこういう状況でなかったら、男と一緒になってはしゃいでいたのだろうけれど、流石《さすが》に今そんな真似ができるはずがない。

エリオットとエルフェシア。私達のかわいい子供達を取り戻し、そしてこれまたかわいい長男坊であるエストレージャの元に帰還する。それが私達の、譲れない望みであり願いなのだ。

だからこそ、男の言い分に、私もまたその通りだと頷いた。我がヴァルゲントゥム聖王国だって、王都以外にも数多くの町や村が存在する。それと同じく、この精霊界を一つの国として、この地を『王都』とするならば、男の言う通り他にも『町』は存在するだろう。子供達がこの『王都』にいるという保証なんてどこにもないのではないか。

そう男と共に視線で問いかけると、焔の御仁は、おやおや、と肩を竦めてみせた。

「信用がなくて俺は少々悲しいな。何のために俺が我が王より協力者の任を仰せつかったと思っている？　言っただろう、俺はお前達の味方であると。だからこそ俺はお前達をこの『町』に連れてきた。お前達の子供達はここにいると、我が名において誓おう。お前達にとって、この保証はそれなりに意味があるものになるのではないか？」

焔の御仁は、小首をわざとらしく傾げて問いかけてくる。ぐうの音も出なかった。

高位精霊の、名前にかけた誓いなんて、そうそう得られるものではないに違いない。つまり焔の御仁の台詞に、疑う余地などないということだ。子供達は、エリオットとエルフェシアは、この『町』のどこかに、絶対にいるのだ。

そう思うと居ても立ってもいられなくなる。怪我《けが》をしていないだろうか。寂しい思いをしていないだろうか。泣いていないだろうか。お母様はここよ、お父様も一緒よ、お兄様が待っているわ。そう語りかけたいのに、この声はまだ届かない。


——ならば声が届く場所に行くだけだ。必ず二人を見つけて、他の子供達と共に帰還してみせる。


ぎゅっと唇を噛み締めてから決意を新たにして、隣の男の手を取った。男が仮面越しにこちらへと視線を向けてくる。真剣な眼差《まなざ》しに深く頷きを返し、私は微笑む。

「行きましょう、満天星様。わたくし達のかわいい子達を、早く見つけてあげなくては」

「ああ、星見草。『あちら側』で待たせているかわいい奴もいるのだからな」

「ええ、そうですとも」

一刻も早く、全員で帰ろう。

とは言え、まずは何からすべきなのか。うーん、と頭を悩ませる私をよそに、男が焔の御仁に向かって口を開いた。

「炎獅子公、ここまで連れてきてくださったこと、感謝致します。この上更に、とは恐縮ですが、この『町』の案内をお願いしたい」

「構わんが、何をするつもりだ？」

「人探しの基本は情報集めでしょう。聞き込み調査をしたいと思います。『あちら側』と『こちら側』を隔てる壁に穴が開き、そこから子供達が『こちら側』に迷い込んだことは、『こちら側』にとってもそれなりに大きな事件となっているはずでしょう。何かしら情報を掴んでいる精霊がいるはずです」

「なるほど、道理だな」

ふむ、と頷いた炎の御仁は、「ならばまずは人気の食事処《どころ》へでも行くか」と踵を返す。来い来い、と手招かれ、私は男と頷き合って足を踏み出した。

行き交う人……ではなく精霊の群れは、その多くが焔の御仁の存在に気付くたびに一礼してみせたり、片手を挙げてみせたり、黄色い歓声を上げたり、ひそひそと顔を赤らめて何事かを囁《ささや》き合ったりと、まあ忙《せわ》しい様子である。初心《うぶ》な反応を見せる彼らの様子を、微笑ましげに見つめ、受け入れている焔の御仁は、やはり相当人気者なのだろう。そんな彼の怒りを買った過去を思うと、そりゃああらゆる精霊に嫌われる訳だと頷けるものだ。

これだけ注目を集めているならば、その中に子供達が交ざっているかもしれないし、そうでなくても、何らかの情報を持っている精霊がいるかもしれない。手がかりを探してきょろきょろと周囲を見回しながら歩く私の手を、ふいに隣を歩く男が握ってくる。

「はぐれるな。いくら子供達が心配だからと言って、お前まで迷い子になっては元も子もないぞ」

「そう、ですね」

男の冷静で落ち着き払った声に、ほっと息を吐く。そうだ、焦っても仕方がない。右も左も解らないような『こちら側』で、下手な真似をする訳にはいかないのだ。私だって冷静に、落ち着かなくては。男の手を握り返して、「落ち着け」と、繰り返し自分に言い聞かせながら、焔の御仁の後を追う。

小鳥が飛び、蝶が舞い、精霊が行き交う道は、どれだけ王都の賑わいを思い出させても、違うのだ。ここは、確かに違う世界なのだ。

この世界のどこかにエリオットとエルフェシアがいるという事実と、繋《つな》いだ手のあたたかさが、かろうじて私が『私』であることをこの場に繋ぎ止めてくれていた。

そして焔の御仁はそのまま、一軒の店の前で立ち止まった。淡いたまご色の壁に、深みのある赤紫色の屋根。趣ある飴色の扉には、大粒の葡萄《ぶどう》の房を掲げ持った豊かな髪の美女と、その葡萄の房からしたたり落ちる雫《しずく》を大きなゴブレットで受け止める愛らしい兎《うさぎ》が彫刻されている。

葡萄の房とつる、そして葉が彫刻された看板に、店名らしき文字が記されているけれど、私が学んだことのある魔法言語よりももっと旧《ふる》い時代の魔法言語らしく、解読することはできなかった。ちらりと隣を見遣ると、男が一言「酒場らしいな」と答えてくれた。なるほど、酒場。……酒場？

「あの、ヴァル様。お食事処ではなかったのですか？」

まさかここで飲んだくれるおつもりですか、と仮面の下で半目になる私と、何も言わずとも明らかにうろんげになっている男の冷ややかな視線に、焔の御仁は「本当に信用がないな」と苦笑した。

「俺の馴染みの店だ。食事処よりもこちらの方が種族を問わない精霊が集まるから、情報集めにはちょうどいいのではないかと思うんだが」

違うか？　と問いかけられ、なるほど、と私は考えを改めた。酒場で情報集めだなんて、ＲＰＧの鉄板ではないか。これはゲームなどではないけれど、お約束に倣《なら》うことも大切だろう。そう結論付けて、焔の御仁に促されるままに、私と男は酒場へと足を踏み入れた。

店内に入った私達の鼻孔をくすぐるのは、アルコールの匂いというよりも、蜂蜜の匂いと呼ぶ方が近いような、甘ったるい匂いだった。木製のカウンターと、その向こうの棚に並ぶ数多くの酒瓶。円形のテーブルがいくつも置かれ、周りの椅子に座る様々な精霊達が、ジョッキやワイングラスを片手に、思い思いの時を楽しんでいるらしい。

焔の御仁に気付いた精霊達が親しげに声をかけてくるのをいいことに、私と男はその尻馬に乗っかって、精霊達に、「人間の子供が『こちら側』にやってきたという話を知らないか」とまずは問いかけた、の、だが。

「人間のガキィ？　知ったこっちゃねぇな。それよか、ほら、炎獅子公、そのお連れさんも、あんたらも酒をどうだい？　火の魔宝玉と蜜林檎《みつりんご》を漬け込んだ、とっておきの火酒《かしゅ》だぜ」
「あらまあ、人間さんの子供がこちらへ来たなんて、それは素敵ね！　あたしのペットになってくれるかしら……あら、どこへ行くの？　あん、もうつれないんだから」
「ローズラディッシュのタルトはいかがですか？　この人間の子供の血のソースをかけて食べるのがおすすめですよ。え？　嫌だなぁ、冗談に決まっているじゃないですか。何故好き好んで人間を口にしなければならないのです？」
「そういえばこの間、闇白鳥の君がかわいらしいヒトの子をさらってきたらしいけれど。たった三百年前の話だから、あのお方なら何か知って……あ、そういえば闇白鳥の君は先日最期のお歌を歌われたから、もうお会いできないんだったか。ヒトの子もとうに寿命を迎えてるよ。残念だったね」
「人間よりもこうして小鳥や蝶を愛でている方がよっぽど楽しいよ。ふふ、なんてかわいらしい」

——駄目だ、これは。

店内の片隅のテーブルに陣取った私は、そのテーブルに突っ伏したくなる衝動を必死で耐えていた。私の隣に座っている男も、何も言わないが私と同じ気持ちなのだろうし、もっと言えば、私以上に苛立《いらだ》っているようだった。

本当に、もう全然駄目なのだ。手当たり次第に店内の精霊に声をかけては「迷い込んだ人間の子供について知らないか」と問いかけても、まともな返答が返ってきたためしがない。

話が通じていない訳ではないが、意思の疎通ができていない。それらしき話が聞けるかと思っても、私達と精霊達の感覚の違いゆえか、結局まともな答えは一つとして得られていない。

店の中にも入ってきている小鳥や蝶が、私達の周りに集まってきて、からかうように舞い飛んでいる。その光景は愛らしく美しいけれど、この疲れ切った心を癒してはくれないのだ。

早くも万事休すか、と溜息を吐いていると、ふいに、「おやおやおや」と、やけに芝居がかった声が聞こえてきた。

「これはこれは、炎獅子の。ご機嫌麗しく」

突然背後からかけられた声に、私達三人は揃《そろ》ってそちらを振り返った。その先にいた人物を視界に収めた瞬間、「げ」と焔の御仁が、さも嫌そうな声を小さく上げたが、すぐに表情を取り繕って、にこやかにその人物に対し片手を挙げる。

「なんだ、氷豹《ひひょう》のか。久しいな」

「なんだとはご挨拶だな？　ここは私と会えて光栄だと言うところだろうに」

忌々《いまいま》しげに舌打ちする青年の髪は、腰まで届くまっすぐなアイスブルー。切れ長の瞳は髪の色によく似た、それでいて硬質な輝きを放つ、青みがかった水晶のようなそれ。まとう衣装は、焔の御仁と対を成すかのような、青を基調にした貴族の正装であり、しゃらしゃらと透明な水晶が連ねられた飾りがきらつく。

涼しげな面持ちの美青年である。だがしかし、その表情はどうにも嫌味なものを感じさせる、あまり好感の抱けないものだ。

「俺と同格に在る氷に属する者だ。何かと突っかかってくるから面倒で敵《かな》わん」

溜息混じりに私達に小さく囁いてくる焔の御仁の表情は、その言葉の通り、実に面倒臭そうなものだった。なるほど、どこの世界にもそういう輩《やから》は存在するということらしい。別に知りたくなかった。精霊とはもっと幻想的で神秘的なものだとばかり思っていたけれど、実際はそんなことはなく、下手すると人間よりも人間らしいのではないだろうか。

溜息をかろうじて飲み込んでいるらしい焔の御仁であるが、彼のその憂鬱そうな様子に気付く様子は一切ない、『氷豹の』と呼ばれた御仁……氷の御仁とでも呼ぶべきお方は、アイスブルーの瞳を、ちらりと大人しく座っている私と男へと向けた。

頭のてっぺんから、足の爪先まで、舐《な》めるような値踏みの視線を感じる。下手な真似をする訳にもいかず俯《うつむ》くと、フフン、と氷の御仁は、小馬鹿にするように鼻を鳴らした。

「どちらも見ない顔だな。炎獅子のの妾《めかけ》か？　顔を晒《さら》せぬような下位の者に手を出すとは、なかなかいい趣味をしているものだ」

ぴくり、と。テーブルの上に置かれていた男の手が小さく震える。ほんのわずかな動きであったけれど、男の心中を慮《おもんぱか》るには十分すぎる動きだった。これはまずい。

頼むから黙ってくれ、という願いを込めて思わず氷の御仁を見上げると、ばっちりと目が合ってしまった。アイスブルーの瞳に、愉悦がにじむ。

「だがしかし、時には悪食もしてみるものかもしれんな。そこの黒衣の娘、ほら、こちらに来るがいい」

「きゃっ！」

腕を取られて無理矢理立たされる。ガタン！　と大きく音を立てて椅子が倒れるけれど、お構いなしに氷の御仁は私を引き寄せ、腕の中に閉じ込めてくる。

「ふふ、なかなか愛《う》い反応をしてくれるではないか。初心な者を私は好ましく思うぞ。どうだ、このまま炎獅子のなど捨てて、私の元へ来ては？」

いやいやいやいやいや、すみません、ごめんなさい、無理です、勘弁してください。

そういくら思えども、氷の御仁に私の無言の訴えと、懸命なる抵抗は通用せず、ますます力強く引き寄せられ、指先で顎を捉えられる。

「氷豹の。そこまでにしておけ」

ひ、と顔を蒼褪《あおざ》めさせる私を見かねた焔の御仁が口を挟んでくれるけれど、氷の御仁はますます上機嫌になって、にやにやとその涼しげな美貌にそぐわない、あまり上品とは言い難い笑みを浮かべる。

「おや、炎獅子の。自分が袖にされるのが気に食わないのか？　そこまで貴様が気に入るとは、なるほど、それだけ閨《ねや》の中でも愛らしく鳴いてくれるのだろう」

「いや、そうではなく。本当にやめておけ。それが貴殿のた……」

め、と続けられるはずだった焔の御仁の言葉が、ぷっつりと途絶えた。あ、と思った時にはもう遅い。皆まで焔の御仁が言い終わるよりも先に、それまで沈黙を保っていた男がゆらりと立ち上がる。

そしてそのまま、私に今にも唇を寄せようとしていた氷の御仁の頬に、自身の拳をめり込ませた。

「――――‼」

ばきぃっと凄《すさ》まじい音がした。そして同時に、大きな声もまた上がる。

誰が上げた声だったのか、どういう意味合いの声だったのか。殴り飛ばされ宙で一回転した挙句に凄まじい勢いでテーブルの上にその身体を叩《たた》き付けられた氷の御仁の声にならない叫びだったのかもしれないし、氷の御仁を殴り飛ばすと同時に思い切り男に引き寄せられその打掛の中に収められた私の悲鳴だったのかもしれないし、はたまた周囲で私達のやりとりを酒の肴《さかな》にしていた精霊達の歓声だったのかもしれない。どれであるにしろ、もう確認する術《すべ》はない。

「……やってくれたな」

焔の御仁が、頭痛を堪《こら》えるように片手で顔を覆う。あーあー、と呆れ果てたような素振りで盛大な溜息を吐く彼の肩は小刻みに震えている。どう見ても笑いを堪えているようにしか見えない。こうなることが解っていて、私のことを助けもせず、氷の御仁のことを強く諌《いさ》めもしなかったに違いない。

「き、貴様、許さんぞ！　よくも、よくも私の顔にっ！」

「黙れ。その程度の顔を殴られたくらいでぎゃあぎゃあと喚《わめ》くな。見苦しいことこの上ない」

怒鳴り散らす氷の御仁に対し、男が氷よりも冷たい声音で吐き捨てる。氷を象徴する御仁の前で氷よりも冷たいとは皮肉なのかなんなのか。

まあ確かにこの男の素顔は、氷の御仁のそれよりももっとずっと美しく麗しいけれど、仮面をつけている今の状態でそれを言われても、氷の御仁にとっては余計に腹立たしいだけだろう。

「炎獅子のの連れと思い目をかけてやれば、つけあがりおって……！」

怒りに打ち震える声と共に、ぱきぱきと硬質な音がいくつも上がる。何事かと思えば、氷の御仁の周囲で、いくつもの研ぎ澄まされた氷の矢が生まれていた。鋭く研ぎ澄まされた切っ先はすべて、揃いも揃ってこちらへと向けられている。

「喰らえ！　身の程を知らぬ下位精霊風情が！」

氷の御仁が私達へと人差し指を向ける。ひえ、と打掛の中で蒼褪める私と、片腕で確と抱く男に向かって、氷の矢が一斉に放たれた。

今度こそ周囲で悲鳴が上がる。そのまま氷の矢に、男も私も全身を貫かれて落命すると、誰もが思ったことだろう。

だが、そうはならなかった。

一斉に飛んできた氷の矢は、私達に触れる寸前で、ぱぁんっと粉々になって砕け散る。氷の粒がきらきらと舞い落ちるのが、やけに現実離れしている光景だった。打掛の中にいる私にはその氷の粒がかかることはなく、男の白い綿帽子の上や、打掛の肩ばかりに氷の粒が降り注ぐ。真白の上に乗る透明な欠片《かけら》がこれまたきらきらと輝いて男を飾るのが、実に心憎い演出である。

誰かが、ほう、と感嘆の吐息をもらすのが聞こえてきた。そして氷の御仁はと言えば、人差し指をこちらへと向けたまま、何が起きたのか理解できないと言いたげに、呆然と立ち竦んでいる。

「な、な……っ!?」

「なんだ、この程度か。炎獅子公、コレは貴方と同格であったのではなかったのですか？」

「そのはずだったんだがなぁ」

相手がお前ではな、と、焔の御仁は苦笑して肩を竦める。まるで頑是ない子供同士の喧嘩《けんか》を微笑ましく見守っているかのような態度だ。泰然といつの間にか注文していたらしい酒を口に運ぶ焔の御仁の様子に、呆然としていた氷の御仁の表情が、一気に憎々しげなものへと変わる。せっかくの涼しげな美貌が台無しである。

恐ろしさよりももったいなさが勝《まさ》る氷の御仁の見るに堪えない表情を一瞥《いちべつ》した我が夫は、フンと嫌味ったらしく鼻を鳴らし、薄い唇に弧を描いてみせた。

「まあいいでしょう。同格だろうが格下だろうが、これから俺がすることについては、何一つ関わりのないことですから」

氷の御仁が先程放った氷の矢よりも底冷えする声音で、男は淡々と続ける。

「俺の妻に断りなく触れたこと、心の底から後悔させてくれる」

酒場の空気が、軽く二、三度下がった気がした。この男、精霊王に杖も『目』も『耳』も奪われているくせに、そんなことはお構いなしに魔法を行使する気満々であるらしい。

男の周りで、紫電がぱちぱちと剣呑《けんのん》に弾《はじ》ける。おお、と周囲の精霊達がどよめいた。氷の御仁の表情が引きつり、じり、と後退《あとずさ》るが、男の完全に据わり切った視線は、狐の仮面越しに彼のことを射抜いている。これはまずい。

「エ……じゃなくて、ま、満天星様、いけません！　落ち着いてくださいまし！」

男の腕の中から、綿帽子の下に隠れた、右サイドの一房だけ伸ばされた髪をぐいぐいと引っ張る。流石に痛かったらしく、男が私を非難を込めた目で見つめてくるが、ここで退いてなるものか。私達は、こんなところで騒ぎを起こしている場合ではないのだから。

そう思ったのは私ばかりではなく、焔の御仁も同様であったらしい。最後まで静観する構えだったようだが、いい加減まずいと判断したようだ。椅子からゆっくりと立ち上がって、どうどう、とでもいうかのように大きな手を閃《ひらめ》かせ、男と氷の御仁の視線を集める。

「嫁御の言う通りだ。頭を冷やせ、満天星。それから氷豹の、此度《こたび》は退いてもらおうか。ここでやり合うのは双方にとって得策ではないと、お前も解っているだろう」

実にごもっともな台詞である。氷の御仁は、ぎらぎらとそのアイスブルーの瞳に似つかわしからぬ怒りの炎を燃え滾《たぎ》らせ、私達を睨み付けてから、肩を怒らせて酒場から出て行った。

その後ろ姿を舌打ち混じりに見送る男に、「満天星様」と、頼むから落ち着いて、という気持ちを込めて呼びかける。

仮面に隠されているとはいえ、男が実に不満げな表情を浮かべているのが手に取るように解ったが、だからと言ってあのまま氷の御仁を叩きのめすのを黙って見ている訳にはいかないだろう。自分について何を言われようがされようが、基本的に無頓着なくせに、私や子供達に関わるとこれなのだから、困ってしまうものだ。嬉《うれ》しくないと言えば思い切り嘘《うそ》になってしまうけれど、困るものは困るのだ。

とりあえず男が氷の御仁を追う気がないことは解ったので、ほう、と安堵《あんど》の息を吐くと、どっと周囲が沸き立った。

「やるなぁ、若いの！　あの氷豹公相手に一歩も退かないどころか、拳まで入れるなんてな！」

「胸がスカッとしたわ！　氷豹公ったら、容姿は素敵でいらっしゃるのに、中身はとんだ残念なお方なんですもの」

「流石、炎獅子公のお連れだ。一杯奢《おご》らせてもらえないか？」

……周りの精霊の方々が、口々に男のことを褒め称《たた》えている。それだけ焔の御仁の人気が高いのか、或いはそれだけ氷の御仁に辟易《へきえき》させられているということか。

おそらく両方なのだろう、と、男の打掛の中から抜け出しつつ私が苦笑いを浮かべていると、男と共に口々に褒め称えられていた焔の御仁は、片手を挙げながら周囲の歓声に応えつつ、「とりあえず」と私達の方に向き直った。

「ここではこれ以上の収穫はなさそうだな。休憩がてら、外に出ることとするか」

「ですが」

「だから頭を冷やせと言っているだろう、満天星よ。これ以上この場で目立つのは氷豹のばかりではなくお前にとっても得策ではないと、自分で解っているだろう？」

「……はい」

男が珍しくも反論せず頷くと、うむ、と焔の御仁は頷いて、入り口の扉へと歩き出した。颯爽と歩く焔の御仁の後に続く男のまとう雰囲気は、お世辞にも機嫌がいいものとは言い難い。

足早になって男の隣に並び、その真白い打掛のたっぷりとした袖を引っ張ると、仮面越しに朝焼け色の瞳が私を見下ろしてくる。「お前も俺を諫めるのか」と言葉なく語る瞳に呆れたくなる。

まったく、子供か。込み上げてきた笑いを飲み込み直して、私はそっと男に囁く。

「助けてくださり、ありがとうございました」

結局いつだって私のヒーローはこの男なのだ。気恥ずかしくてそんなことは口に出しては言えないけれど、言外に込めた言葉は、しっかり男に伝わっていたらしい。

「当然のことをしただけだ」

つん、と澄まして言う男の、綿帽子の下に隠された耳が赤くなっていることを知っているのは、きっと私だけだ。なんて罪深く甘ったるい秘密だろう。そんな場合ではないことなど百も承知であるくせに、ついつい笑いながら男の腕に自分の腕を絡ませる。拒絶されるどころか、逆にもっと引き寄せられてしまって、また笑ってしまった。

そのまま酒場を後にして、風を切るように雑踏の中を歩いていく焔の御仁に続くと、やがて私達は、大きく拓《ひら》けた広場へと辿り着いた。人間に近い姿の精霊から、完全に獣や異形の姿の精霊が、広場の中心に据えられた女神と彼女にかしずく精霊王の彫像の周りで、思い思いの時間を過ごしている。

ここでもまた様々な精霊に挨拶されている焔の御仁は、広場の片隅の、まるでベンチのように変形している大木の幹に腰を下ろした。来い来い、と手招かれ、私と男もその幹に腰を下ろす。

「俺の因縁ゆえに、情報集めとやらの邪魔をしてすまなかった」

「いえ、そのようなことは……」

「まったくです。ご自分の影響力というものをご理解していただきたい」

「ま、満天星様、お言葉がすぎますよ。申し訳ありません、ヴァル様」

私が焔の御仁の台詞を否定しようとしたところに被さって、男が冷ややかに焔の御仁の台詞を全面的に肯定した。ああもう、どうしてこういう言い方しかできないのかこの男は！

くいくいと男の打掛の袖を引っ張って抗議の念を伝えるけれど、男は自身の台詞を撤回するつもりはないらしく、そっぽを向いている。さっきも思ったけれど、子供かこの男。

これでは流石の焔の御仁も気分を害したに違いない。そう恐る恐る彼の方を窺《うかが》えば、意外や意外、彼は楽しげにくつくつと喉を鳴らして笑っていた。

「構わんさ。お前達の無礼は、今に始まったことではないからな」

「え」

「解らんか？」

ん？　と小首を傾げられても、口籠ることしかできない。このお方に対する無礼なんて、そんなもの、思い当たる節が多すぎてどこから列挙すればいいのか解らない。

ひくりと顔を引きつらせる私と、涼しい顔をしつつも「まずい話の流れになった」と思っているに違いない男の顔をそれぞれ見比べて、にやりと焔の御仁は唇の端を蠱惑《こわく》的につり上げる。

「そもそも、だ。俺を『あちら側』に何の手順も踏まず強制的に召喚するなど、我らにとってあり得べからざる所業だ。満天星ほどの魔力があればこそできた所業であるが、礼儀も知識もない幼子の召喚に応じたなど、当時は俺はいい笑い者になったものだぞ。しかも目的があって召喚した訳でもなく、ただ姿が見たかっただけなどというふざけた理由など、まったくけしからん。しかも謝罪をしようともしない。つくづく、本当に、どこまでも、お前達は無礼な幼子どもであったよ」

「そ、その節は、本当に申し訳ありません……」

「………」

み、耳が痛い。痛すぎる。

焔の御仁の仰る通り、本当に幼い頃の私達は、とんでもない真似をしてしまったものだ。いくら子供のしたこととはいえ、永遠にも等しい時を生きる精霊のお方にとっては年齢など関係ないだろう。何度謝罪しても謝罪し足りない真似であったことを改めて痛感する。私以上にその罪深さを理解しているに違いない男が何も言わないのは、理解しているからこそ、この場で改めて下手に謝罪ができずにいるのだろう。

駄目だ、冷や汗が噴き出してきた。焔の御仁は好意的な笑顔を浮かべていらっしゃるが、その心中がいかなるものかは推し量れない。こんなの、先程の氷の御仁のように、真っ向から責めてくれた方がマシではないか。

そう私が心も身体も冷や汗を掻いている中で、焔の御仁の朱金の瞳が、ちらりと男の方へと向けられる。何やら含むものがある視線に気付いた男が、逸らしていた視線を彼の方へと向けた。ようやく視線が噛み合うと、焔の御仁は、にやにやとからかうような、いかにも意地の悪い表情を浮かべた。

「そういえば、星見草からは謝罪を受け取ったが、満天星からは謝罪が未だにないな。どうだ、この機会に謝罪してみるか？」

それはきっと、焔の御仁にとっては最大限の譲歩であるに違いない。本当に赦せない時には、誰だって謝罪されることすら腹立たしいものだから。要は炎の御仁は、「赦してやるぞ」と仰ってくださっている訳である。先達ての大祭において、私のことを赦してくださり、私はようやく精霊の恩恵に与《あずか》れることになった。それを思えば、男だって素直に謝罪を……

「俺は、謝りません」

——おいこら、どうしてそうなる。

せっかく赦していただける機会なのに、何故にそうなるのだ。あまりにも真摯《しんし》な声音で断言されてしまい、私は言葉を失った。

焔の御仁は、「ほう？」と気分を害した様子もなく、むしろ面白そうにしげしげと男のことを見つめながら言葉の続きを待っている。

「俺が犯した罪は、赦されてはならない罪です。たとえ炎獅子公や星見草自身に赦されたとしても、俺は俺自身のことを赦さずにいたい。星見草の身体に残した傷痕の存在を、忘れずにいたいのです」

まだ言うか、と思ってしまった私を、誰が責められると言うのだろう。お互いを赦し合おうと、そう決めたのに、それなのにまだ引っ張るのかこの男。

いい加減にしてくださいまし、と怒ればいいのか、仕方のない人、と呆れればいいのか、もう解らなくなってきた。それだけこの男が私のことを想い、案じてくれていることが嬉しくない訳ではないけれど、だからと言って重荷として背負わせたい訳ではないのに。

私の視線に気付いたらしい男が、不意に私の頬を撫《な》でる。優しく丁寧に触れてくる手に擦《す》り寄ると、男はらしくもなく困ったように笑った。

……なるほど。この件に関しては、男は理性では解っていても、感情では納得しきれず、自分自身手をこまねいているのだと見た。本当に、仕方のない男である。

そう思ったのは焔の御仁も同様らしく、彼はくつくつと笑って「仕方あるまい」と続けた。

「頑固なものだ。だからこそ、今なおお前達の縁は断ち切られずに今日まで続いているのかもしれん。大したものよ」

「恐縮です」

「褒めていないぞ」

しれっと言い放つ男に、焔の御仁は快活な笑みを苦笑へと変える。

「まったく、成長しているのだか、していないのだか、実に解りかねる子らだ。お前達の子供達の未来が、楽しみでもあるし、恐ろしくもあるな」

その言葉に、ぐっと胸が詰まった。ついついこんなところでのんびりと談笑なんてしてしまっていたが、本来の私達にはそんな余裕はないのだ。一刻も早く、エリオットとエルフェンアを見つけ出さなくてはならない。せっかく酒場に行ったのに、何の手がかりも得られなかったことが悔やまれる。

膝の上で拳を握り締めると、目の前をひらひらと青い揚羽蝶が飛んでいった。揚羽蝶ばかりではなく、様々な翅を持つ蝶が、あちこちで舞い遊んでいる。私達が今座っている樹木の枝には、何羽もの小鳥が羽を休めて、愛らしくさえずっていた。それぞれがそれぞれの美しさや愛らしさを持つ蝶や小鳥達を、周囲の精霊達は慈しむように見つめ、自らの指先に呼び寄せたり、肩で遊ばせたりしている。

まるで夢の中にでもいるかのような、平和すぎる光景だ。美しい光景であるとも思う。

「……子供達にも、見せてあげたいわ」

エリオット。エルフェシア。そして、人間界に残してきたエストレージャ。エリオットやエルフェシアに関しては元より、エストレージャのこともまた心配でならない。

あの子はどんな思いで、私達のことを待っているのだろう。ひとりぼっちになることに恐れ怯《おび》えるあの子は、どれだけ不安に苛《さいな》まれていることだろうか。姫様や騎士団長殿達が支えてくれているだろうけれど、それでもあの子はきっと寂しい思いをしているに違いない。

一分一秒でも早く、エリオットとエルフェシアを見つけて、他の子供達と一緒に帰還しなくては。「ただいま」と、エストレージャに伝えなくては。

駄目だ。まただ。いけないと解っているのに、また不安と心配、そして焦燥が胸の中で渦巻こうとしている。

大声を上げて子供達を呼びたくなる衝動にかられる。膝の上で拳を握り締め、努めて呼吸をゆっくり繰り返すことでなんとか耐えていると、膝の上に置いていた拳の上に、男の手が重なった。

冷たい手だった。かすかに震えている白い手に、気付けば俯いていた顔を持ち上げてそちらを見遣ると、男もまた俯いて、薄い唇を色が変わるほどに噛み締めていた。

ああ、そうだ。この男だって不安なのだ。心配でたまらないのだ。

母親である私がこうなのだから、父親であるこの男だって、心中穏やかでいられるはずがない。子供達のことを得難い宝物のように思ってくれている男が、その宝物を失うかもしれない恐怖に震えていることに、今更ながらに気付く。

「大丈夫です、満天星様」

握り締めていた拳から力を抜き、両手で男の手を包み込んで、身を乗り出して男の顔を覗《のぞ》き込む。仮面の鼻先がこつんとぶつかった。狐の仮面の向こうで、朝焼け色の瞳が、焦燥に揺れている。

私だって同じ思いだけれど、それを押し殺して、いつも通りの微笑みを浮かべてみせる。

「大丈夫ですよ、わたくしのかわいいあなた。エリオットもエルフェシアも、わたくし達の子供で、エストレージャの弟妹なんですもの。きっと、きっと大丈夫です。わたくし達がここでくじけてどうするのですか。早く見つけてあげましょう？　きっと、わたくし達のことを待っていますわ」

男に語りかけるようでいながら、結局、私自身に言い聞かせるための台詞になってしまった。けれどそれでも男は、私の手をぎゅっと握り返してくれた。

「――ああ、そうだな。二人とも甘えたな子供だ。さぞ寂しがっていることだろう。俺達が見つけてやらなかったら、きっと泣かせてしまうことになるな」

「ええ、そうですとも。さ、休憩はこの辺で終わりにいたしましょう。ヴァル様、申し訳ありませんが、また情報集めに……」

付き合ってくださいませ、と、続けるはずだった台詞を、続けることが叶わなかった。

男と焔の御仁の視線が、私ではなく、もっと向こうの、広場の入り口へと向けられている。その視線を追いかけて私もそちらを見遣り、思わず首を傾げた。

私達のことを、じっと見つめている二人組がそこにいた。身長から察するに、歳《とし》の頃はどちらも十二か十三あたりだろうか。

片方は淡い亜麻色の髪の、カササギの顔を模したハーフマスクをつけ、同じくカリサギと同じ色合いの騎士としての制服をまとった少年だ。その腰には、酢漿草の紋章が刻まれた剣が下げられている。そしてもう片方は、蜂蜜色の長い髪に、翅を広げた紋白蝶の姿のハーフマスクをつけ、白いドレスを身にまとった少女である。その頭には、雛菊の花冠が乗せられている。

……どちらも、ものすごーく、私達に縁深いものを感じさせる姿だ。まさか、と思ったのは私ばかりではなく、男もまた同様であったらしい。私達はほぼほぼ同時に立ち上がると、カササギの少年と紋白蝶の少女の元へと走り出した。だが、しかし。

「待て！」

「行かないで！」

男と私の制止の声も聞かず、少年少女は手を繋いで雑踏の中へと飛び込んでいった。

「追うか？」

「当たり前だ！」

後から追いかけてきた焔の御仁ののんびりとした問いかけに、男が大きく怒鳴り返す。私も深く頷いた。これで追わずにいられるはずがない。あの二人、どう見てもエリオットとエルフェシアの成長した姿を思わせる。

彼らこそが私達のかわいい子供達であるというのならば、どうして私達から逃げるのだろう。何か逃げなくてはならない理由があるのか。解らないが、何であるにしろ、ここでそのまま見送ることなど誰ができようか。

男と一緒になって雑踏に飛び込み、必死になって少年少女の後を追う。子供らしい小柄な身体を活かして、すいすいと道行く精霊の合間をすり抜けていく二人を追うのは、正直とてもしんどいが、だからと言ってここで見失う訳にはいかなかった。

「待って、お願い……！」

私の叫びに、周囲の精霊達が何事かとこちらを振り向く。カササギの仮面の少年が、一瞬こちらを振り返った。けれどすぐに紋白蝶の仮面の少女に引っ張られ、またこちらに背を向ける。

少年少女は、まるでこの『町』について知り尽くしているかのように、迷いない足取りでひたすら走っていってしまう。どこへ行くつもりなのだろう。いや、どこへ行かれようとも、絶対に捕まえなくてはいけない。エリオット。エルフェシア。かわいい子供達を、取り戻すために。


——それなのに、気付けば少年少女の姿は、雑踏の中に消えていた。


ぜーはーと荒い呼吸を繰り返す私とは対照的に、男も焔の御仁も涼しいお顔である。私の足が遅いせいであの少年少女を見失うことになってしまったのかと思うと申し訳ないやら情けないやら悔しいやらで、頭を掻きむしりたくなってしまう。

「ごめ、ごめんなさい、満天星様」

「いや、いい。見失った俺にも非がある」

冷静なフォローが今は胸に突き刺さる。ずんっとあからさまに落ち込む私の肩を抱き、そのまま引き寄せてくれた男は、「それよりも」と声を潜めて焔の御仁にそっと問いかけた。

「ここは〝何〟ですか？」

「え……？」

男の声音には、明らかな警戒の色がにじみ出ていた。どういうことかと周囲を見回した私は、ひっと思わず息を呑む。

周りの光景が、気付けば一変していた。先程までの明るく美しい街並みは消え、代わりに暗くおどろおどろしい、それこそスラムとでも呼ぶべき街並みに取り囲まれている。道行く精霊は、人間の姿からは程遠い、恐ろしい異形の姿かたちばかり。

こんな光景を前にしたら、お化け屋敷なんてかわいいものだ。ゾンビだの幽霊だの妖怪だのがいる訳ではないけれど、空気そのものが、昏《くら》く澱《よど》んだ何かによって塗り潰されているようだった。

あの少年少女を追いかけている間、周囲に気を払う余裕などなかったのがいけなかったらしい。こんなところにどうしてあの二人は、と男の腕の中で震えていると、この暗い街並みの中でもなお燃え盛るように明るい焔の御仁は、けろりと口を開いた。

「お前達の言葉を借りるならば、『闇市』と呼ぶのが最も近いか。俺も滅多に来ないが、情報集めにはこちらの方がむしろ有利やも……おや」

ぱちり、と焔の御仁が瞳を瞬かせて私達の後ろを見遣る。ぱっと二人揃ってそちらを振り向くと、カササギの仮面の少年と、紋白蝶の仮面の少女が、やはり離れたところからこちらの方を窺っていた。

私達の視線がその姿を確と認めた瞬間、少年少女はまたしても揃って踵を返し、手を繋いで走り出してしまう。追いかけっこ再びである。今度こそ、と足を懸命に動かすけれど、私よりもコンパスの長い男の足ですら、少年少女に追いつけない。

やがて、少年少女は、細い裏道へと入っていった。その後を追って私達もまた裏道へと飛び込み、そして急停止する。

「い、行き止まり？」

自分の口から、呆然とした声がこぼれるのを、他人事のように聞いた。

飛び込んだ裏道の果てには、黒いレンガの壁がどんっと待ち構えており、それ以上進むことができなくなっている。ならば少年少女の姿もそこにあるはずではないかという話だが、何故だか二人の姿は忽然《こつぜん》と消失していた。

何もない行き止まりを前にして立ち竦んでいると、ふと男が首を傾げ、そのまま行き止まりに向かって歩き出す。

「満天星様？」

どうかしたのかという意味合いを込めて仮の名を呼ぶと、男は行き止まりに向かっておもむろに自らの手を触れさせた。男の手が、そのままとぷんと壁の中へと沈む。

目を見開く私を置いてきぼりにして、男が焔の御仁に問いかけた。

「どうやら、この先があるらしいですが。炎獅子公、この件についてはご存知で？」

「一応はな。『こちら側』における昏きモノの一つが、その向こうにある」

「我々が足を踏み入れても？」

「問題がない……とは言わん。だが此度は別だ。何せ、俺がいるからな」

「なるほど、それは頼もしい」

「心にもないことを」

「いいえ？　心から感謝していますよ」

慇懃無礼《いんぎんぶれい》に謝礼を口にした男は、私の元まで戻ってくると、すいっと私の手を取った。男の視線が、

「大丈夫か」と問いかけてくる。

どくどくと心臓がうるさいのは、走った直後だからという理由ばかりではない。わざわざ隠されている入り口の向こうに何があるか解らないからこその緊張が、余計に心臓をうるさくしている。

でも、それでも。

「行きましょう、満天星様。あの子達の手がかりが、きっとこの向こうにある気がするのです」

「ああ、行こう。炎獅子公、先導をお願いしても？」

「断らせる気がないくせによくも言う。まったく、本当に無礼な子よ」

呆れ混じりに焔の御仁は笑い、私達の横を通り過ぎて、黒いレンガの壁へと向かう。彼の身体がとぷんと壁の中に沈み、消えるのを確認して、私達もまた、手を繋いだままその後に続いた。

6

壁に自分の身体《からだ》が沈んだ瞬間、ぞわりと肌が粟立《あわだ》つのを感じた。

気付けば閉じていた目をやっと開くと、目の前には、地下へと続く階段がある。一定の間隔で明かりが灯されているものの、頼りがいがあるとは決して言えない程度の明かりだ。思わず身震いして、繋《つな》いだ手に力を込めると、私の力よりももっと強い力で握り返される。たったそれだけのことで、全身を包んでいた緊張がゆるむのだから我ながら現金なものである。

焰《ほのお》の御仁が先頭に立ち、階段を下りていく。その後に続いて、私は男と共に、手を繋いだまま階段を一段ずつ下りていく。

最初は涼しいばかりだった空気が、やがてひんやりとした冷たく寒いものになり始めた頃、ようやく私達は、最下層へと辿《たど》り着いた。

眼前に、黒檀《こくたん》で造られた大きな扉がそびえ立っていた。何の細工も施されていない、のっぺりとした扉は、なんだかそれだけで空恐ろしさを感じさせる。

扉の前に立っているのは、一人の老人だ。背がとても低く、その割に横幅は何千年も生きる大樹を思わせるほどに太い、ずんぐりむっくりとした、人間ではありえない体格。豊かなひげをたくわえて、節くれだった太い手には身の丈よりも大きな、重厚な槌《つち》を持っている。

ふさふさとした眉に埋もれかけた、黒炭のような瞳が、ちらりとこちらを見た。びくりとつい身体を震わせる私を、男が何気ないふうを装って引き寄せてくれる。それに大人しく甘える私達を一瞥《いちべつ》してから、老人は焔の御仁へと向き直った。

「これはこれは、炎獅子《えんじし》公。随分と珍しい方がいらっしゃったものだのぅ」

低くしゃがれた声には、揶揄《やゆ》するような響きが宿っていた。けれど焔の御仁は気分を害した様子もなく、にこやかに「まあな」と頷《うなず》いている。そして彼は、自身の視線を黒檀の扉へと向けた。

「盛況か？」

「ええ、おかげさまで。特に此度《こたび》は、とっておきの目玉商品がつい先程出品されることが決まりましてな。耳の早い飛び込みのお客様も多くいらっしゃる。それこそ、貴方様方のように」

「ほう、なるほど」

何やら含むものを感じさせる物言いにも、やはり焔の御仁の笑みは崩れない。それが面白くなかったのか、あるいは単に迫力負けしたのか、鼻白んだ様子の老人は、焔の御仁の背後で事の次第を窺《うかが》っている私達へと視線を向けた。

再びびくりと身体を震わせる私と、そんな私を抱き寄せたまま老人を睨《にら》み返す男の様子を、値踏みするように見つめた老人は、にい、と豊かなひげに隠れた口に笑みを刻む。

「おやおや、どうやらお連れさんどもはこの先にあるものをご存じでないご様子だ。炎獅子公、それはあまりにも悪趣味では？」

老人の意地の悪そうな問いかけにも、相変わらず焔の御仁は泰然とした笑みを浮かべていた。「そうは言ってもなぁ」とのんびりと彼は続ける。

「俺にとってもここに来るのは本意ではないんだが、必要にかられてな。満天星《まんてんせい》、星見草《ほーみぐさ》。改めて説明しよう。この扉の向こうでは、競売が行われているのだ。あらゆる価値あるものが、この扉の向こうで競売にかけられ、競り落とされていく。お前達の望むモノも、もしかしたら既《すで》に商品の一つになっているやもしれんな」

「……！」

息を呑《の》んだのは、私だったのか、それとも男だったのか。

どちらであるにしろ、そこに込められた驚きは変わらない。顔を見合わせてから、もう一度黒檀の扉を見遣《みや》る。

競売、だと？　つまりはオークションなどと呼ばれるものか。それは人間界においても存在するものだが、この精霊界においても同様であるらしい。しかも精霊界では、焔の御仁の言いぶりから察するに、〝非合法なモノ〟も商品として扱われていると見た。その商品の中に、『私達が望むモノ』――つまり、エリオットとエルフェシアがいるのかもしれない。

そういえばつい先程、老人は言っていたではないか。『とっておきの目玉商品』が出品されることが決まったと。脳裏に、カササギの仮面の少年と、紋白蝶《もんしろちょう》の仮面の少女の姿が浮かぶ。

消えた二人の行方は、まさか。

思い至った結論に、顔を蒼褪《あおざ》めさせる私の手を、男が強く握ってくれる。私ばかりが不安な訳ではないのに、この男だって心配でたまらないのだろうに、それでもこの男は私のことを気遣ってくれる。

そうだ、言葉がなくたって、この手のぬくもりだけで十分だ。ここで卒倒している場合ではない。

子供達がこの扉の向こうにいるのなら、私達は迎えに行くだけなのだ。

そう私が決意したことを察してか、焔の御仁は「さて」と口火を切った。

「ならば早々に入らせてもらうぞ。満天星、星見草、ついてこい」

「なりませんな」

焔の御仁の台詞《せりふ》をばっさりと老人は一言で切り捨てた。え、と私は戸惑い、男が仮面の下できっと眉をひそめている中で、それまで笑顔であった焔の御仁の表情が不快げなものへと変わり、「なんだと？」と低く唸《うな》るように老人に問いかける。

獅子が唸るような迫力ある声音にも老人は恐れるでもなく、むしろ面白がるかのように喉を鳴らしてから、トントン、と、手に持っていた槌の柄で自らの肩を叩《たた》いた。

「競売に参加するには出品が必要であると、炎獅子公、貴方様もご存じのはずではありませんかな？」

「俺の名と顔に免じて、と言っても？」

「例外はありませぬ。たとえ我らが王の仰《おお》せであろうとも、この約定は違《たが》えてはならぬものです。だからこそ競売は成り立っているのですからな」

そこまで言われては焔の御仁も無理は言えないらしい。苦々しげな表情を浮かべて、彼はこちらを振り返った。「どうする？」とその朱金の瞳が無言で問いかけてくる。ど、どうすると言われても。

どうしましょう、という気持ちで隣を見上げると、男もどうしたものか測りかねているらしく、その口元がへの字になっている。

ここまで来て引き返す真似なんてできるはずもなく、だからと言って出品物になるような目ぼしいものなんて持ち合わせていない。

どうしよう、と頭を悩ませていると、ふと視線を感じた。そちらを見遣れば、老人が私のことをじっと見上げている。ばっちりと目が合うと、老人はにんまりと笑った。

「出品物がないと仰《おっしゃ》るなら……そう、そこの黒衣の娘御など、ちょうどいいのでは？」

「え」

私？　と反射的に自分を指差して首を傾《かし》げてみせると、老人は深々と頷いて続けた。

「顔を晒《さら》せぬほど下位にある者であるとはいえ、炎獅子公と深い縁《えにし》が結ばれているとお見受けする。炎獅子公と何らかの縁を得たい精霊などごまんとおります。そういう者達にとっては、その娘御はさぞかし価値ある品となりましょう」

え、え、え。そんなことを言われても、本人にまったくその自覚はないんですが。

確かに私は九歳の折に焔の御仁によって背に火傷《やけど》を負わされ、その罪を先達《せんだつ》ての大祭にてようやく赦《ゆる》された。そういえば『こちら側』に来る前に、男も言っていたのだったか。歴史上でも私のような存在は稀《まれ》であり、焔の御仁からの赦しはそのまま彼からの祝福になると。つまりその縁とやらが、高位精霊である焔の御仁とお近づきになりたい輩《やから》からすると、『価値あるモノ』になる訳か。

なるほどなるほど……と、一人納得していると、突然目の前が真っ白になった。

え、と思った時にはもう遅く、私は男の打掛の中にまたしても引きずり込まれていた。完全にその腕の中に捕らえられ、身動きが取れない。もぞもぞとなんとか脱出しようとする私の抵抗をすべて抑え込み、男が唸った。

「誰が、そんな真似を許すものか……！」

低い声音はそのまま、男の憤怒《ふんぬ》を表していた。離すものか、奪わせるものか。そんな感情がひしひしと、そしてまざまざと感じられる。

「……ふふ」

だからこそ、思わず笑ってしまった。私がこのタイミングで笑ったことを訝《いぶか》しんだらしい男の腕の力が弱まる。それをいいことに、男の腕の中から顔を出して、間近にある狐《きつね》の仮面を見上げた。にっこりと微笑《ほほえ》んでみせると、仮面に隠されているにも関わらずはっきりとそうと解《わか》るほど、男の顔色が変わる。

「待て、星見草。何を……」

「解りました。わたくしが出品物となりましょう」

「っ星見草！」

私の宣言に、男が声を怒らせ、焔の御仁は予想外だとでも言いたげに瞳を瞬かせ、そして老人がにんまりと笑う。

それぞれがそれぞれの感情そのままの表情を浮かべている中で、怒りに燃える朝焼け色の瞳を見上げて、私は笑みを浮かべて続ける。

「あの子達の手がかりを得るためです。今はこうするしかありません。ご心配なさらないで。きっと大丈夫ですから。いくらわたくしがヴァル様とのご縁を頂戴しているとはいえ、所詮《しょせん》わたくしですよ？　わざわざ欲しがってくださるお方などそうはいらっしゃらないことでしょう。ですから満天星様、お手数をおかけしますが、あなたがわたくしを競り落としてくださいな」

「な……っ⁉」

「あら、できませんか？」

「できない訳がないだろう！」

即答だった。だからこそ信頼できる。私は誰の物になるでもなく、必ずこの男の腕の中に帰るのだと確信できる。

「それでこそ、わたくしのかわいいあなたです。どうか必ずや、わたくしをあなたの元に取り戻してくださいまし」

この男の帰る場所が私の元であるならば、私の帰る場所だってこの男の元なのだ。他の誰に決められた訳でもなく、私自身がそう決めた。この決定は、誰にだって、たとえこの男にだって覆《くつがえ》すことができない誓いなのだ。

だから、ねえ、あなた。どうかわたくしを、もう一度抱き締めてくださいね。

そんな思いを込めて男を見上げると、男はしばらく口をあえがせてから、深い、それはそれは深ぁい溜息《ためいき》を吐いた。

あらあら、と私が笑うと、男は恨めしげな視線を私に向けてくる。そうして、ぎゅ、ともう一度私の手を握り、狐の仮面の額に押し当てた。

「ああ。必ずお前を取り戻す。誰であろうとも、お前を奪わせるものか」

力強い宣誓だった。そんな場合ではないのに、ついついふふと笑みを深めてしまう。男が「笑っている場合か」とでも言いたげに睨み付けてくるが、その鋭い視線すらもくすぐったく感じる。自分でも驚くほどに、男の誓いを信じることができる。嬉《うれ》しくて嬉しくてたまらない。私は必ず、この男の元に帰ってくることができるだろう。

そして首を傾けて、私達のやりとりを見守っていた焔の御仁に目配せする。

「ヴァル様、満天星様のことをよろしくお願いいたします」

「任された。お前は安心して、俺達に競り落とされるのを待っているがいい」

「まあ、それは頼もしいことですこと」

実に頼りがいのある微笑みである。ああ、うん。大丈夫だ。改めて心の底からそう思えた。

エリオット、エルフェシア。今お母様が行きますからね。そう内心で呼びかけながら、背伸びをして、男の狐の仮面の鼻先に口付ける。

「わたくしのかわいいあなた。行ってまいります」

繋いでいた手を、名残惜《なごりお》しく思いながらも放す。大丈夫、大丈夫。この手に残るぬくもりが、私を支えてくれるから。

そうして老人へと向き直ると、彼は「決まりですな」と頷いて、私のことを手招いた。

「それでは、商品となられた娘御はこちらへ。炎獅子公、そしてそのお連れの方は、会場へ入り、手続きをお済ませください」

音もなく黒檀の扉が開かれる。その向こうは暗い闇で満ちていた。促《うなが》されるままに焔の御仁と男が足を踏み出すが、最後に男がこちらへと視線を向ける。

――待っていろ。

そんな声が聞こえた気がして、私は笑顔で頷いた。ええ、待っていますとも。今まで何度も散々待たされてきたけれど、今回は今までのそれとは違って、心から安心して待っていられることが嬉しい。

焔の御仁と男が扉の向こうへと消えると、黒檀の扉はまた音もなく閉ざされた。

さて残された私はどうすれば？　と老人を見下ろすと、彼はコンコン、と地面をその手に持つ槌で叩いた。地面に私には理解できない魔法言語で連ねられた魔法陣が展開し、そこに更なる地下へと続く階段が現れる。

「ついてきなされ」

「は、はい」

老人が階段を下りていき、私もその後に続く。

下へ下へと階段を一段ずつ下りていくたび、冷たく重苦しい空気が色濃くなっていく。流石《さすが》に緊張してきた。とはいえ後戻りできるとは思えないし、しようとも思わない。今の私がすべきことは、エリオットとエルフェシアの情報を手に入れ、そしてあの男を信じて待つことである。

やがて最下層に辿り着くと、老人が立ち止まった。強固な黒鉄《くろがね》でできた扉を前にして、老人がその扉を槌でコンコンと叩く。鼓膜を引っ掻《か》くような音を立てて扉は開かれた。

「――おや、また飛び込みかい？」

前触れなく割り込んできた声に思わずびくりと身体を竦《すく》ませる。そちらを振り返ると、老人と同じような丸々とした体格をして、その手に大きな杖《つえ》を持った老婆が、その顔に刻まれたしわをより深くして、にやにやとこちらを見つめていた。片手を挙げて彼女に挨拶した老人が、ちらりと私を見上げて顎をしゃくる。

「ああ、なんと炎獅子公の御出品だよ。丁重に取り扱ってやってくれ」

「へぇ？　あの炎獅子公の。こういう場はお嫌いだと聞いていたけれど、どういう心境の変化なんだかね。しかもこのお嬢さん、ただの下位精霊にしか見えないじゃないか。一応炎獅子公と縁深いようだけど……まあいいよ、価値を決めるのはアタシらじゃなくてお客さん方だ。さあお嬢さん、ここに入りな」

つかつかと私の前まで歩み寄ってきた老婆が、ぐいっと私の手を引っ張って、そのままぽいっと投げ出すように、すぐ近くに置いてあった大きな鳥籠の中へと私を放り込んだ。思いの外強い力に、抵抗することもできずに、私はべしゃっと情けなく鳥籠の中で尻餅をつく。

い、痛かった。思いっきりお尻と腰を打ってしまった。これが丁重な扱いなのだろうかと老婆を見遣れば、彼女は私の視線など意にも介さない様子で、さくさくと鳥籠に大きな鍵をかけている。気付けば私をここまで連れてきた老人の姿はない。ここにいるのは私と老婆だけ――いや、違う。

ぼんやりと光る鉱物の薄明かりに、ようやく目が慣れてきたところで、私は周りの様子をようやく認識する。

様々な形の檻《おり》の中で、見たこともないような生物が、息を潜めている。それは翼の生えた猫であったり、角の生えた馬であったり、紅玉の瞳と金糸の毛並みを持つ兎《うさぎ》であったりと様々だ。動物ばかりではなく、人間の姿に近い存在――おそらくは何らかの精霊であるはずの存在もまた、暗い表情で檻の中にうずくまっている。

もちろんここに収納されているのは、そんな生物ばかりではない。光が灯っているだけにしか見えない硝子《ガラス》のケースや、歪《いびつ》な形の箱や人間の手では決して作れないに違いないと思われる彫像、見たこともないような絵画、小さな植木鉢には少々大きすぎるのではないかと思われる金色の果実がいくつも実る樹木など、挙げ連ねればキリがない。

鳥籠の中で立ち上がり、見惚《みと》れるように周囲を見回していると、しわがれた笑い声が耳朶《じだ》を打った。

気付けば私を閉じ込めている鳥籠のすぐ側《そば》に老婆が立っていた。じろじろと不躾《ぶしつけ》な視線を向けられ、ついつい身動《みじろ》ぎをしてしまう。「あんたも災難だねぇ」と老婆は小馬鹿にするように笑った。

「せっかく炎獅子公とお近付きになれたってのに、結局こんな裏競売に出されるなんてね。炎獅子公はこの類《たぐい》のことはお嫌いだと伺っていたけど……それほど手に入れたいモノでもあるのかね」

そう言ってしわがれた声で笑う老婆に、私は曖昧《あいまい》に笑い返した。災難と言えば確かにその通りなのだろうけれど、驚くほど不安を感じていない自分が不思議だった。あの男は、必ず取り戻すと言ってくれた。待っていろと言ってくれた。それだけで、誰よりも強くなれるような気がした。

私が怯《おび》えるでも焦《あせ》るでもなく笑っていることが気に食わなかったらしい老婆は、「つまらない娘だね」とフンと鼻を鳴らす。なんだか申し訳ないような気もしたが、それはそれとして、もっと気になることがあった私は、そっと手を持ち上げて人差し指を立てた。

「あの、あれはなんですか？」

私が指差した先にあるのは、この空間の最奥《さいおう》で、いかにも大切そうにテーブルの上に置かれているものだ。分厚いワインレッドのビロードの布がかけられているそれが何なのか、当然解るはずもない。けれど気になって仕方がないそれを見つめていると、老婆は得意げに胸を張った。

「あれこそが今回の目玉だよ。ついさっき、やっと捕まえた逸品でねぇ。あれを目当てに、耳の早いお客様が大挙していらっしゃったから、今回の競売は大盛況さね」

ありがたいことだよ、と笑う老婆に、そうですか、と答えつつ、私の視線はその『今回の目玉』とやらに釘付《くぎづ》けだった。老婆の言葉が頭の中でぐるぐると回る。ビロードに包まれた『何か』の大きさは、両腕で抱えるまでもないほどの小さなものだ。あの少年と少女が閉じ込められているとは到底思えない。それなのに、まさか、だとか、もしかして、だとかいう言葉が、やけに真実味を帯びてきた気がしてならない。

「見せていただくことはできませんか？」

「はぁ？　商品風情が何言ってんだい。駄目に決まってるだろう」

馬鹿なのかい？　とでも言いたげに吐き捨てられてしまった。予想通りの反応に、ですよね、と私は肩を落とす。せめて姿だけでも確認できればと思えども、今の私の身の上ではどうしようもない。

鳥籠に手をかけたまま立ち竦んでいると、老婆がにやにやと笑った。

「それに、あんたは他の商品について気にしてる場合じゃないよ」

「え？」

「ほら、もう次の次があんたの番だ。せいぜいお優しいご主人様に競り落とされるよう、女神様に祈っておくんだね」

「え、きゃっ⁉」

私を閉じ込めている鳥籠が、急にガクンと宙に浮く。その拍子に足元がゆらいで、バランスを崩した私は、積み上げたつみきが崩れるようにへたりこんだ。驚きと共に下を覗《のぞ》くと、子供が遊ぶお人形のようなサイズの様々な精霊が鳥籠の周りに集まって、そのまま鳥籠を持ち上げているところだった。老婆が杖をくるりと回すと、その指揮に合わせて鳥籠が動き出す。向かうのは、この薄暗い地下室の中の更に奥だ。

そうして、薄暗かった目の前が急に明るくなる。左右に分厚い幕が開かれて、それまでの薄暗さが嘘《うそ》のようなきらめきに満ちた場所――競売会場の舞台を覗くことができる舞台袖へと、私は鳥籠ごと運び出された。

舞台の中心のテーブルの上には、ホールケーキを保護する時に使われるような硝子ドームが鎮座していた。ドームの中では、鮮やかな青のダリアが、土もないというのに皿の上に根を張って咲き誇っている。どうやらたった今落札されたばかりであるらしい。

落札者らしき羊の角を持つ老婦人が、誇らしげに硝子ドームを片手で持ち上げると、外気に晒された青いダリアが、瞬きの後に、美麗な青年の姿へと変わる。老婦人が手を差し伸べると、ダリアであったはずの青年がおずおずと彼女の手を取り、そして丁重にエスコートして、二人揃《そろ》って舞台から降りていった。

わあっと歓声が上がる光景に、言葉もなく見入っていた私は、次の瞬間、自分を閉じ込めている鳥籠が宙に浮く感覚に身体をよろめかせた。私の意思とは関係なく、今度こそ鳥籠が舞台の中央へと運ばれていく。私の番、という言葉が頭をよぎり、降り注ぐ光の眩《まぶ》しさに目を細め、そして。

「――――ッ！」


息を、呑んだ。ぶるりと身体が震え、全身が竦み上がる。

目だ。会場中のありとあらゆる目が、私へと向けられている。私のことを頭のてっぺんから足の爪先までじっくりと吟味し、値踏みする数多《あまた》の視線。

そんなに見たければ見るがいい！　なんて睨み返すこともできないまま、身体の震えばかりが大きくなっていく。怖い。気持ち悪い。私のことをただの『モノ』としてしか見ていない不躾な視線を、一体どう表現したら、この身体中を這《は》い回るおぞましさが解っていただけるだろうか。

鳥籠の中で座り込んでいる私の隣にいるのは、燕尾服《えんびふく》を着て、モノクルを片目に引っかけた、コウモリの翼を持つ精霊だ。彼の前には大きな黒檀の台座が置かれており、その手にはこれまた黒檀の木槌が握られている。

ちらりと彼はこちらを一瞥したあと、にんまりとした笑みを浮かべた。

「さぁさぁ次にご紹介する商品は！　かよわく可憐《かれん》な黒き花娘にございます！　観賞用……とするには少々見劣りがする一品ではございますが、ひとたびの戯《たわむ》れやお遊びにはちょうどよいことかと。さあさあ、お手元の魔法石や魔宝玉を金子《きんす》に換えて、見事競り落としてくださいますよう！」

芝居がかった口調でコウモリ男が叫ぶ。見劣りがして悪かったな。自分がせいぜい十人並みの容姿であることは解っているが、こうして着飾っているというのにそれでもそう他人から言われると、流石に少しばかり落ち込んでしまう。まあ腹が立ってきたおかげで、恐怖が少しだけ和《やわ》らいだから、ちょっとくらいなら感謝し……いや、やっぱりないな。怖いものは怖いし、腹立たしいものは腹立たしいものである。

とは言え、今回の場合、あの男のように仮面で顔を隠しているにも関わらずその美しさがにじみ出ていたりしたら、それはそれで面倒なことになるに違いないので、ここはひとまず『見劣りする』商品扱いもよしとすることにしよう。

さて、あの男は、そして焔の御仁は、どこにいるのだろう。ごくりと唾を飲み込むことで気を取り直し、舞台の上からきょろきょろと競売参加者達を見下ろす。

先程の老婆の言葉通りに、今回の競売は大盛況であるらしく、想像以上にたくさんの精霊が集まっている。所狭しと並べられた小さな円卓の席にそれぞれ座っている数多の精霊の中で、たった一人のあの男のことを、私は見つけられるだろうか。そう、ふいに不安が胸をよぎった。けれど。

——エディ。

どんな視線よりも強く甘く向けられるその朝焼け色の視線に、どうして気付かずにいられるだろう。

そちらを見遣れば、会場の片隅の円卓で、焔の御仁と共に席についている男がいる。真白い衣装を身にまとった男は、相変わらず深く綿帽子を被《かぶ》り、狐の仮面で顔の半分を覆っているけれど、それでも生来の美しさは隠しようがないらしく、周囲の注目を集めていた。だが男は、そんな視線などちっとも意に介さない様子で、私のことを見つめている。焼けつくような視線に、胸が焦《こ》がされるようだ。

「それでは皆々様、お手持ちのゴブレットにご入札くださいますよう！」

コウモリ男の宣言に、参加者達が、それぞれの円卓の中心に一つずつ置かれていた大きなゴブレットへと手を伸ばす。香り高いワインで満ちた透き通るゴブレットだ。その中に、参加者達は、照明の明かりを反射しながらきらめくもの――おそらく魔法石、魔宝玉と呼ばれる類の宝石を落としていく。

ぽとりとゴブレットに落とされた宝石は、ワインに触れると同時に角砂糖のようにとろりと溶け、銅貨や銀貨となってゴブレットの底に沈む。

「まずは銅貨五枚から開始のようですね。おや、そちらのお客様は七枚？　十枚、十三枚……ほう、銀貨一枚と大盤振る舞いのお客様もおいでだ。更に銀貨五枚！　これは大きく出なさった！」

コウモリ男が競売を更に煽《あお》るように声を張り上げる。銀貨五枚で大きく出たと言われた私はちょっぴり……いやだいぶ切ない。私に金貨を積んでくれるような物好きなんて、きっと後にも先にもたった一人しかいないに違いない。

その物好きなたった一人に視線を向けると、こんなにも距離が離れているというのに、ばちりと目が合った気がした。男の薄い唇に笑みが刻まれる。

――すぐに、迎えに行く。

そんな声が聞こえた気がした。たったそれだけのことで、胸を満たしていた不安が拭《ぬぐ》い取られてしまう。とはいえ、あの男、魔法石や魔宝玉の持ち合わせなどないはずなのだが、一体どうするつもりなのか。

じっとそちらを見つめていると、男の隣の焔の御仁が、男にそっと何やら耳打ちして、その手に何かを握らせている。一瞬見えた、赤々と燃え盛る炎のごときさらめきは、たった今焔の御仁が生み出した魔宝玉の輝きだろう。なるほど、焔の御仁というスポンサーがいれば、低価格の私を競り落とすことなどたやすいに違いない。やはりここは、どんと構えていればいい訳だ。

そう胸を撫《な》で下ろしていた、その時。宝石をゴブレットに落とす水音と、コウモリ男の威勢のいい声ばかりが響く会場で、ガタン！　と大きく音を立てて誰かが椅子から立ち上がった。

「皆、その程度で本当に構わんのか？」

誰もがその声が聞こえてきた方向へと視線を向ける。私も例にもれなかったのだが、次の瞬間、げ、と顔が引きつるのを感じた。

わざわざ会場のど真ん中の席に陣取って、まるで舞台役者かのように堂々と立っている青年がいる。長く伸ばされた、まっすぐなアイスブルーの髪と、水晶の瞳を持つ青年のことは記憶に新しい。先程酒場で私達に絡んできた、氷豹《ひひょう》公と呼ばれる氷の高位精霊だ。

彼の突然の行動に、誰もが戸惑いをあらわにしている。コウモリ男も、それまでうるさいくらいにさえずっていた口を閉ざし、どうしたものかと言わんばかりの視線を氷の御仁に向けている。空気を読め、と言いたげな周囲の反応など何のその、氷の御仁はにいと笑って、びしっ！　と私を指差した。

「よく見てみよ、そして気付け！　その娘は、かの高名なる炎獅子公に目をかけられている娘よ！

いくらで競り落としても損はない商品だ！」

　高らかに紡がれた台詞に、ざわりと大きく会場が沸き立つ。再び私の元へと参加者達の視線が集まる。ひ、と思わず息を呑んだ。先程までの小石を見下ろすような視線とは大きく異なる色を宿した目が、じろじろと私を見つめてくる。

「あの炎獅子公の……？　彼《か》の御仁はこのような遊びはお嫌いと伺っていたが」

「氷豹公の仰せとはいえ、本当に？」

「待て、あそこを見ろ。本当に炎獅子公がいらっしゃるぞ！」

「ならばあの小娘に感じる炎の気配は、確かに炎獅子公のものということ？　身の程を知らない小娘だこと。競り落として躾し直してやろうかしら」

　つう、と、背筋を冷たいものが伝い落ちていく。これは、ものすごく、まずい展開なのではないか。なんて余計なことを言ってくれたのだ、あの氷の御仁は。

　非難を込めて氷の御仁を睨み付けると、私の視線に気付いたその氷によく似た水晶の瞳が、嘲りに濁る。あ、あの野郎、さっきの酒場の一件の報復のつもりか……！

　子供じみた嫌がらせに顔を更に引きつらせる私に、氷の御仁は美しくも下卑た笑みを浮かべ、ぽとりとその手に持っていた、水晶のようにきらめく、大きな美しい魔宝玉をゴブレットの中に落とす。ごぽり、とゴブレットの中のワインが揺らめいて、魔宝玉はそのまま何枚もの金貨へと姿を変える。おお、と周りがどよめいた。

「私はあの娘にまずはこれだけ入札を。さて、皆はどうする？」

いやいやいやいや、「どうする？」じゃない、「どうする？」じゃ！

顔を蒼褪めさせる私を置き去りに、どよめきを歓声に変えた参加者達は、次々と自身の魔法石や魔宝玉を我先にとゴブレットに投げ込んでいく。

「氷豹公の金貨十枚から改めて始まりまして、金貨十二枚、十五枚、二十枚！　まだまだ止まりません、おお、三十枚の御仁がいらした！」

コウモリ男が嬉しい歓声を上げながら目まぐるしく実況してくれるに従って、私の全身からも血の気が引いていく。なんということだ。焔の御仁にご協力頂いた対価がこれだなんてあんまりではないか。

氷の御仁は、私のことを競り落としたくて金貨十枚もの入札をした訳ではないだろう。ただ単に、私のことをあの男に競り落とさせないためだけにした嫌がらせであるに違いない。その証拠として、氷の御仁は、最初の金貨十枚以降はちっとも入札しようとはせず、椅子に悠々と腰を下ろして、にやにやと笑いながら事の次第を窺っているばかりだ。とことん嫌な奴である。殴り飛ばしてやりたくなるけれどそれができないこの囚《とら》われの身の上が憎らしい。

いくら焔の御仁がスポンサーになってくださっているとは言え、気付けばとんでもない価格になってしまっている私のことを、彼が見捨てないでくださるという保証はない。そもそもここまで会場を盛り上げている自らの出品物を、自分で落札するなんて真似が許されるとも思えない。

現に、焔の御仁の方を見遣ると、なんとも困った表情で、事のなりゆきを静観なさっていらっしゃる。その隣の男の表情は窺い知れないが、おそらく男だって現状に頭を悩ませていることだろう。

このまま、どこの誰とも知れない精霊に競り落とされてしまったら。

ぞっとする考えだった。相変わらずつり上がっていく入札価格から耳を塞ぎたくなる。怖い。どうしよう。まだ私は何も成せていないのに。エリオットとエルフェシアを見つけて、エストレージャの元に帰りたいのに。あの男の腕の中に、もう一度帰りたいのに。そう思えば思うほど、頭が重くなってきて、大雨に降られたみすぼらしい花のように、言葉もなくうなだれることしかできない。

どうしよう。どうすれば。何度も何度もそう内心で呟《つぶや》いていると、ふわりと突然あたたかな風が頬を撫でていった。ここは地下であるはずで、風が発生するはずもないというのに、その風は優しく私を慰めてくれる。思わず顔を上げると、会場の片隅から、男がこちらのことをじっと見つめていた。薄い唇が、優しくも強気な弧を描く。大丈夫だと、そう言われた気がした。

——エディ？

何をするつもりなのか、と男の方をじっと見ていると、男は自らの白い手を、目深《まぶか》に被っている綿帽子の中へと滑り込ませた。そしてその手が、ゆっくりと綿帽子から出てくる。

きらりときらめきながら現れたのは、男がいつも身につけている、かつて私が誕生日プレゼントとして贈った魔宝玉の髪留めだ。

それをどうするつもりなのか。息を呑んで男の一つ一つの動作を窺っているその先で、男が小さく唇を動かす。

『す』、『ま』、『な』、『い』。

男の唇が確かに、そう動いた。どういう意味なのかと瞳を瞬かせる私の視線の先で、男が、自らが持っていた髪留めを、ゴブレットの中へと落とす。

ごぼっ！　ごぼぼぼぼぼっ!!

ゴブレットの中のワインが、まるで沸騰したかのように大きく波打った。何事かと目を剥《む》くと、そのゴブレットから、金色の輝きがあふれ出す。

先程のどよめきの比ではないほどの声が周囲から上がる。周囲の驚愕《きょうがく》の視線を一身に集めているゴブレットからあふれているのは、金貨だ。とんでもない量のきらめく金貨が、ゴブレットに収まりきらずに、じゃらじゃらと円卓の上に山を作る。

金色の輝きは止まる様子を知らずにいつまで経《た》ってもあふれ続け、山を高くし、そうして誰もがその視線を釘付けにされている中で、ようやく最後の一枚が涼やかな音を立ててこぼれ落ちたことでやっと止まった。

「き、金貨五百枚！」

コウモリ男が悲鳴のように叫んだ。周りもまた悲鳴混じりにどよめく。私には悲鳴を上げる余裕などなく、ただただ愕然《がくぜん》と、そして呆然《ぼうぜん》と座り込んでいることしかできない。

え、今、金貨五百枚って言った？　私の聞き間違いか？　そうぐるぐると考え込む私をよそに、コウモリ男がまた声を張り上げる。

「金貨五百枚！　五百枚が出ました！　さあて、更に入札なさる勇者はこの中にいらっしゃいますか!?」

それまでのどよめきが嘘だったかのように静まり返る会場の中で、コウモリ男の声だけが響き渡る。誰も何も言わない。入札なんて真似などすっかり忘れた様子で、山となった金貨を前に無言を貫いている男に見入っている。私もまた、男のことを見つめていた。

綿帽子と仮面に隠された顔はほとんど窺い知ることはできないけれど、かろうじて覗く唇が弧を描いていることに、心の底から安堵《あんど》してしまう。

ああ、帰れるのだ。あの男の、腕の中に。そう思うと座り込んだまま腰が抜けてしまいそうな、情けない感覚に襲われる。自分でも思っていた以上に緊張していたらしい。

「そ、それでは、これにて落札と……」

「待て！」

コウモリ男が木槌を振り上げようとした瞬間、制止の声が上がる。またあの氷の御仁だ。色素の薄い涼やかな顔立ちを怒りで真っ赤にして、彼は怒鳴った。

「あの娘は炎獅子のの出品物だ！　それを炎獅子のが自ら落札するなど、許されていいはずがないだろう！」

言われてみればその通り、至極ごもっともな発言だ。私ですらそう思うのだから、一般参加者の皆様方はもっとそう思うに違いない。「確かにその通りだ」と頷いている者が何人もいる。コウモリ男も困ったように額から流れる汗を拭っている。まさか本当にこのまま私は別の精霊に……と、最悪の想像が頭をよぎる。

そんな時だった。音もなく静かに、男が椅子から立ち上がる。周囲の視線を一身に集めながら、男は凛《りん》とその場に立つ。

照明の輝きが、男の白い衣装をより一層際立たせ、輝かせている。その姿に、あらゆる美に慣れ親しんでいるはずの精霊達の誰もが見惚れる中で、男は朗々と言葉を紡いだ。

「入札したのは炎獅子公ではなく、この俺――満天星だ。俺が出品した訳ではないあの娘を、俺が落札して何が悪い？」

いけしゃあしゃあという言葉がぴったりの調子で言い放つ男に、氷の御仁の顔がますます赤くなる。せっかくのお綺麗《きれい》なお顔が実にもったいないものだ。周囲もそう思っているらしく、氷の御仁に生あたたかい視線を向けている。だがしかし、そんな周りの様子に気付く余裕などないらしい氷の御仁は、握り締めた拳を円卓に叩き付けて更に怒鳴り散らした。

「悪いに決まっているだろう！　お前も炎獅子のの縁者ではないか！　炎獅子のの千蔓《しづる》でこの競売に参加した身の上で何を偉そうに！　それとも、お前も何かを出品したというのか!?」

「ああ、したとも。気付かなかったか？　つい先程貴様が落札した魔宝玉。あれは俺が出品したものだが」

「なんだと!?」

氷の御仁の顔が驚愕に染まる。その胸元から、ピンポン玉くらいの大きさの球体がこぼれ落ち、円卓の上に転がった。橙色《だいだいいろ》から紫色にゆらめく、正《まさ》に朝焼け色と呼ぶに相応しい色の宝石が、きらきらと照明の下できらめいている。私にとってはとても見慣れたその色は、男の瞳のそれそのものだ。

いつの間にあんなものを？　感心するべきか、呆《あき》れるべきか、それともそんなことはすべて横に置いておいてとりあえずまずは感謝するべきか。どうしよう、非常に悩ましいところである。

「そして、先程俺が金貨五百枚分として入札に使った魔宝玉もまた、炎獅子公から授けられたものではなく、俺自身のものだ。問題はないだろう。さて、これ以上何か言いたいことはあるか？」

「～～～っ！」

怒りのあまり最早《もはや》言葉を発することができないらしい氷の御仁をそのままスルーし、男は舞台の上のコウモリ男へと視線を向ける。さっさと競売を続けろと暗に告げている視線を受けたコウモリ男は、気を取り直したように頷いて、再び木槌を振り上げた。

「それでは、この黒衣の花娘、金貨五百枚にて落札！」

カン！　と高らかに木槌が打ち鳴らされる。

男がツカツカと、打掛を翻《ひるがえ》しながら足早に舞台へとやってくる。男に対して深々と礼をしたコウモリ男が、そのまま男に大きな鍵を手渡した。鍵を受け取るが早いか、男が鳥籠の鍵を開け、座り込んでいる私に手を差し伸べる。早くもいっそ懐《なつ》かしいとすら思えてしまう白い手に手を伸ばすと、触れ合う寸前で手首を掴《つか》まれて、そのまま男の腕の中へと引っ張り込まれてしまう。

「ま、満天星様……っ⁉」

「遅くなってすまなかった」

衆目も気にせずに私を抱き締めてそう囁《ささや》いてくる男に、慌《あわ》てずにはいられない。ひえ、視線が、視線が痛い。ああでも、そんなことは構わないと断ずることができるくらいに、またこの腕の中に帰ってこられたことが嬉しい。

約束通りに、私を取り戻してくれた。遅くなったなんてとんでもない。謝ってなんてほしくない。

ありったけの『ありがとうございます』と『大好きです』を込めて、爪先立ちになって男の狐の仮面の鼻先に口付ける。仮面の向こうの朝焼け色の瞳が瞬いて、そうして男は、ひょいっと私を横抱きに抱き上げた。

どこからともなく始まった拍手喝采雨あられの中、男は私を抱き上げたまま、焔の御仁の元まで戻る。焔の御仁は、私達に微笑みかけて、片手を挙げて迎えてくださった。

幼少期から知られている相手となると、この状態は流石に恥ずかしい。恥ずかしいのだがしかし、男は私の羞恥心などついぞ知らない様子で、私を抱いたまま椅子に腰を下ろした。

男の膝の上に横向きに座っている状態となった私。これまたやっぱり流石に恥ずかしい、なんて言葉じゃ表現できないくらいに恥ずかしい。それなのに男はしれっとした様子で、焔の御仁に「お待たせ致しました」と頭を下げている。対する焔の御仁はというと、これまたさらりと「星見草が無事で何よりだ」と頷いてくださるものだから、こうして一人恥ずかしがって焦っている私の方がおかしいような気がしてしまう。

身動ぎすると、そのささやかな抵抗を封じ込めるように、男が私の腰に回した腕に力を込めてくるので、私は早々に諦《あきら》めることにした。どうせもう誰もこちらのことなど気にしていないのだ。競売の参加者達の意識は既に、舞台の上の次の商品へと向けられている。それをいいことに、ひそりと私は男に耳打ちをする。

「あの、満天星様。いつの間に魔宝玉を出品なさっていたのですか？」

私の知る限りでは、この男は自分が創った魔宝玉なんて持ち合わせていなかったはずだ。愛用の杖すら精霊王に没収されているというのに、どうして魔宝玉なんて持っていたのだろう。

私が首を傾げてみせると、「そのことか」と男は私を見下ろした。

「お前と別れてからすぐだ。炎獅子公に、いざという時のために一応何かしら出品しておけと助言を受けた。とはいえ大したものは持ち合わせていなかったからな。この場で取り急ぎで創った魔宝玉を出品したんだが……まさかあの氷の精霊が落札するとは思わなかった」

「取り急ぎであれほどの魔宝玉を創られては、我らの立つ瀬がないな」

くつくつと焔の御仁が笑い、男が軽く肩を竦めてみせる。私はなるほど、と頷いた。

ヴァルゲントゥム聖王国の王宮筆頭魔法使いが創り上げた魔宝玉ともなれば、人間にとってばかりではなく、精霊にとっても相当の価値あるものになるに違いない。焔の御仁のアドバイスが、正に功を奏したらしい。無事に私のことをこの男が競り落としてくれて本当によかったと改めて思う。

ほっと今更ながらに安堵の溜息を吐いていると、何やら視線を感じた。男の膝の上に座ったままそちらを見上げると、狐の仮面の向こうの朝焼け色の瞳が、じぃとこちらを見つめている。

「それよりも、星見草」

「はい？」

「すまなかった」

唐突な謝罪に、思わず目を瞬かせる。何に対する謝罪なのだろう。謝罪されるような真似をされた覚えなどついぞないのだけれど、男にとってはそうではないらしい。非常に低く暗い声だ。まとう雰囲気は、着ている白無垢《しろむく》からは程遠い、重苦しいものである。なんだ、一体どうしたと言うのだろう。

再び首を傾げてみせると、男はぐっとひとたび唇を噛《か》み締めて、そしてしばしの沈黙の後に、やっと口を開いてくれた。

「いくらお前を取り戻すためとはいえ、お前から貰《もら》った髪留めを、金に換えてしまった」

「あ……」

そのことか、と、すぐに思い至る。膝の上からであるからこそ窺い知ることができる、綿帽子に隠された男の漆黒の髪の一房。それを留めていた、青い魔宝玉の髪留めは、いつもそこにあったはずだというのに、今はない。

元々、この男が魔法学院に在学している間に訪れたこの男の誕生日に、私が贈った品である。そういえば、いざその髪留めを外した時も、「すまない」と言っていたのではなかったか。あの「すまない」はそういう意味だったのか、と今更ながらに納得する私に、男は続ける。

「あの髪留めの魔宝玉は、お前から贈られて以来ずっと、俺が魔力を溜《た》め込んでいたものだ。取り急ぎで創った魔宝玉とは比べ物にならないほどの魔力が込められている。そのおかげで、『こちら側』で言う金貨五百枚という価値に換算された」

それは知らなかった。ずっとつけていてくれるものだから、そんなにも気に入ってくれたのか、程度にしか思っていなかったのに、まさかこの男の魔力の塊となっていたなんて。

プレゼントした当時の私にとっては少々値が張る買い物だった髪留めではある。けれど、所詮子供が買える程度の値段にすぎない魔宝玉だ。それが金貨五百枚もの価値になるとなれば、相当の魔力が込められていたに違いない。いざという時のために取ってあったに違いないものを、こんなことで使わせてしまって、申し訳なくなってくる。

「そんな大切なものをわたくしなどに使われたなんて。わたくしのせいで、申し訳……」

「勘違いするなよ」

「え？」

何がだ。きょとりと首を傾げると、男は実に不機嫌そうに唇を歪《ゆが》め、そしてその唇から低い声を吐き出した。

「俺にとってあの髪留めが大切だったのは、魔力を溜め込んでおいたものだったからじゃない。お前が俺に贈ってくれたものだったからだ。金貨五百枚？　その程度であるものか。あの髪留めも、そしてお前自身も、俺にとっては金貨を千枚積まれても譲る気はないものだぞ。それなのに、くそ、あの氷の精霊、本当に余計な真似をしてくれたものだ」

自分がものすごく恥ずかしいことを言っているという自覚が、この男にはないのだろうか。間近で聞かされている私としてはいたたまれないことこの上ない。

ああ、顔が熱い。仮面をつけていて本当によかった。そうでなければ、両手で顔を覆ってそのまま沈没してしまっていたに違いないから。

もう何を言っていいのか解らずかろうじて曖昧に笑うしかない私を、まるで抱っこ人形のように膝の上に乗せたまま抱き締めて、男はむっすりと唇を引き結んでいる。仮面越しでも解るその子供のような表情に、ついつい吹き出してしまった。

じろりと睨み付けられてしまったけれど、それをあえて無視して、ワンサイドに流していた髪に巻いていた、赤いリボンをほどく。

「満天星様、こちらを向いてくださいまし」

「なんだ」

「ほら、これを、こうして……はい、できました」

赤いリボンを、男が私が贈った魔宝玉の髪留めで留めていた、長めに伸ばされた一房に結ぶ。白い綿帽子と。漆黒の髪に、リボンの赤が映えてとてもかわいらしい。うん、上出来だ。

「今はこれで我慢してくださいな。子供達と共に帰ったら、また改めて贈らせていただきますわ」

「……いくらお前自身には代えられないとはいえ、それでも俺は、あれがよかったんだ」

「ありがとうございます。そのお言葉だけで、わたくしは十分です」

まったく、とんだ大きなお子様である。かわいいわがままを叶《かな》えてあげられないのが悔しいから、その分、帰還したら最高の髪留めを贈らせてもらおう。エストレージャやエリオット、エルフェシアと一緒に選べたら嬉しい。この男はきっと、自分だけのけ者にされたと拗《す》ねてしまうだろうけれど、せっかくなのだからサプライズにしたいではないか。

今年の誕生日プレゼントは決まったな、と内心で呟きつつくすくすと笑っていると、「そろそろ構わんか？」という声が耳朶を打った。そちらを見遣ると、焔の御仁が、少々困ったような表情で、私達のことを見つめていた。

「仲がいいのは結構だがな。そろそろ本題へと移ろう。星見草よ、お前はお前達の子供達について、何か情報が得られたか？」

呆れられている訳ではなく、面白がられているのがよく解る笑顔である。改めて恥ずかしさが込み上げてくるけれど、ここで慌てても何にもならない。努めて冷静さを取り繕いながら、「ええと」と、鳥籠の中で見聞きした内容を思い返す。

「その、直接的に子供達の情報を得ることは叶いませんでしたが、この競売における目玉とも呼ぶべきお品が気になっております」

「ほう？」

焔の御仁が朱金の瞳を眇《すが》めて私を見遣り、男もまた無言で私の言葉の先を促してくる。それに後押しされて、「それから」と私は続けた。

「先程捕まえたばかりのお品であり、そのお品を目当てにこの競売にいらしているお方も少なくないようです。先程のカササギの男の子と、紋白蝶の女の子の行方が、この競売の入り口で途絶えていることを鑑みますと、もしかして……」

「その目玉商品が、先程の少年と少女である可能性が高く、何らかの手がかりになるかもしれないということか」

私の言葉の先を男が代わりに続けてくれたので、深く頷いて同意を示す。

男は『何らかの手がかり』とぼかした言い方をしたけれど、私としては、あの少年少女こそが、エリオットとエルフェシアなのではないかと思っている。あの髪の色や身に着けていた衣装や仮面、どれもこれもがエリオットとエルフェシアに縁深いものなのだから。

ただ、ならばどうして私達から逃げたのかが解らない。何か理由があるというのなら、原因もまた見つけ出し、解決せねばならない気がする。男もそれが解っているからこそ、迂闊《うかつ》に断言するような真似を控えているのだろう。

なんであるにしろ、とにかくあの二人と話さなくては。そう内心で決心していると、どっと周囲がどよめいた。それまで着々と競売が進んでいた中で、一際大きな空気のうねりだった。

まさか、と思い舞台を見遣れば、そこには分厚いワインレッドのビロードの布がかけられている何かが、舞台の中心に鎮座している。コウモリ男がその布を大仰《おおぎょう》な仕草でばさりと取り払った。

「――――っ！」

思わず声を上げそうになったところを、自分で自分の口を押さえることでなんとか耐える。男がギリリと奥歯を噛み締めて舞台の上を睨み付けている。おそらく私もまた、同じような剣呑《けんのん》な目つきになっているに違いない。

「どうか刮目《かつもく》してごらんください、いよいよ此度の競売の目玉商品にございます！　愛らしき蝶と小鳥、こうして捕まえるに至るまでには、我々随分と苦労させられました。その甲斐あって、この一匹と一羽を無事にこちらにご用意できたことを、我々は大変嬉しく、そして誇りに思います！」

コウモリ男が大きく声を張り上げて紹介したのは、黄金で作られた、両腕に収まる程度の大きさの、美しい鳥籠だ。その中には、一匹の紋白蝶と、一羽のカササギが閉じ込められている。紋白蝶は怯えるようにカササギに寄り添っており、カササギはそんな紋白蝶を庇《かば》うように、カチカチと鳴いて周囲を威嚇《いかく》している。

――エルフェシア！　エリオット！


そう叫びたくなるのを必死で堪《こら》える。解る。解ってしまう。これが解らずにいられるものか。

あの少年と少女の姿が頭をよぎる。確かに人間の姿であったはずの二人が、カササギと紋白蝶の姿に変じていることに対して、不思議と違和感を覚えない。さっきだって、ダリアが人間の青年の姿に変じたのだから、逆だって十分ありえるだろう。そう思うと、なおさらあの鳥籠の一匹と一羽が私達の子供達であるように思えてならなかった。

あれは、あの紋白蝶とカササギは、あの子達だ。紋白蝶はエルフェシア。カササギはエリオット。あの一匹と一羽は、私と男のかわいい子供達なのだ。

怒りのあまり身体がぶるりと震えた。何が『誇りに思う』だ。幼い子供達をあんなところに閉じ込めて、あまつさえ競りにかけるなんて、そんなの、あんまりではないか。

気付けば男の膝の上から降りようとしていた身体が、男の腕によってぐっと男の方へと引き寄せられる。思わず男の方を振り仰ぐと、男の視線は舞台に釘付けになっている。引き結ばれた唇。噛み締められた奥歯。痛いほどに私を抱き寄せる腕の力。それらすべてが、男もまた私と同じく例え難い怒りの中にいることを教えてくれる。

そして再び私も舞台を見遣ると、さえずり続けるカササギに向かって、コウモリ男が怒声を張り上げた。

「うるさいぞ！　カササギの小僧っ子め！　申し訳ございません、皆々様。まったく、本来なら蝶の娘御のみを皆様お求めとは存じ上げておりますが、何分気難しい娘御でして……。カササギの小僧っ子と共にお求めされた方が飼いやすいと我々は判断し、こうして対になるかたちで競売に出させていただいております。どうかご了承くださいますよう、なにとぞよろしくお願い致します。それでは皆様、ご入札を！」

その合図を皮切りに、周囲の精霊達が目の色を変えて次々とゴブレットに魔法石や魔宝玉を投げ入れ始めた。コウモリ男が高らかに入札価格を叫ぶ。金貨五十、七十、八十五……と、止め処《ど》なく流れる水のように価格がつり上がっていく。

「ま、満天星様、ヴァル様……っ！」

このままではどこの誰とも知れない輩に、子供達が落札されてしまう。それだけは避けねばならなかった。

かと言って私にはどうすることもできないのが悔しくて、涙が込み上げてくる。そんな私を宥《なだ》めるように、自らの胸元に私を引き寄せた男は、焔の御仁へと無言で視線を向けた。焔の御仁が力強く頷いて、懐から財布らしき包みを取り出す。その財布から、極上のピジョンブラッドルビーを思わせる大きな赤い魔宝玉を取り出して、彼はそのままゴブレットにそれを沈めた。

ワインの中に魔宝玉が溶けて、きらめく金貨がゴブレットの中で山になる。

「これはこれは！　なんと金貨百五十枚！　流石は炎獅子公、豪快な真似をなさるお方だ。さあ皆様、百五十、金貨百五十が出ました！　更なるご入札はございませんか⁉」

どよめきが更に大きくなり、周囲の視線が一斉にこちらへと向けられる。反射的に身体を竦ませる私とは対照的に、私を膝の上に乗せた男は平然としているし、焔の御仁は泰然とした様子で片手を挙げて応えている。私もかくありたいものであるが、根が一般小市民であるので真似できるはずがない。人には向き不向きというものがあるということだ。

それはさておき、とにもかくにも、周囲の視線は、焔の御仁に対する憧憬《しょうけい》を除けば、後は無念に思っていたり、残念がっていたりすることを教えてくれるものばかりである。彼らの視線の意味するところとはつまり、焔の御仁以上の入札をすることができる者がいないということだろう。現に、誰一人としてゴブレットに宝石を投げ入れようとはしない。

よかった、これで子供達のことを取り戻せる――と、私が安堵の息を吐こうとした、その時だった。


――ぽちゃん。


小さな水音が、やけに大きく響き渡った。今の音は、と凍り付く私の耳に、「おお！」とコウモリ男の歓声が届く。大仰な仕草で額に手を当てて首を振ったコウモリ男は、高らかに宣言した。

「金貨百八十枚！　百八十枚です！　氷豹公のご入札になります！」

周囲のどよめきが大きくなり、誰もの視線がたった今入札した精霊――氷豹公と呼ばれる、氷の御仁へと向けられる。

周囲の視線を心地よさそうに受け止めた氷の御仁は、そうして私達の方へと視線を向けると、にい、と、腹立たしい笑みを浮かべた。

「俺の魔宝玉を使ったか……！」

盛大な舌打ちと共に男が吐き捨てる。『俺の魔宝玉』とはつまり、先程氷の御仁が競り落としたという男が創って出品した魔宝玉のことだろう。そこまで私達の邪魔がしたいのか。いっそ感心してしまいそうだ。もちろん褒めてはいない。

「さあ金貨百八十枚を超えるご入札は⁉　とっておきの娘御にございますよ。此度を逃せばもう手に入れることは叶わないでしょう。紋白蝶の娘御は愛玩具に、カササギの小僧っ子は奴隷にでも！　さあさあさあ！　どうなさいますか⁉」

氷の御仁も、あのコウモリ男も、どちらも心の底から殴りたい。愛玩具？　奴隷？　冗談じゃない。エルフェシアもエリオットも、私達にとっては何よりも大切な子供達だ。そんな尊厳を踏みにじられるような扱いなど、誰が許そうとも、この私は絶対に許せないし許さない。

男も同じ思いであるらしく、忌々《いまいま》しげにぎりりと強く奥歯を噛み締める音が聞こえてくる。だが、とは言っても、今の私達には手持ちがなく、エリオット達を競り落とす術《すべ》はない。焔の御仁を見ても、ゆるりと首を左右に振られてしまう。彼にも打つ手なしということなのだろう。

ここまで来て、子供達が競り落とされるのを見ていることしかできないなんて。そう私が拳を握り締めた、その時だった。

男がおもむろに、その手をテーブルの上の硝子のゴブレットにかざす。魔法石や魔宝玉を放り込む訳ではなく、ただ本当にかざしているだけだ。一体何をするつもりなのだろう。男の顔を窺うと、仮面の下の朝焼け色の瞳は、完全に、据わり切っていた。

ひえ、と思わず私が顔を引きつらせるのとほぼ同時に、ゴブレットにかざしている男の手が、淡い紫色に輝き出す。

「待て、満天星。何をするつもりだ」

不穏な気配を感じ取ったらしい焔の御仁が眉をひそめるが、男は聞く耳を持たないようで完全にスルーしている。ますますその手の輝きが強くなり、そして。

ごぼぼぼぼぼぼぼぼぼぼぼっ!!

次の瞬間、ゴブレットに満たされていたワインが、一気に沸き立ってゴブレットからあふれ出した。同時に、そこから大量の金貨が生まれ、ワインと共にテーブルの上に広がっていく。その勢いは留まることを知らないようで、金貨と金貨がぶつかり合う金属音が高らかに会場に響き渡る。

「魔力を直接注ぎ込んでいるのか。無茶をするものだな」

感心を通り越した呆れを、聞き心地のよいバリトンボイスににじませて、焔の御仁がやけに冷静に呟くのが耳に入る。

なるほど、魔力が貨幣という形で換算されて競売における通貨となっているのならば、いちいち魔法石や魔宝玉に頼らなくても、こうして魔力を直接注ぎ込む方が手っ取り早いのだろう——なんて、

冷静に事態を観察している場合ではない。

「ま、満天星様、大丈夫なのですか？」

「問題ない」

いや大有りだろう、と突っ込みたくなった私を誰が責められるというのか。

既に金貨はテーブルの上だけでは収まりきらず、じゃらじゃらと床へとこぼれ落ちている。それでもなお魔力を注ぎ込み続ける男は涼しい顔だ。呆然と事態を見守っていた周囲がやがて色めき立ち、そして舞台の上のコウモリ男がようやく声を張り上げる。

「なんということでしょう！　金貨三百、五百、六百五十……千！　千を超えました！　まだまだ止まりません！　ああお客様、金貨を懐に入れないでください！　そちらのお客様も！　おやめください、それらの金貨はこの競売の……お客様！」

じゃらじゃらと止め処なくあふれ出し続ける金貨は、既に私達のテーブルの領域ばかりではなく、周囲のテーブルの領域にまで進出していた。テーブルからこぼれ落ちた金貨を、近くにいる客達が我先にと拾い集め始めた。コウモリ男の制止の声になど誰も耳を貸してはいない。

やがて近くのテーブルの客ばかりではなく、遠くのテーブルの客達もまた、立ち上がってこちらへと集まってきては金貨をかき集め始めたからもう始末に負えない。混乱が混乱を呼び始める。

相変わらず魔力をゴブレットに注ぎ込み続けていた男の手が、その時、一際大きく輝いた。金貨とワインを噴き出し続けるゴブレットに、ぴしりとヒビが入る。そのヒビはどんどん大きくなり、やがて、ぱぁん！　とゴブレットは粉々に砕け散った。同時に、更に大量の金貨が宙へと放出され、まるで雨のように競売会場に降り注ぐ。

悲鳴と歓声がごちゃ混ぜになった叫び声が上がる。

ばらばらと降ってくる金貨を手に入れようと誰もが必死になり、もう競売どころではない。コウモリ男が頭を掻きむしって甲高い悲鳴を上げるが、当然誰も気にしちゃいない。あの氷の御仁すらも、目の色を変えて金貨に夢中になっている時点でお察しというやつだ。

それにしても、遠慮なく降ってくる金貨が頭や肩に当たって痛い。そんな私を自らの打掛の中に引き入れてくれた男が、私を抱えたまま立ち上がる。

「ま、満天星様っ⁉」

「今のうちに子供達を保護するぞ」

「！」

とんでもない量の魔力を放出した後だというのに、未《いま》だに余裕綽々《しゃくしゃく》の様子で男は小さく私に囁いた。

その言葉に、何故男がこんな真似をしたのか、やっと気付く。

なるほど、この混乱に乗じて子供達を救い出すつもりだったのか。男の魔力を思えば、普通に競り落とすこともできたのかもしれないが、この競売の雰囲気から察するに、大人しく『目玉商品』を引き渡してくれる可能性は低いだろう。だからこそこの強硬手段か、と納得しながら、遅れ馳《ば》せながら男に頷きを返す。

ちょうどその時、ガシャン！　とやけに大きな音が響き渡った。この混乱の中ですらはっきりと聞こえたその音の出どころは、舞台の上だ。

そちらを見遣れば、紋白蝶とカササギが閉じ込められていたはずの鳥籠が、ひしゃげて床の上に転がっている。その中身がどうなったかは、ここからでは窺い知れない。

ひゅっと思わず息を呑んだ。エリオット。エルフェシア。まさか鳥籠ごと……と、最悪の予想が脳裏をよぎる。

「落ち着け、星見草。行くぞ」

「っはい！」

努めて冷静であろうとしてくれている男のおかげで、私もまたなんとか冷静さを取り戻す。そうだ、慌てている暇などないのだ。男とはぐれないように手を繋ぎ、足早に金貨を拾い集める客達でごった返す会場の合間を縫いながら舞台へと向かう。

舞台の上に転がる鳥籠は、当初の美しさなど見る影もない。見るも哀れな状態になっているその鳥籠の扉は開いており、中は空っぽだ。安堵できたのはほんの一瞬。次の瞬間にはさっと血の気が引く。紋白蝶とカササギ――エルフェシアとエリオットは、どこに行ったのか。男の手を反射的に強く握り締めると、同じだけの力で握り返される。震えそうになる身体をその手のぬくもりで叱咤《しった》して、周囲を見回していると、キイイイィ！　と甲高い叫び声が鼓膜をひっかいてきた。

「このっ！　小僧！　小娘！」

懸命に会場の混乱を鎮めようとしていたコウモリ男が、鋭い犬歯をむき出しにして怒鳴っている。

彼の視線の先には、カササギの羽と同じ色合いの騎士服を着た少年と、白いドレスを着て雛菊《ひなぎく》の花冠を被った少女が、手を繋いで走り去っていく姿がある。

間違いない。ここまで私達を導いてくれた、あの少年少女だ。

コウモリ男の指示で、この競売の警備をしているらしい何体もの空っぽの騎士の甲冑達《かっちゅう》が、剣を抜き払い二人を追いかけ始める。

駄目だ、ここからだと私達があの少年少女を保護するよりも先に、空っぽの甲冑に捕まってしまう。

「させるものか」

男が小さく呟いて、人差し指をすいっと宙に滑らせる。その指先が宙に記すのは、旧《ふる》き時代の魔法言語。次の瞬間、男の指先から朝焼け色の小さな光の塊が飛び出し、少年と少女の背中にくっついた。

何をしたのですか、と私が問いかけるよりも先に、更に男の指が動く。すると今度は、風なんて発生しないはずの地下にあるこの会場に、恐ろしいほどの突風が吹き荒れる。突風はやがて暴風となり、会場中にあふれている金貨を宙へと巻き上げ、空っぽの甲冑を薙《な》ぎ倒す。

空っぽの甲冑がばらばらになるのを見てほっとし……ている暇はなく、暴風はなお吹き荒れて、会場中を文字通り暴れ回る。金貨をかき集めていた客達は悲鳴を上げてうずくまったり、出口である扉へと這いずるように走っていく。カオスだ。こんな状態では、あの少年少女を私達が保護することも叶わない。

「エ……じゃなくて満天星様、も、もうよろしいのでは⁉」

男の打掛の中からそう声をかけても、返事はない。何かがおかしい。狐の仮面に半分隠された美貌を見上げると、薄い唇から、は、は、と、短い吐息が繰り返しもれている。仮面の瞳の穴から覗く朝焼け色の瞳には、普段の輝きはない。どこかうつろな、茫洋《ぼうよう》としたその光に、ぞっと背筋が凍るような気がした。

「満天星様！　しっかりなさってくださいまし！」

尋常な様子であるとはとても思えなかった。私の手を握る男の手の力が弱まり、その身体が傾《かし》いでそのまま倒れそうになるところをなんとか支える。もう男の意識はないらしく、どんどん男の身体がのしかかってきて、私はもう立っていることもできずに男ごとその場に座り込んだ。

「満天星様……！」

「落ち着け、星見草」

「ヴァル様！」

混乱に乗じていつの間にか私達のすぐ側までやってきていた焔の御仁が、今にも私を圧《お》し潰そうとしていた男を、軽々と片腕で担ぎ上げる。常であればこんな扱いなど絶対に許さないであろうプライドの高い男が、大人しく焔の御仁に担ぎ上げられたまま動かないのが、また不安を誘った。

吹き荒れる風の中、焔の御仁を見上げると、彼は獅子のたてがみのような赤毛を風に遊ばせながら苦笑した。

「まったく、困った子らだ。余計な真似をしてくれた」

「え……？」

「ああ、満天星については安心するがいい。杖もなく、『目』と『耳』を奪われた状態で魔力を大量に扱ったせいで、その制御ができていないのだろう。まったく、無茶をしてくれる。もう意識を失っているから、やがてこの風も収まるな。その前に俺達は退散するぞ」

「で、ですが」

エリオットとエルフェシアを、あの少年少女を、このまま放置しておく訳にはいかないだろう。あ
あでも、こんな状態のこの男にこれ以上無理をさせたくもない。

「星見草、気持ちは解るが、今は諦めろ。もうあの子らもここを脱出しているようだし、これ以上俺達がこの場に居座るのは得策でないと、お前も本当は解っているのだろう？」

「……はい」

「いい子だ。では、行くぞ」

私が自分の無力に対する悔しさを押し殺しながら頷くと、焔の御仁は、くしゃりと空いている方の手で私の頭を撫でた。そうしてその手で、私のことまでひょいっと抱き上げる。

片腕に男を肩に引っかける形で担ぎ上げ、もう一方の腕で私を横抱きにした彼は、軽やかな足取りで未だに混乱の続く会場の出口へと向かう。

会場の喧騒《けんそう》をすべて置き去りにして、私達は、競売会場を後にしたのだった。

7

焔《ほのお》の御仁によって競売会場から文字通り運び出され、彼曰《いわ》くの『闇市』と呼ばれる区域からも、私達は脱出することになった。

まだあの少年と少女は近くにいるのではないかという私の意見は「そこまであの子らは愚かではなかろうよ」という焔の御仁の一言によって切って捨てられ、それよりもまず先に男の回復を待った方がいいという助言を受け、私達は最初にあの少年と少女を見つけた広場へと舞い戻ってきたという訳である。

ベンチに座り、未《いま》だに意識のない男に膝枕を提供しながら、私は溜息《ためいき》を吐いた。焔の御仁は、飲み物を調達してくると言い残して私達を置いていってしまった。そのおかげで、存分に思考に耽《ふけ》ることができる。

やっとエリオットとエルフェシアを見つけられたと思ったのに、ふりだしに戻ってしまった。いやいや、焦《あせ》るのは禁物だ。またしても込み上げてきた溜息をなんとか飲み込んで、深呼吸を一つ。

あの子達がちゃんと生きてくれていることが知れただけでもまずは御の字ではないか。

無事で、とは言い難いし、紋白蝶《もんしろちょう》とカササギに姿を変えられていたことが気がかりではあるけれど、あの少年と少女はちゃんと人間の姿になっていたし……いや、そもそも、あの少年と少女が、エリオットとエルフェシアであると、私は本当に確信していいのだろうか？

解《わか》らない。何も解らないけれど、でも。

「――でも、早く見つけてあげなくちゃ」

そうでしょう？　という同意を求めて、膝に乗せている男の頭を、綿帽子越しにそっと撫《な》でる。本当はこの綿帽子の下のその漆黒の髪を梳《と》かせてもらいたい。けれど、黒髪というものは『こちら側』においてもそれなりに意味のあるものであるらしく、「そのままにしておけ」と焔の御仁に念を押されている。それが今は、少しだけ寂しい。

だってそうではないか。誰に何を言われようとも、思われようとも、この打掛に隠された黒髪は、そしてその髪を持つこの男は。

「わたくしの、あなたですのに」

「そうだな」

「えっ」

誰かに向けて呟《つぶや》いた発言ではなかったのに、何故か肯定が返ってきた。思わず男の頭を撫でていた手を弾《はじ》かれたように持ち上げると、ひょいっとその手を取られてしまう。

「え、あ」

「どこの世界に行こうとも、誰が相手であろうとも、俺はお前だけの俺だ」

掴《つか》まれた手が、そのまま男の唇へと運ばれる。そっと口付けられて、言葉を失う私に、いつの間にか目を覚ましていたらしい男の唇が、三日月のように綺麗《きれい》な弧を描く。

「だからお前も、俺だけのお前だ。ちゃんとそのことを自覚しておけよ」

しっかりちゃっかり念を押してくる男に、つい笑ってしまう。何がおかしいと言いたげに私の膝に頭を預けて見上げてくる男の視線は不満げなものだけれど、それがポーズだけであることがすぐに解る。

ああ、もう。これだから敵《かな》わないのだ。惚《ほ》れた方が負けとはよく言ったものである。私はきっと、この男に生涯敵わない。敵わないままでいたい。そして同時に、この男にも、私には敵わないと思ってほしいと思うのはわがままだろうか。

喜びと気恥ずかしさで顔が赤らんでいるのが解る。男が自身の唇に寄せている私の手を少し動かして、口付ける代わりにそぅっと撫でて、私は頷く。

「はい、わたくしのかわいいあなた」

そしてそんなこの男との子供だからこそ、私はあの子達を探さずにはいられないのだ。もう一度と言わず、何度だって抱き締めて、そうして、ちゃんと『あちら側』に残してきた長男坊の元にこの男と帰りたいと、願ってやまないのだ。

そしてそう思っているのは私だけではない。この男だって同じ思いに違いない。私の視線を受けた男は、腹筋だけの力で上半身を起こし、私の隣に座り直すと、「悪かった」と一言告げてきた。何に対する謝罪なのか解りかねて首を傾《かし》げると、男は苦々しげに溜息を吐いた。

「競売会場の混乱は、俺の失態だ。『目』と『耳』を奪われただけで、ここまで魔法の制御ができなくなるとは思っていなかった。単純に魔力を放出するだけならなんとかなったが、魔法はそうはいかないらしい。魔法式の構築に、どれだけ普段俺が見聞きできるものばかりに頼り切っていたかがよく解った。今後の課題だな」

「それが自分で理解できているだけ重畳であろうよ」

男の発言に続いて聞こえてきた声音に、そちらを見上げると、両手にそれぞれ大きな朝顔のような生花に、ストローらしきものが差してあるものを持っている焔の御仁が立っていらした。無言でその花を差し出され、私と男はそれぞれ受け取る。花の中に、なみなみと淡い琥珀色《こはくいろ》の液体が満たされている。甘い芳香が鼻孔をくすぐった。

「朝露に果汁と花の蜜を混ぜたものだ。お前達でもこれならば飲めるだろう？」

「まあ、ありがとうございます」

促《うなが》されるままにストローに口をつけると、甘酸っぱい味が口いっぱいに広がった。それはねばつくような甘さではなく、すっと喉を潤してくれる爽やかさも孕《はら》んでいる。

男も無言で啜《すす》っているのを見る限り、どうやら気に入ったらしい。おそらくというか確実に『こちら側』ならではの飲み物なのだろう。『あちら側』に帰ったら、似たようなものを作って子供達にも飲ませてあげたい。

いつからだっただろう。何をするにも、隣の男や子供達と、喜びや楽しさやおいしさ、そして倖《しあわ》せを共有したいと思うようになった。倖せを共有すると、もっと倖せになれることを知った。

だからこそ、その倖せを取り戻すために、私達は必ず子供達を取り戻さなくてはならないのだ。

「さて、お次はどうする？」

私達が飲み物を飲み終えたところを見計らい、焔の御仁は声をかけてくる。私達は顔を見合わせた。どうする、と言われても、こうなったらまた情報集めから、といったところか。しかし私がそう提案するよりも先に、男がふいに、空中に人差し指を向けた。

すいっと動き始めた男の白く長い指が描いた線は、そのまま輝く光の線となって宙に残り、そしてちょうど両手で広げられるくらいの大きさの長方形が、空中に浮かび上がる。

これは一体、と目を瞬かせる私をよそに、男は続けて小さく魔法言語をその唇から紡ぎ始める。まるで子守歌のような優しい囁《ささや》きは、いつも一言で詠唱を済ませてしまう男にしては随分と長いものだった。

ついついそれに聞き惚れていると、やがてようやく詠唱が終焉《しゅうえん》を迎える。と、同時に、宙に浮かんでいた長方形が一枚の紙となり、はらりと私の膝の上に落ちた。

「ほう。『目』と『耳』を、早速詠唱で補ったか」

焔の御仁が感心したように頷いて、私達の膝の上を覗《のぞ》き込んでくる。私も改めてその紙を持ち上げてしげしげと見つめると、紙面上で、黄色い光、白い光、朝焼け色の光が、それぞればらばらに点滅していた。

「あの、満天星様。これは何なのですか？」

縦にしてみたり、横にしてみたりするけれど、紙面上で輝く光に影響はないようだった。黄色い光と白い光が少しずつ紙面上を移動しており、対して朝焼け色の光はその場に留まったまま動かない。

うーん、と首を捻《ひね》る私に対し、男は一言「地図のようなものだ」と告げた。

「地図？」

「ああ。競売会場で、あのカササギの少年と紋白蝶の少女に、それぞれ俺の魔力で『印』をつけた。それがこの黄色い光と、白い光だ。そしてこの朝焼け色の光が、俺の居場所を示している」

予想外の言葉に目を見開く。つまり男曰くのこの『地図のようなもの』は、そのままあの少年少女と、私達の位置関係を示しているということだ。

となれば、私達はこの地図上の光を追いかけさえすれば、少年少女の元に辿《たど》り着けるという訳か。

「すごい！　すごいですエ……」

「星見草《ほしみぐさ》」

「……失礼いたしましたわ、満天星《まんてんせい》様。でも、本当に、本当にすごいです。よくもあんな場面でこんな手立てを思いつかれましたね。しかも魔法式の構築までされたなんて、流石《さすが》わたくしの旦那様ですこと」

何の手がかりもないと思っていた時とは雲泥の差だ。この地図さえあれば、と仮面の下で目を輝かせる私に、男はしれっと続けた。

「昔、お前に対して使おうかと思って、魔法式だけは既《すで》に構築してあったからな。結局使わなかったが、今回役に立って幸いだった。何事も準備しておくものだ」

「…………流石、わたくしの旦那様ですこと」

突っ込まない。突っ込まないぞ。ものすごく聞き逃してはいけない発言があったが、今はそういう場合ではないのだから。だから絶対に突っ込まない。ただ、賞賛の笑顔が空笑いになってしまうことだけは致し方ないことであると言えよう。

まあいい。いやよくはないが、とにかく今はそれよりも子供達の手がかりを追わなくては。地図を見下ろすと、相変わらず朝焼け色の光は定位置で点滅しており、黄色い光と白い光は、てんでばらばらの方向に向かって、朝焼け色の光から離れていく。こ、これは。

「あの、これはつまり、あの男の子と女の子が、別行動をしているということになるのでしょうか？」

「……そうなるな」

珍しくも困ったように男がそう呟き、私は大きく肩を落とした。

どうしよう。どちらを追いかければいいのだろう。どちらかを放置する真似なんてしたくないけれど、このまま手をこまねいているばかりでもいられない。そうこうしている間に、更に黄色い光と、白い光が遠退《とおの》いていく。急がなくては。でも、どちらを？

そう私が地図を睨《にら》み付けながらぐるぐると考え込んでいると、ぽん、と私の肩に大きな手が乗せられた。思わず肩をびくつかせて顔を上げると、焔の御仁がにやりと笑う。

「迷うことなどないだろう」

「え？」

「どういう意味ですか？」

私が首を傾げ、男が問いかけると、むしろその問いかけの方が不思議だと言わんばかりに焔の御仁は肩を竦《すく》め、「どういう意味も何も」と続けた。

「向こうが別行動をしていると言うならば、俺達も別行動をすればいい話ではないか」

その言葉に息を呑《の》んだのは、私だったのか、それとも男だったのか。どちらからともなく顔を見合わせて、そして、なるほど、と頷《うなず》き合う。

そうだ、その手があった。ならば、と男が私の手から地図を取り、先程よりは短い詠唱を唱える。

するともう一枚、まったく同じ地図が、ひらりと宙から降ってきた。それを受け止めた男は、そのままその二枚目の地図を、焔の御仁へと差し出す。

「では、俺と星見草が一緒にまずはこちらの近くにいる黄色い光——少年の方を追うので、炎獅子《えんじし》公は白い光が意味する少女の方を……」

「それはできかねるな」

男が差し出した地図を受け取ろうとはせず、焔の御仁は首を振った。男が仮面の下で眉をひそめるのをなんとなく感じ取る。「自分で別行動と言っておいて何を」と、言葉にせずともまとう空気が雄弁に物語る男に対し、焔の御仁は飄々《ひょうひょう》と笑うばかりだ。

「俺は個人で動くことはできない。お前達の子らは、お前達の力で見つけなくてはならないものだからな。俺一人であの少女を追うことは、我が王からの命に背くことになる。もし俺を動かしたいのならば、お前達のどちらかが、必ず俺と共に行動しなくてはならない」

その言葉に、男が盛大な舌打ちをした。焔の御仁に対するものではなく、言われなくても気付くべきだった指摘に今更気付かされた自分の失態に対するものだ。

男が持っている地図に、ぐしゃりとしわが寄る。元々白い手が、力を込めすぎているせいで、血の気が失せて、より一層白くなっていた。本来ならば自分の力でエリオットのこともエルフェシアのことも見つけたいのに、それが叶《かな》わない憤りをまざまざと感じる。本当に仕方のない男だ。

私が立ち上がっても気付くことなく、地図を握り締めてその紙面を睨み付けている男の、その狐《きつね》の仮面の額をとんっとつつく。弾かれたようにこちらを見つめてくる男に、私は笑いかけた。

「ならばわたくしが、ヴァル様と共にあの女の子を追いかけましょう。ですからあなたは、どうかあの男の子のことをよろしくお願いいたします」

この男がエリオットとエルフェシアの父親であるというならば、私だってあの子達の母親だ。そこに差はなくて、できることに違いはあっても、やりたいことが同じであるというならば、私が今すべきことはこれだろう。

ね？　と笑みを深めてみせると、男は唇を噛《か》み締めて、そのまま私を引き寄せて抱き締めてきた。

ぎゅう、と込められた力は強く、息苦しいくらいだけれど、そっとその背に腕を回して抱き締め返す。

大丈夫、という気持ちを込めて、ゆっくり男の背中を叩《たた》くと、ようやく男は私を解放してくれた。

「絶対に、無茶はするなよ。いざとなったら炎獅子公を囮《おとり》にして逃げろ」

「ええ、そのつもりですとも。あなたこそどうかご無理はなさらないでくださいましね」

「おい、さりげなく俺を生贄《いけにえ》にしようとするな」

苦笑混じりではあるものの、気分を害した様子はない焔の御仁は、コホンと小さな咳払《せきばら》いをする。

そして両手を、それぞれ私達が持つ地図にかざした。

焔の御仁の両手から、赤い光の塊が放たれ、地図の中へと吸い込まれていく。赤い光は、地図の上で点滅する朝焼け色の光のすぐ側《そば》に納まった。

「これが俺の居場所だ。俺の居場所が解れば、ともに行動する星見草の場所も解るだろう？」

これならば問題あるまい、と胸を張る焔の御仁に、「そうですね」と短く答え、男は改めて地図を見下ろし、そして宣言する。

「俺はあの少年を。そしてお前と炎獅子公はあの少女を。それぞれ保護でき次第、合流しよう」

その言葉に頷きを返し、私達は地図を片手に解散する運びとなった。

＊＊＊

地図を広げながら歩く私の隣を、のんびりとした様子で焔の御仁は歩いている。足のコンパスの違いゆえに、私がどれだけ足早になろうとも、焔の御仁にとっては大した影響を及ぼさないらしい。そういうところはあの男と一緒だな、と思いつつ、私は地図をじっと睨み付けた。

地図上に浮かぶ四つの光は、常に移動し続けている。あのカササギの少年を表す黄色い光を、男のことを表す朝焼け色の光が追い、紋白蝶の少女を表す白い光を、焔の御仁のことを表す赤い光が追いかけているという形だ。

悩ましいのは、黄色い光と白い光の距離が、どんどん遠退いていっているという点である。それらを追う私達と、男の距離もまた必然的に離れていくということになるのだから。

しかし、とにかくこの地図さえあれば、お互いの場所や距離感は把握できるのだから、そこまで悲観することもないだろう。となれば今私がすべきことは、まずは何よりも紋白蝶の少女の保護である。

道を行き交う人々は相変わらず人間とはどこかしら異なる姿をしており、その合間を縫うように蝶や小鳥が愛らしく舞い遊んでいる。夢のような光景だけれど、見惚《みと》れている暇はない。そうだとも、早く子供達を見つけなくては。よし、頑張ろう。

そう気合を入れ直していると、ふと視線を感じた。そちらを見上げると、焔の御仁がしげしげとこちらを見下ろしている。値踏みされているというよりは、単純に観察されているというのが相応《ふさわ》しいであろう視線は、居心地を悪くするものではない。けれど、気にかかるものではある。

「何か？」と問いかけると、焔の御仁は「大したことではないが」と言い置いてから更に言葉を続けた。

「あの幼かった子供が、今では二児の母親とは、ヒトの時の流れとはやはり実に早いものだと思ってな」

しみじみと感じ入るようにそう呟く焔の御仁に、「あら」と私は笑った。お褒めの言葉と思って受け取っておくべきなのかもしれないが、焔の御仁のその台詞《せりふ》には、一つ、決定的な誤りがある。決して間違えてほしくない誤りだ。だからこそ、にこりと更に笑みを深めてみせる。

「ヴァル様、わたくしは二児の母親ではなく、三児の母親です。人間界に、かわいい長男坊を残してきておりますの」

『星』の名を戴いた、真面目で、寂しがりで、そして誰よりも優しい長男坊が、私達の帰りを待っていてくれるのだ。あの子――エストレージャの存在を忘れてもらっては困るというものである。

私の訂正に、きょとりと焔の御仁は朱金の瞳を瞬かせ、そしてしばしの沈黙の後に頷いた。

「長男？　……ああ、冬の御方の。数奇なる運命を辿ったお方であるが、お前達の元に至れて僥倖《ぎょうこう》であったのだろう」

　我々には手が出せなかったからな、と焔の御仁は苦く笑う。この様子から察するに、エストレージャがかつて『ノクト』と呼ばれていた頃、精霊の皆様もまたあの子に何かしら手を差し伸べようとしていらしたのかもしれない。結果として叶わなかったとしても、それでもエストレージャを想う存在がいてくれたことには感謝せずにはいられない。

「ありがとうございます」と小さく頭を下げると、「礼を言うのは俺達の方なんだがな」と苦笑を深められた。この笑顔をエストレージャにも見せてあげたいものだ。

「あの子……エージャには、もっと他の道があったのかもしれません。ですがあの子は、わたくし達の元に来ることを選んでくれました。わたくし達はその期待に応えなくてはなりません」

「それは義務か？」

「いいえ、権利です。あんなにもかわいい子に母と呼ばれる権利は、今更誰にも譲れませんわ。そしてもちろん、エリーとエルの母である権利も、誰にも奪わせません。それから、あの人……満天星様の妻であるという権利も」

　エストレージャに「母さん」とどこか照れ臭そうに呼ばれる権利を、エリオットとエルフェシアに「おかあしゃま」と愛らしく手を伸ばされる権利も、あの男に名前を囁かれながら抱き締められる権利も、何もかも私はもう手放せない。エージャと、エリーと、エルと、エディと、そう口にする幸福を、どうして今更手放せるというのだろう。

　私の答えに、おやおや、と言いたげに焔の御仁は肩を竦めてみせた。

「なるほど、強欲なものだな」

「女とはほどほどに欲深く、それなりにわがままで、ほんの少しばかり意地悪である方が魅力的であるというのが持論ですの」

「それは道理だ」

くつくつと喉を鳴らした焔の御仁は、にやりと口角をつり上げ私の背をぽんぽんと叩いた。

「お前がそこまで言うのだから、お前の家族は、本当にかわいらしいのだろうな」

「はい、それはもう！」

食い気味に答えると、「ほう？」と焔の御仁は首を傾げる。説得力が足りなかっただろうか。ならばここぞとばかりに語らせてもらうぞ。

「エージャはですね、弟妹のことを本当によく見てくれているのです。きっとわたくしや満天星様以上にエリーとエルのことをあやすのが上手なのでしょう。少しばかり悔しくもありますが、それ以上にあの三人が仲良く遊んでいる光景は正《まさ》に絵画に残すべき一幕ですわ。今でこそすんなりと満天星様やわたくしのことを父や母と呼んでくれますけれど、当初はあの子ったら大層照れていて……ふふ、そんな姿もかわいらしくてついつい何度ももっと呼んでちょうだいなとせがんでしまったものです。あの子の一番かわいい顔はやはり笑顔なのですけれど、時々困り顔も見たくなるというのは意地悪かしら。早く素敵なお嬢さんを見つけてほしいのですけれど、寂しい気持ちもありますね。でもエージャが選んだお嬢さんならば絶対に間違いはない、素敵なお嬢さんに違いありません。いつかそんなお嬢さんをエージャに紹介してもらう日がもう楽しみで楽しみで……。きっとエリーとエルはやきもちを焼いてしまうでしょうけれどね」

「……ほう」

「エリーとエルは、見た目はそれぞれわたくしと満天星様に似ましたが、どうやら中身もわたくし達に似そうな気配がしておりますの。どちらもお兄様が大好きな子達ですが、エリーはなんというかどこかおっとりとしていると申しますか……この間なんて、いつの間にか姿が見えなくなっていると思ったら、ベッドのぬいぐるみの山の中でお昼寝をしていて！　エルが泣きながら探していたというのに、エリーったらちっとも気付かずにぬいぐるみの山の中に埋もれているんですもの。それはそれでそれはもうとてもとてもかわいかったのですが、流石にどきりとさせられました。あの子、実は大層図太い神経の持ち主なのではないかしら。だからこそ将来が楽しみなような怖いような……わたくしの弟に中身まで似たらどうしようかと少しばかりドキドキしております。ええ、どんな風に成長しても、わたくしのかわいい子供であることに変わりはないのですけれど。頼りがいのある殿方になってくださったら、というのはわたくしのわがままですが、何であるにしろ、優しい子に育ってくれたらそれ以上望むことはありませんわ」

「…………そうか」

「ええ、そうですとも。それから我が家のお姫様であるエルは、ご存じかと思いますが、精霊の皆様にとてもよくしていただいております。ああ、いけない、遅れ馳《ば》せながら御礼を申し上げますね。いつもあの子をあやしてくださってありがとうございます。ご機嫌の時はいいのですけれど、ぐずっている時は随分と気難しくなる子ですから。満天星様によく似たあの子は、まだ一歳ですのに、驚くほどの美少女なんです。親の欲目とお思いかもしれませんが、それを抜きにしてもあの子は本当にかわいらしくてたまりません。もちろんエージャとエリーもとっってもかわいらしいですし、そこに差異などございませんが、いつか誘拐されてしまうのではないかと一番怖いのはやはりエルなのです。女の子なんですもの、こういう心配はいくらしてもしすぎるものではないと思います」

「……………なるほど」

「ええ、ええ、然様《さよう》にございます。というか誘拐といったらエージャもエリーも心配ですわ。だってかわいいではないですか。でもエルに関しては、エージャもエリーも、お兄様ですから、かわいい妹のことを守ろうと頑張ってくれるに違いありません。そうそう、つい先日も、エージャが大真面目な顔でエリーに『俺達でエルを守ろう』なんて話しかけていて、わたくしは顔が崩れないようにするのに必死になったものです。思い出すだけでかわいらしい！　エリーはニコニコしているばかりでよく解っていないようでしたし、エルはエージャに抱き着いてぐりぐりと頭を擦《す》り寄せていて、ああ、かわいい、かわいらしい！」

「………………いや、もう解……っ」

「そんな子供達を見守っていた満天星様が無言で拳を握り締めていたのがまたかわいらしくて。あれは絶対、顔が崩壊しそうになるのを耐えていたんですよ。付き合いが長いんですもの、それくらい解りますわ。満天星様は元からかわいらしい人ですけれど、子供達と一緒に過ごすようになってからはますますかわいくなってしまって、わたくしはもう困ってしまうくらいです。お昼寝なんて時間の無駄と思っていたような人ですのに、子供達と一緒なら喜んで横になるんですよ？　ね、かわいいでしょう？　それからあの人ったらついこの間も」

「…………………………解った！」

つい先日の『双子と兄と父がこんなにもかわいい案件～本日のお茶会はみんなおそろい～』を語ろうとしたところを、焔の御仁に遮られてしまった。何やら疲れ果てた顔で彼は私のことを見下ろしている。どうかしたのだろうか。

おや？　と首を傾げてみせれば、相変わらず疲れ切った表情で、ひらひらと焔の御仁は手を振った。

「解った解った。もういい。解ったからそろそろ勘弁してくれ」

「あら、まだまだこれからですのに」

「まだあるのか……」

心底呆《あき》れ返った声音で呆然《ぼうぜん》と呟かれてしまったが、これくらい序の口である。うーん、精霊の皆様にとって『家族』という概念が存在しているのかも解らないのに、少々押しつけがましかったかもしれない。だってかわいいから自慢したくて、というのは私の勝手な言い分だろう。これは申し訳ないことをしてしまった。

「すみません、ヴァル様。調子に乗りすぎてしまいました」

「いや、構わんよ。少々驚いたが、お前がかわいらしいことがよく解った」

「はい？」

今、焔の御仁は『お前』と言わなかったか？　いやいやそんなまさか。たぶん『お前の家族』、もしくは『お前達』の言い間違いか聞き間違いだろう。そう焔の御仁の顔を見上げるが、彼はにやりと笑って私の頭を撫でた。

「家族のことを語るお前はとても倖せそうで、とてもかわいらしい。満天星も、これではお前を手放せる訳がない。さぞかしあいつは苦労していることだろうな」

「は、はぁ……？」

どういう意味だろう、と首を捻る私にそれ以上答えることはなく、笑みを深めてみせてから、そのまま私の手から彼は地図を奪い取る。それをじっと見下ろす焔の御仁の凛々《りり》しい眉が、少しばかりひそめられた。あまり色好くない反応に、なんだか嫌な予感がした。

「あの、ヴァル様？　どうなさったのですか？」

「いや、面倒なことになりそうだと」

「はい？」

「この地図通りに行けば、あの紋白蝶の子供は、少々面倒な区域に足を踏み入れていることになるな」

「！」

なんだと。それは聞き逃せない情報である。面倒、とは何を指しての『面倒』なのか。この御仁が言うくらいなのだから、私にとっては『面倒』の一言では片付けられない場所にあの紋白蝶の少女は足を踏み入れてしまったのではないか。

仮面の下でさっと顔を蒼褪《あおざ》めさせる私の肩を引き寄せて、焔の御仁はそのまま歩き出す。コンパスの違いでまろびそうになるはずが、そこは焔の御仁のリードのおかげで事なきを得る。焔の御仁の顔を見上げると、彼は「急ぐぞ」と続けた。

「俺にとっては馴染《なじ》みの場所だ。ある程度は融通が利く。俺があの紋白蝶の子供を追う側になって正解だったな」

一人で納得している形になっている焔の御仁の言葉の意味はいまいち解らないが、とにかくにも、紋白蝶の少女が今いる場所は、彼がいてくれて幸いとなる場所ということらしい。

一体どんな場所なのか。そう足を急がせながら歩く私達は、やがてそれまでの様々な色合いの建築様式の街並みから一転して、朱塗りの街並みが続く場所へと辿り着いた。

鼻に付く甘ったるい匂い。嵌《は》め殺しの大きな窓から伸びては道行く精霊の袖を引くたおやかな腕。時折耳に届く笑い声には隠し切れない欲の色がにじみ、肌もあらわな衣装の女性……いいや、女性ばかりではなく男性もまた、街角に佇《たたず》んでこちらへと秋波を送ってくる。

これはまさか、と焔の御仁に肩を抱かれたままその顔を見上げると、彼はけろりと答えてくれた。

「お前達の言葉で言う『花街』だ」

「はな……っ⁉」

ついつい言葉に詰まってしまった。花街、すなわち歓楽街。春がひさがれる場所である。ここまで来るにあたって、精霊の皆様に対する幻想というか夢というか神聖性というものは大分ぶち壊されつつあったけれど、花街という言葉に、決定的にそういうものが粉々になる音が聞こえた気がした。思っていた以上に人間と同じように俗物だな精霊って。

若干《じゃっかん》どころでなく引き気味になっている私を見下ろして、焔の御仁は更に続ける。

「俺達は人間のような繁殖行動をする訳ではないが、お遊びとしてはこういう場を設けている」

お遊び。なるほど、お遊び。お遊びか。

「……ヴァル様が、お馴染みでいらっしゃるということは、つまり？」

「俺はこういうお遊びならば好ましいと思っているということだ……待て、何故離れる」

「いえ、つい」

私のことを守るために肩を抱き寄せてくれていたことは解る。解るのだけれど、なんだか身の危険を感じた。あれか、英雄色を好む、とか、そういう類《たぐい》のやつだろうか。

なんであるにしろ、大人しくその腕に収まっていることなどできずに、すすすす、と焔の御仁から離れると、むっとしたように焔の御仁は唇を尖《とが》らせた。

「俺だって相手を選んで遊んでいるぞ。お前を相手にしようとは頼まれても思わん」

「解ってはおりますが、そうはっきり仰《おっしゃ》られますとわたくしも女として複雑ですわ」

ひどい言われようである。選びたい放題の焔の御仁からしてみれば私など箸にも棒にも掛からぬ塵《ちり》芥《あくた》なのだろうが、それでも私にだって女としての意地と矜持《きょうじ》がある。断じて相手になりたい訳ではないが、普通に腹立たしいものは腹立たしい。

そう私が半目になりながら低く続けると、困ったように焔の御仁は頭をガシガシと掻《か》いた。

「そういう意味ではない。問題があるのはお前ではなく、お前の夫だ」

「え」

「俺だって許されるのならば……おや」

「え？」

ふいに焔の御仁の言葉が途切れ、朱金の瞳がすぅっと細められる。彼の視線が捕らえているのは、私ではない。私を通り越した先だ。その視線を追いかけて、私は背後を振り返った。そして
「あっ！」と大きく声を上げる。

「待って！」

あの子だ。紋白蝶の少女が、人の波を掻《か》い潜《くぐ》りながら走っていく。私が上げた声に、彼女は気付いたらしかった。それまで急がせていた足を止めて、ちらりとこちらを振り返る。顔の上半分は仮面で隠されているけれど、下半分は見えているのだから、彼女が迷うように唇をわななかせ、そしてきゅっと引き結ぶのが見えた。それからまた、私達を振り切るように少女は駆け出す。黙って見ていられるかと問われれば、もちろん答えは否である。

「ヴァル様、追いかけ……」

ましょう、と振り返りざまに続けようとして私は固まった。焔の御仁の姿が見えない。いや、見えるには見えるのだが、その周りに集まっている色気たっぷりの皆々様のおかげで、彼の鮮やかな赤毛しか見えないのだ。

「炎獅子公、此度《こたび》こそ私と遊んでいってくださいな」

「何言ってんのよこのアバズレ！　炎獅子公、こんな女なんて放っておいて、あたしと熱く燃え上がりましょ？」

「炎獅子公、女では味わえない快楽を僕と共に……！」

「引っ込んでろ、ここはオレが！」

男女を問わない美しい精霊の皆様が、我こそがと焔の御仁に擦り寄っている。焔の御仁はなんとか断ろうとしているが、それで退くようであれば最初から焔の御仁に声をかけるような真似など誰もしないだろう。

そうこうしている間にも、紋白蝶の少女は私達から遠ざかっていってしまう。駄目だ、また見失ってしまう。そう思ったら、もう焔の御仁のことを構ってなどいられなかった。

「ヴァル様！　わたくしはあの子を追います！　ヴァル様は地図でわたくしのことを追いかけてきてくださいませ！」

焔の御仁の元にある地図には、私のことを意味する光はない。けれど、あの紋白蝶の少女のことを意味する白い光は存在する。その光を追えば、私のことを見つけることだって可能だろう。だって私は、あの子のことを直接追いかけるのだから。

「待て！　星見草！」

「あん、炎獅子公、あんなつまらない子のことより、わらわのことを見てくださいなぁ」

「一人と言わず、二人、三人、選んでくださって構わないんですよ？」

焔の御仁の制止の声が聞こえてきたけれど、それをかき消すような焔の御仁に擦り寄る甘ったるい声まで聞かされたら、誰だって「頼る前に自分で行動しろ」という結論に至るものではなかろうか。少なくとも私はそうである。という訳で、私は紋白蝶の少女を追いかけ始めた。

今更ながら、スカートに深いスリットが入っていることに感謝する。最初は気恥ずかしくてならなかったけれど、これのおかげで随分と走りやすい。

紋白蝶の少女の足は止まらない。迷うことなく走っていく後ろ姿は、まるで何かに導かれているような、或《ある》いは何かを追いかけているような、そんな印象を私に抱かせる。

器用に人の合間を縫って走り続ける彼女を追うに従って、気付けば花街の証《あかし》であるのだろう朱塗りの建造物の街並みを抜けていた。

木々が生い茂る周囲は、『こちら側』に来たばかりの時、精霊王の居城から出た時に見かけた木々の姿とよく似ていた。小鳥が飛び交う。蝶が舞い遊ぶ。人間の姿からはかけ離れた精霊達が、小鳥や蝶を追いかけ回している。

そんな風に、なんだか薄ら寒くなってきた周囲の様子にまで意識を向けていたのが、いけなかった。

「あ、ら？」

紋白蝶の少女の姿が目の前にない。息を切らせながら立ち上がり、周囲を見回ししても、それらしい姿はない。ただ木々に囲まれていて、ヒトならざるモノの気配と、小鳥と蝶が目に付くばかりだ。

「い、一体、どこに……」

ぜえはあと荒い呼吸を繰り返しながら、うずくまりそうになる身体を叱咤《しった》する。見失ったといっても、そこまで距離は離れていなかったはずだ。ならば必ずあの少女はこの近くにいるはずである。地図上の白い光を追うことで私の場所も解るはずだからと焔の御仁に言った手前もあるし、ここで諦《あきら》める訳にはいかない。

小鳥のさえずり、蝶のはばたき、それらをやけに近くに感じながら、私はふらふらと歩き始めた。

エルフェシア。お母様はここよ。そう何度も、心の中で繰り返す。

そしてエルフェシアのことばかりではなく、エリオットと、エリオットを追いかけているであろうあの男の名前もまた、内心でそっと呟いた。

あちらはあちらで大丈夫だろうか。あの男のことだから、私のこの状況よりももっとずっと大丈夫だろうけれど、それでも心配は募る。

こみ上げてきたのは溜息だろうか。……それとも、涙だろうか。ぐっと唇を噛み締めて、そうして、立ち止まりそうになる足を前へと踏み出して、そして。


「――え？」


こぼれた声が自分のものであると気付くのに、少しばかり時間がかかった。

視界の端に映った、見覚えのあるラベンダー色。やわらかな毛足の長いマフラーのその色は、私がエストレージャに贈ったものであり、エストレージャが《祝宴》でなくしてしまったと落ち込んでいたものでもある。そのマフラーを持った人影が、視界の端を横切り、より木々の生い茂る方向……森の中へと飛び込んでいく。

――気付いたら、私は駆け出していた。

ラベンダー色の残像を追いかけて、森に飛び込み、そして走る。

間違いない。あれは、エストレージャのマフラーだ。何故こんなところにあるのかなんて解らないけれど、この直感に間違いはないという自信があった。

紋白蝶の少女のことを忘れた訳ではない。むしろ覚えているからこそ、マフラーを持った人影を追いかけずにはいられなかった。あのマフラーには『縁』が結ばれているという。ならばエストレージャの妹であるエルフェシアに繋《つな》がるあの紋白蝶の少女との『縁』もまた結ばれているのではないかと、そう思えてならなかったから。

まるで目印のようにラベンダー色のマフラーを掲げて、目の前の人物は走っていく。もう息は限界だけれど、だからと言って足が止められる訳がない。

やがて、目の前の人物が、ようやく立ち止まる。気付けば森の中にわざわざ造られたらしい広場へと辿り着いていた。数多の小鳥と蝶が飛び交っている。美しい光景だった。美しすぎて、恐ろしくなるくらいに。

ごくりと息を呑んだのは無意識だった。それでもなんとか自分を奮い立たせて、その場に疲れ果てたように座り込む人物の横にしゃがみ込む。

すっぽりと暗い色の外套《がいとう》を着て、頭もフードで覆っているその人物は、顔も何も窺《うかが》い知れず、年齢はもちろん、性別だって解らない。ただその手のくたびれたマフラーのラベンダー色だけが、やけに鮮やかで綺麗だった。

「あの、そのマフラーは……ッ!?」

声をかけた、その瞬間だった。マフラーを持っていない方の手が、外套の下からにゅっと、私の顔に伸びてくる。避《よ》ける暇などなかった。

そうして、私がつけていた生花の仮面が、あっという間に奪い取られる。

その勢いに押されて尻餅をついた私は、思わず顔を押さえるけれど、何もかもが遅かったらしい。


――――ざわり。


周囲の空気が変わったと感じたのは、顔から仮面が取り払われたからという理由だけではない。ひやりとしていた空気が、ぞわりと全身を舐《な》め回すようなそれへと変わる。

「ヒト？」

「ヒトか？」

「ヒト」

「ヒトだ」

ざわざわと周囲で、目には見えない何か――精霊達がざわめき出す。慌《あわ》てて仮面を取り戻そうとしても、目の前の外套をすっぽりと身にまとった人物は、私の仮面を持ったまま立ち上がり、返してくれる様子はない。

フードに隠れて見えないはずなのに、何故だろう。憎悪に満ちた眼差《まなざ》しを向けられているように感じた。

「あ、あ……？」

立ち上がろうとしても、立ち上がれない。それどころか、バランスを崩して、その場にどさりと倒れ込んでしまう。

「ヒトだ」

「ヒトだ」

そんな私を外套の人物は見下ろしており、精霊達がざわめいている。やがて外套の人物は踵《きびす》を返して歩き出した。その手に、私の仮面と、エストレージャのマフラーを持ったまま。

――待って。

そう声を上げたいのに、声が出なかった。外套の人物は立ち去り、代わりに、軽い足音が足早に近付いてくる。

「だめ！　しっかりして！」

今にも泣き出しそうな、少女の愛らしい声。かろうじて視線だけ持ち上げてそちらを見上げると、紋白蝶の仮面の少女が、私のすぐ側にしゃがみ込んでくれるところだった。その肩には、本物の紋白蝶が翅《はね》を休めている。

「エ……」

声が、出ない。何も見えなくなっていく。

ああ、そういえば。あの男も姫様も言っていたではないか。精霊界では、人間は人間として存在できないのだと。だからこそ私達は、顔を隠していたのだ。それなのに仮面を奪われてしまった私は、顔を晒《さら》してしまった私は、このまま、どうなるというのだろう。

そして、私ばかりではなく、子供達もまた人間として存在していないというならば、それならば。

小鳥が飛ぶ。蝶が舞う。何もかもが遠かった。意識が、溶けていく。

「お願い、だめ……！」

紋白蝶の少女が何かを叫んでいる気がしたけれど、もう何も解らない。

私の意識は、まるで糸が切れるかのように、ぷつりと途絶え、それっきりになった。

8

ぷつり、と。何かが断ち切られる音がした。それはほんの小さな、ささやかな、聞き逃してしまっても誰にも咎《とが》められることがないような、とても些細《ささい》な音だった。いいや、『音』というよりは、『感覚』と呼ぶ方が近いかもしれない。

今まで何よりも近くにあった、何よりも大切にしてきたそれが、有無を言わせない大きな力によってすべて持っていかれてしまったような感覚は、お世辞にも快いものではない。

エギエディルズはそれまでカササギの仮面をつけた少年を追っていた足を止めて、整った眉を仮面の下でひそめ、空を見上げた。

空は昼の青でも夜の黒でもない。数多《あまた》の星々が輝き極光が絶え間なくゆらめくこの空の色をどう表現すべきなのか、エギエディルズは知らないし、今はそんなことに構っていられる余裕はない。

――フィリミナ？

声に出すことはなく、心の内だけでそう呟く。エギエディルズがどんな宝よりも大切にしているその響きは、不思議とむなしく宙に溶けていく。自分と同じくこの不可思議な空の下にいるはずの彼女の存在が、何故だかひどく遠く感じられた。

だからこそ余計に、嫌な予感がした。いいや、むしろそれは、確信と呼ぶべき感覚であると言えた。自分のこういう〝予感〟が〝確信〟になるのは、そう珍しいことではない。占いはあまり好かないが、それでも何かの時のためにと、占者としての資格も持ち合わせているエギエディルズの予感は〝予知〟にもなり得るものだ。そして腹立たしいことに、そういうものは悪いものほどよく当たる。

現在の自分にとっての〝悪いこと〟とは何か。そう改めて思い返してみて、もう一度「フィリミナ」と声なくその尊い名前を囁《ささや》く。

フィリミナは現在、炎獅子《えんじし》公と呼ばれる焔《ほのお》の高位精霊と共に、紋白蝶《もんしろちょう》の仮面をつけた少女を追いかけているはずである。エギエディルズが持っている地図に従えば、あの少女を捕まえることは決して難しくはないだろうし、何より、炎獅子公が側《そば》にいるのだ。フィリミナがこの異界の地で自分と別行動することを許せたのは、彼がいるからこそだった。

彼の御仁《かじん》は、国立図書館の禁書棚に大切に収められている古い魔導書にも記されている存在であるとは、自分が学生時代に知ったことだった。旧《ふる》き時代よりその存在を確固たるものとして人間にすら認められてきた彼の御仁と一緒にいるならば、滅多なことではフィリミナに危険が及ぶことはないだろうと判断した。だが、今の感覚は。

その場に立ち止まったまま空を睨《にら》み上げていたエギエディルズは、そこまで至ってからようやく、周囲の雰囲気が変わっていたことに気が付いた。

地図を片手に足早に歩いていたエギエディルズに、道行く精霊の多くが秋波を送ってきたものの、それらすべてを無視してここまで来た。『あちら側』——人間界とはまた違った意味で浴びる多くの視線にも、今更動じることなどなかった。

黒持ち、しかも純黒とあれば、精霊にとっても人間にとっても、意味こそ違えど大きな意味を持つ。だからこそ今更構ってなどいられないと無視して、地図の上を移動していく黄色い光、すなわちあのカササギの仮面の少年を追いかけていた。

空へと持ち上げていた視線を手元の地図へと落とすと、黄色い光はもう随分と近い位置にある。これならばすぐに捕まえることは可能だろう。

だが、このままあの少年ばかりに気を取られていていいものなのか。自分の知らないところで、フィリミナに何かあったのではないか。そう思えてならなかった。フィリミナにも『印』をつけて、地図に載せておくべきであったと今更ながら悔やまれてならない。そう思えるのは、自分を取り囲む雰囲気が、先程までの好意的なそれから一変したせいだ。

地図から顔を上げて周囲を見回すと、周囲の精霊達は気付けばエギエディルズに意識を向けてはいなかった。小鳥や蝶をその手にとまらせたり、エサをあげたりしながら、こそこそと何かを囁き合っている。

「聞いたか、噂《うわさ》好きの風精の声を。森にヒトが出たらしいぞ」

「あら、久しぶりだこと。でも森に出たならもう駄目ね」

「わざわざ風の噂に乗るものだから何かと思えば……さしたる話題にはならんな」

そう口々に精霊達が囁き合い、くすくすと笑い合っている。ヒト、という単語に、さっと血の気が引いていく感覚を覚えた。

このタイミングでこんな話題が出るなど、そうそうあることではない。精霊達の言う『ヒト』が誰なのか、すぐにその存在が脳裏に浮かぶ。何よりも愛《いと》おしい、優しく柔らかな笑顔が、真っ黒な絵の具で塗り潰されるかのような、おぞましい感覚に襲われる。

「……炎獅子公は何をしていたんだ？」

怒り、憤り、焦《あせ》り。そんな感情がごちゃ混ぜになった末に吐き出された声は地を這《は》うように低く、感情に任せてもれ出る魔力は険を帯びている。何事かと周囲の精霊達がこちらを見てくるが、エギエディルズはそんな些末になど構っていられなかった。

盛大な舌打ちを一つすると、こちらの様子を窺《うかが》っている精霊達が一様にびくりと身体を震わせる。それらをやはり無視して、エギエディルズはまずは地図上の赤い光、すなわち炎獅子公の存在を示す光を睨み付ける。

カササギの仮面の少年のことはこの際後回しだ。フィリミナに危機が迫っているというならば、自分は……と、そこまで考えたエギエディルズの耳元で、柔らかな囁きが蘇《よみがえ》る。

——駄目ですよ、エディ。

いつだったか、エギエディルズは、今と同じように、子供達よりもフィリミナのことを優先しようとしたことがある。それはほんの些細な、つまらないことだった。絵本を読んでほしいとせがむエリオットとエルフェシアを宥《なだ》め、教育係であるハインリヒからの課題に頭を悩ませているエストレージャの質問を「後でな」と後回しにして、台所で茶の準備をしているフィリミナの手伝いをしようとした時のことだ。

子供達のことはかわいい。それはもう、こんなにもかわいい存在が世の中に実在していることが奇跡なのではないかと思えてしまうくらいにかわいい。だがそれはそれとして、かわいいとかかわいくないとか、そういう次元など通り越して、ただただ大切で愛おしい妻とたまには二人きりで、婚前のように茶の準備を一緒にしたくなったのがあの時だ。

台所に顔を出したエギエディルズに、フィリミナは「あらあら」と苦笑して、「あなたのお気持ちはとても嬉《うれ》しいですけれど、子供達のことを優先してあげてくださいな。あの子達は、きっとあっという間に大きくなってしまうんですよ？　今のあの子達と一緒にいられるのは、今この瞬間だけなのですから」と訳知り顔で説教されてしまった。

今のお前だって、今しかいないだろう。そんなエギエディルズの主張は、「あら、だってわたくしはこれからもずっとあなたと一緒ですけれど、子供達はそうはいきませんよ？　あの子達はいずれ、わたくしとあなたの手から飛び立っていってしまうのですから」とさっくりと論破されてしまった。

だからきっと、今ここにフィリミナがいたとしたら、カササギの仮面の少年の元ではなく、フィリミナの元に向かおうとする自分のことを、彼女はきっと諫《いさ》めるに違いない。どうか子供達のためにと、彼女はそう自分に訴えるのだろう。

だがしかし、フィリミナはここにはいない。それどころか、もしかしたら彼女は、エギエディルズの手から永遠に失われてしまうかもしれないのだ。そんなこと、たとえフィリミナ本人が認めたとしても、エギエディルズは許せないし許さない。

必ず、この腕でもう一度……いいや、これからだって何度でも、彼女を、フィリミナを抱き締める。そのために今は、彼女の元へと一刻も早く走りたかった。

何があったのかは解《わか》らないが、とにかくあの炎獅子公が何かしら知っているはずだ。地図上では、気付けば赤い光と白い光がほとんど同じ位置で隣り合っている。つまり、あの紋白蝶の仮面の少女は、既《すで》に保護済みなのだろう。そこにフィリミナがいてくれることを願いつつ、地図をもう一度改めて観察し――そして、大変遅れ馳《ば》せながらにして、エギエディルズは、黄色い光が、自らのことを示す朝焼け色の光のすぐ側まで来ていることに気が付いた。

バッと顔を上げてそちらを見遣《みや》ると、ちょうどその視線の先に、カササギの仮面の少年が佇《たたず》み、じっとこちらを見つめているところだった。

エギエディルズの視線に気付いた彼は、はっとしたように身体《からだ》を震わせ、また踵《きびす》を返そうとする。

だがしかし、黙って見送る真似など誰がするものか。

「逃がすか」

小さく呟《つぶや》いて、そのまま魔法言語を紡ぐ。精霊王に杖《つえ》と『目』と『耳』を奪われていようとも、魔法式をきちんと綿密に組み立てれば、魔法の行使と制御は可能であるとは、もう地図を創ったことで立証済みである。

この距離であれば、届く。そう判断したエギエディルズの詠唱に従って、足元の影が長く伸び、今にも逃げ出そうとしていた少年の身体に巻き付いた。慌《あわ》てて少年が暴れ出すが、その程度の抵抗で、この自分の魔法の拘束から逃れられるはずがない。

パチン、と指を鳴らすと、足元から伸びた影は、少年に巻き付いたままエギエディルズの元まで戻ってくる。無論、少年ごとだ。目の前まで運ばれてきた少年の首根っこを掴《つか》んだエギエディルズは、仮面越しでもそうと解るほど解りやすく据わった目で彼のことを見下ろした。

「やっと捕まえたぞ。お前は……」

「ぼくじゃない！」

焦りのあまり涙混じりになっているその震える叫び声に、エギエディルズはぱちりと大きく瞬きをした。そのまましげしげと少年を見下ろすが、彼は懸命に「ぼくじゃない」と繰り返すばかりで、他の言葉などすべて忘れてしまっているかのようだった。

顔の上半分を覆う、カササギの仮面。淡い亜麻色をした、いかにも柔らかそうな髪。カササギの翼の色を映したかのような色合いの、騎士のような誂《あつら》えの衣装。腰から下げた、酢漿草《かたばみ》の紋章が刻まれた剣。

　それらの符号は、どれを取っても、エギエディルズに、かわいい息子の存在を――エリオットの存在を思い起こさせる。この少年がエリオットであると言われても、疑うべき理由はどこにもない。

　だが、しかし。

「お願いだから間違えないで。ぼくじゃ、ぼくじゃないんだ！」

　変声期前の義弟によく似た声で懸命に訴えかけてくる少年の姿を改めて見下ろして、エギエディルズは沈黙した。

　エリオット。そう呼びかけることはとても簡単なことだ。エリオットのことを見つけられたのだから、これで心置きなく胸を張ってフィリミナの元に走ることができる。だがそれでもエギエディルズは、少年に対し、「エリオット」と呼びかけることができなかった。

　拭《ぬぐ》い切れない違和感がある。この少年に対して確かに『縁《えにし》』を感じるというのに、それがエリオットとの『縁』の糸に繋《つな》がらない。

「ぼくじゃない、ぼくじゃなくて……っ！」

「――解っている」

「ッ⁉」

「解っている。お前じゃない」

　弾《はじ》かれたように少年が顔をエギエディルズへと向ける。そのまっすぐな視線を受けて、エギエディルズは頷《うなず》いた。

そうだ。解っている。解っていた。いくらエリオットと共通する符号を持ち合わせていようとも、この少年は違うのだと断言できる。

この少年は確かにエリオットに何かしら『縁』のある存在であるのだろうが、エリオット本人ではない。何故解るのかと問われても困る。解るから解るのだ。

精霊王に『目』と『耳』を奪われていようとも、我が子に関することでどうしてこの目が曇ろうか。どうしてその声を聞き間違えようか。

ほ、と心の底から安堵《あんど》した様子で息を吐き、カササギの仮面の少年は、身体から力を抜いた。エギエディルズの影に拘束されていなければ、座り込んでしまっていたかもしれない。その様子を眺めながら、さて、とエギエディルズは改めて少年を見つめる。

びくりと身体を竦《すく》ませる少年は、見るからに怯《おび》えているようだが、だからと言って拘束を解く気にはならない。良心はちっとも痛まなかった。むしろこのまま拘束を続けて、エリオット本人ではなくともエリオットについて何かしら知っているに違いないこの少年の口から情報を……と、エギエディルズが不穏なことを考え始めると、その顔に突然何かがばさりとぶつかってきた。

「っ！」

仮面をつけているおかげで、目が傷付くことはない。むしろ硬い仮面にぶつかってきているそれ、つまり小鳥の安否の方が心配されるべきだろう。一羽の小鳥がその羽を懸命に羽ばたかせて、エギエディルズの顔にばさばさとその翼をぶつけてくる。

その小鳥は、一羽のカササギだった。まるで少年に無体を働いているエギエディルズに、全身で抗議をしているかのようだ。少年の表情が、仮面をつけているにも関わらず、そうと解るほどはっきりと、ぱあっと輝く。

その変化と、羽ばたくカササギを見比べてから、エギエディルズはまるで引き寄せられるかのようにカササギに手を伸ばした。同時に、少年を捕らえていた影がほどけてエギエディルズの足元に収まる。それを確認してから、カササギは自ら、エギエディルズが伸ばした手の指先に、そっと翼を休めた。

「お前は……」

無意識にこぼした呟きに対し、カササギは甘えるようにさえずる。愛らしい響きに込められた意味を知る術《すべ》はないが、それでも何故かエギエディルズは、カササギに確かに呼ばれた気がした。

ああ、そうか。

そうエギエディルズがようやく納得に至った、その時だった。ゴォッと熱風が吹き荒れる。

エギエディルズと少年のやりとりを、まるで余興か何かのようにやんややんやと見守っていた周囲の精霊達が、悲鳴とも歓声ともつかない叫び声を上げた。反射的に指にとまっているカササギと、小柄な少年を庇《かば》うように自らの打掛を翻《ひるがえ》したエギエディルズの前に現れたのは、見事な燃え盛る焔のたてがみを持つ巨大な獅子だ。その背には、紋白蝶の仮面の少女が乗っている。

「炎獅子公？」

ぽつりとエギエディルズが呟くと、焔をまとう獅子――炎獅子公ヴァルツオールイイは頷いて、自らの巨体を伏せさせる。その背から、紋白蝶の仮面の少女が、慌てふためいた様子で飛び降りる。この腕に飛び込むように降りてきた少女をエギエディルズは確《しか》と受け止めた。

少女の薄い身体は震えている。それほど焔の獅子が無茶な走り方をしてきたのかと一瞬思ったが、それよりも何よりも、エギエディルズには、確認せねばならないことがあった。

「炎獅子公。フィ……いや、星見草《ほしみぐさ》はどうしました」

「ごめんなさい！」

焔の獅子が応えるよりも先に、エギエディルズの腕の中の少女が涙声で叫ぶ。どういう意味だ、という意図を込めて見下ろすと、少女は仮面の下でぼろぼろと涙を流しながら「ごめんなさい」ともう一度呟いた。

「わた、わたしのせいで、あの人が！　わたしが、い、いくら、いくら追いかけるためだとしても、考えなしに森に入ったから！　だから、あの人、あんなおかしな人に仮面を奪われちゃってて っ！」

「――――なんだと？」

「そんな！」

エギエディルズの低い声と、カササギの仮面の少年の悲鳴が重なる。少年が少女に寄り添って事の次第を聞き出そうとし始めるが、少女は泣きじゃくるばかりでそれ以上言葉にすることができないらしい。どうしよう、どうしよう。そう繰り返す少女に、少年もまた途方に暮れた様子で拳を握り締めている。

だが、そんな二人のやりとりなど、もうエギエディルズにはどうでもいいことだった。重要なのは、最初の少女の発言である。

少女の言う『あの人』とは、おそらく、否、確実にフィリミナのことだろう。そのフィリミナの仮面が、何者かによって奪われたらしい。

『こちら側』では、人間は人間として存在できない。だからこその、その対応策としての仮面だった。それが奪われたフィリミナは、今、どうなっている？

ひゅ、と。息を呑《の》んだのが自分であることに気付くのに、エギエディルズは少しばかり時間がかかった。らしくもなく冷たい汗が背筋を伝う。

フィリミナ、と内心で呼びかける。エディ。あたたかな声が、エギエディルズを何よりも強くしてくれる、最高の呪文が、耳元で蘇る。そのたった一つの言葉が、今日までの自分を支えてくれてきたし、これからもずっとその魔法をかけてもらい続ける所存である。

そうだ。そうだとも。こんなところで手をこまねいている場合ではない。まだだ。まだ間に合うはずだ。

そうエギエディルズが唇を噛《か》み締めて、泣きじゃくる少女と、それを慰めながらも自らも声を震わせている少年を一瞥《いちべつ》し、そしてその視線を、事の次第を見守るばかりの焔の獅子へと向ける。彼の朱金の瞳が放つ視線と、エギエディルズの朝焼け色の瞳が放つ視線が交錯する。

「この、役立たずが」

「返す言葉もないな」

低く、最早《もはや》礼儀も何もかもかなぐり捨てて吐き捨てられたエギエディルズの罵倒に対して、気を悪くした様子もなく、獅子は笑う。その笑顔が憎たらしい。エストレージャは狼の姿で笑ってもあんなにもかわいらしいというのに、この焔の高位精霊ときたらかわいげの欠片《かけら》もない。

八つ当たりと解っていながら、密《ひそ》かに恨み続けてきた相手だ。今更仲良くできるなんて思ってはいない。だが、今は、今ばかりは。

「炎獅子公ヴァルツオールイイに伏して願い奉る。どうか我が妻を取り戻すために、貴方にご協力願いたい」

その場にためらいなく膝をついてエギエディルズがそう続けると、カササギの仮面の少年と紋白蝶の仮面の少女もまた跪《ひざまず》いて焔の獅子に頭を下げた。

「本来ならばお目通りすら叶《かな》わぬぼく達です。ですが、ですがどうかお助けください……！」

「我らが王の意に沿わぬ真似をした対価は、この身をもって贖《あがな》います。ですから、どうか、どうかっ」

焔の獅子は、しばし何も言わなかった。じい、と朱金の瞳でエギエディルズと少年と少女をそれぞれ一人ずつじっくりと眺め、そしてようやく口を開く。

「いいだろう。幼子の望みだ。力を貸してやろうではないか」

少年と少女が、その言葉に涙ながらに「ありがとうございます」を繰り返す。エギエディルズは二人のいじらしい姿を見ながら、立ち上がりざまにぼそりと呟いた。

「何を偉そうに。そもそも貴方の不手際なのでは？」

「耳が痛いな。では俺の手助けは不要か？」

「いいえ、あいつのためならば、俺は利用できるものは何であろうと利用します」

「お前は本当に無礼なヒトの子だ」

「今更でしょう」

「まったくだ。まあいいさ、それこそ〝今更〟なのだから。さあ満天星《まんてんせい》、そして幼子達よ。俺の背に乗ることを許そう。急ぐぞ」

「言われずとも」

獅子の巨体にエギエディルズが跨《また》ると、その後ろに続いて慌てたように少年と少女が乗る。三人が腰を落ち着けたのを確認するが早いか、焔の獅子は大きく地を蹴った。ぐんっと身体が宙に浮く。

そのまま獅子は天高く空を駆ける。エギエディルズが獅子の背から見下ろした『町』は円の形になっていた。中心の丸い湖の中に美しい硝子《ガラス》の城がそびえ立ち、その湖を森が囲み、更にその周囲に色とりどりの建造物が立ち並ぶ。

フィリミナが見たら「なんて美しいのでしょう」とうっとりと感嘆の吐息をもらすに違いない。そのフィリミナを、エギエディルズは、必ず取り戻してみせると心に誓う。かわいい子供達と共に、かわいい長男の待つ『あちら側』へ、フィリミナと帰ってみせると。

そして獅子は、森の一角へと降り立った。小鳥や蝶が舞い遊び、季節を忘れた木々が様々な姿を見せる中で、エギエディルズ達をその背から降ろした焔の高位精霊は、自身の姿を獅子のそれから人間のそれへと変じさせた。

「俺が案内できるのはここまでだ。世界の約定により、与えられた機会はひとたびのみ。お前の妻を見つけてみせよ」

言葉だけを聞けば、なんて無茶ぶりをするのだろうと他人は言うのだろう。現に炎獅子公の背後に控えている少年と少女は、焦ったようにおろおろとエギエディルズと炎獅子公の顔を見比べている。せめてヒントを、とでも言いたげなその様子に、思わずエギエディルズは笑ってしまった。それは、狐《きつね》の仮面で顔を半分隠していてもなお、誰の目をも――それこそ、人間のみならず精霊の目すらも種族を超えて奪ってしまう、あまりにも美しい笑顔だ。

「何がおかしい？」

「いえ、やはり貴方は随分と慈悲深くいらっしゃるのだと改めて思いまして」

「ほう？」

どういう意味だと言いたげに、笑みを湛《たた》えたまま首を傾《かし》げる炎獅子公に、エギエディルズもまた笑みを深めてみせる。

そう、この焔の高位精霊は、本当にあまりにも優しくていらっしゃる。こんな森の一角に連れてきただけで、後は自分でどうにかしろだなんて、と、憤る者もいるのだろうが、エギエディルズはそうは思わない。ここまで連れてきてくれただけで十分だ。まあそもそもの話に戻ると、彼がフィリミナのことを守れなかったという点においては許し難いものがあるのだが、今回ばかりは許してもいい。忘れることはないけれど。

周囲は木々に囲まれ、生き物らしい生き物は舞い遊ぶ数多の小鳥と蝶ばかりだ。小鳥も蝶も種類に一貫性はなく、木々もまた同様である。春の花を咲き誇らせている木、青々と緑葉を茂らせる木、紅葉している木、果実のなる木、枯れ果てようとしている木。そんな年代も種類も異なる木々の合間を、愛らしい小鳥や美しい蝶が舞い遊んでいる。

現実離れした光景だ。フィリミナの姿などどこにもない。けれど、エギエディルズは自信に満ちあふれた、不敵な笑みを浮かべる。気付けば肩にとまっていたカササギの頭を指先ですいと撫《な》で、そして続ける。

「俺はもう、あいつとの約束を二度と違《たが》えない。星見草――フィリミナがどこへ行っても、どんな姿になっても、必ず俺はフィリミナを見つけ出してみせる。その約束を、今、もう一度果たそう」

エギエディルズは、ためらうことなく黒髪を隠していた綿帽子を取り払い、顔を隠していた狐の仮面を投げ捨てた。炎獅子公が目を瞬かせ、少年と少女が悲鳴を堪《こら》えながら息を呑む。そんな三人の反応を見ながら、エギエディルズはくるりと踵を返した。

小鳥が、蝶が、エギエディルズに構ってくれと言わんばかりにまとわりついてくるけれど、それら一切を無視する。見えない大きな力によって意識が持っていかれそうになるが、それでもエギエディルズが歩みを止めることはない。

顔と名前を隠すこと。それが精霊界において人間が自身の存在を成り立たせるための常とう手段だ。けれど、常とう手段であると言っても、それを必ずしも守らなければならない訳ではない。自分が自分という『個』であることを確信し、認めることができるのであれば、そんな手段を用いる必要などないはずだ。エギエディルズは物心つく前から精霊の存在を身近に感じてきた。彼らと自身の存在を今更混合するはずもない。精霊に姿かたちと名前を知られようとも、今更彼らに奪われるような『自分』ではない。むしろエギエディルズ・フォン・ランセントという名前と、飛び抜けた美貌を誇る姿かたちは、逆に精霊を平伏させ、従わせるに足るだけの『力』を孕《はら》んでいる。精霊王が、自身の真名を明かさないのは、その名が持つ力に脆弱《ぜいじゃく》な人間は耐えられないからだとされる。エギエディルズの名もまた、精霊にとって同様の意味を持つ。どんな精霊も従わせることができるように、もう二度と大切な存在を傷付けることがないように、エギエディルズは研鑽《けんさん》を積んできた。それは今も続いている。今こそその結果を示すときだ。

そして、それよりも、何よりも。

他ならぬフィリミナ・フォン・ランセントという存在が自分のことを「エディ」と呼んで認めてくれているならば、エギエディルズにとってこれ以上の『個』の保証はない。そのフィリミナを取り戻すためならば、仮面なんて自らを隠す道具など、邪魔なだけだ。

彼女であれば仮面をつけていようがいまいが、必ず自分のことを解ってくれるだろうけれど、だからこそその彼女の前で今更自分を偽りたくない。そのままの自分で、フィリミナのことを見つけたい。さあ精霊よ、この姿かたちを、名前を、見たければ見よ。奪いたければかかってくるがいい。どんな相手であろうとも、返り討ちにしてくれる。フィリミナを取り戻す邪魔をするならば、決して容赦はしてやらない。

エギエディルズの足は止まらない。周囲の姿なき精霊が、怯えながら逃げ惑う気配を感じるが、知ったことではない。四方八方に伸びる道から一本の道を選び取り、その道をエギエディルズはためらうことなく進んでいく。背後を炎獅子公と少年と少女がついてくるが、振り返る真似はせず、そうしてエギエディルズは、ようやく足を止めた。

森の中でも不思議と拓《ひら》けた、まるで広場のようになっているその場所の片隅で、ひっそりと生えている若木がある。エギエディルズの腰の位置に届くか届かないか程度の高さのその若木は、細く、頼りない。花が咲いているでもなく、実が実っているでもなく、若葉がつやつやと茂っているくらいが特徴らしい特徴と言えるその若木の前に、エギエディルズはためらうことなく片膝をついて腰を下ろす。

エギエディルズの肩にとまっていたカササギが羽ばたき、若木の枝に移る。そこでは、一匹の紋白蝶が既にその翅《はね》を休めていた。甘えるように若木に擦《す》り寄っている一羽と一匹に穏やかに微笑《ほほえ》みかけてから、エギエディルズは若木へと視線を戻し、その姿をじっと見つめる。

先達《せんだつ》て自分は、確かに〝ぷつり〟という音を聞いた。あれは『縁』が切れた音であったのだろう。大いなる意思によって、あの瞬間、自分とフィリミナの繋がりは断ち切られてしまった。だが、それが何だと言うのか。

『縁』が断ち切られても、絆《きずな》は失われない。彼女と自分を繋ぐ『縁』が、断ち切られてしまったというのならば、何度だってこの手でその『縁』を結び直してみせようではないか。

エギエディルズは自らのサイドの髪を留めていた赤いリボンを解いた。フィリミナが、髪留めの代わりにと競売会場で結んでくれたリボンだ。それをそのまま、そっと若木の細い枝に結び付ける。

愛らしい蝶結びに頬を緩め、羽織っていた真白い打掛を脱ぎ、それを若木に羽織らせて、そっと、その枝葉を傷付けないように配慮しながら優しく抱き締める。
リボンを結んだ枝に口付けを落とし、エギエディルズは囁いた。

「見つけたぞ。目を覚ましてくれ、俺のうつくしいフィリミナ」

名前を呼ぶ行為は、その存在の最たる肯定。ならば何度でもその名を呼ぼう。だからお前も、何度でも俺の名を呼んでくれ。そんな願いと祈りを込めて、エギエディルズは最愛の名前を呼んだ。もう名前を隠す必要なんてない。そうだとも。今更彼女の名前が、その姿かたちが、『こちら側』で晒《さら》されようとも、彼女の『個』は、存在は、誰にも奪えない。絵本の中でも語られていたではないか。自分ですら見失ってしまった『自分』を見つけてくれる存在は、精霊すら認める運命の相手なのだと。精霊自身が認めるというのならば、今更彼らが彼女を奪うことなどできるものか。

若木に寄り添っていたカササギと紋白蝶が舞い上がり、同時に若木が淡く優しい光に包まれる。当初は白銀に輝いていた光を、目が覚めるような美しい朝焼け色が塗り替えていく。

若木の枝葉が、長く伸ばされた柔らかい亜麻色の髪となり、ほっそりとしたしなやかな両腕となり、その左腕の先の薬指では赤いリボンが揺れる。そして幹は黒衣をまとう華奢《きゃしゃ》な肢体《したい》に変化した。十人並みだと本人は自らを評するが、エギエディルズにとっては誰よりもかわいらしく、そして美しく見えてならないかんばせの、その伏せられた睫《まつ》毛《げ》がふるりと震え、ゆっくりとその下に隠された瞳の色があらわになる。

未《いま》だ茫洋《ぼうよう》とした光が宿る淡い色の瞳を覗《のぞ》き込み、エギエディルズは、真白い打掛を羽織るようにして自らの腕の中にようやく現れてくれた存在の名を、ありったけの想いを込めて、もう一度呼ぶ。

「フィリミナ」

「え、でぃ？」

確かめるように呼んだ名に対して返された、最強の呪文に、エギエディルズは腕の中の最愛の存在を、妻であるフィリミナ・フォン・ランセントを、今度こそ力いっぱい抱き締めた。

9

——正直なところ、一体何が起こったのか、まったく、さっぱり、これっぽっちも解《わか》らなかった。

ただ気が付けば夫である男の腕の中にいて、息が苦しいくらいに抱き締められていた。繰り返すが、一体何が起こったというのだろう。

確か、紋白蝶《もんしろちょう》の仮面の少女を追いかけていたら見失ってしまって、道すがらにエストレージャのマフラーを持った誰かを見つけて、今度はそちらを追いかけたら仮面を奪われてしまって、そして、そして？

いくら考えても、そこから後が思い出せない。ぷっつりと記憶が途絶えている。

けれど、一つだけ解ることがある。この男の元に、私はまた帰ってこられたのだ。それは泣きたくなるくらいに嬉《うれ》しくて、気が遠くなるほどに倖《しあわ》せなことだ。

そろそろとその背に私もまた両腕を回すと、男の腕に更に力が込められる。ぎゅううううう、という擬態語が聞こえてくるような気がした。流石《さすが》に限界を感じて、たしたしと男の背を叩《たた》く。

「エ、エデ……じゃなくて、満天星《まんてんせい》様、苦しいですわ。そろそろ放してくださいまし」

「…………」

「満天星様、満天星様ったら」

いくらこの精霊界における仮の名前を呼んでも、男が私を解放してくれる気配はない。それどころかまとう雰囲気をどこか不満げなものへと変えて、ますます力を込めてくるのだから始末に負えない。だ、だから限界だというのに……！

「満天星様！　～～っエディ！」

とうとうたまらなくなって、ついついいつもの呼び方で叫ぶと、やっとその腕の力が緩む。

ほ、と安堵《あんど》の息を吐いて、男の顔をその腕の中から見上げると、そこには見慣れた美貌がある。夜の妖精すら恥じ入る、中性的なその美貌があらわになっている。なんだかその顔をとても久々に見たような気がして、じいとそのまま見上げていると、男が顔を寄せてくる。

あら？　と思う間もなく、そのまま額や頬や髪に何度も何度も口付けを落とされる。優しい感触についつい頬が緩むけれど、そこまで来てようやく私は、自分も男も、仮面をつけていないことに、大変遅れ馳《ば》せながらにして気が付いた。

「エディ、あの、仮面はいいのですか？　ああいけない、また名前を呼んでしまいました。満天星様、わたくし達は……」

「大丈夫だ」

「え？」

このままでいいのかと問いかけるよりも先に断じられて、思わず瞳を瞬かせる。どういう意味かと視線で改めて更に問いかけると、男はきっぱりと答えてくれた。

「俺がお前を、お前が俺を、それぞれ肯定し合えば、俺達の『個』は保たれる。『大いなる意思』などに、今更お前を奪われてたまるものか」

まあ危ないところだったが、と続ける男の顔は、嘘《うそ》や冗談を言っているようなそれではない。お互いの、肯定。そう内心で繰り返して、うーん、と首を捻《ひね》る。私が納得していないことに敏《さと》く気付いた男は、フン、と鼻を鳴らして、にやりと薄い唇の端をつり上げる。

「この俺がお前を認めているんだぞ。誰であろうと何であろうと、俺からお前を奪えるはずがないということだ」

解ったか、といっそ傲慢《ごうまん》とすら言える口振りで念を入れられて、反射的に頷《うなず》きを返す。

元より『こちら側』はとても不安定な世界であると聞かされている。だからこそ『個』を保つために名前と顔を隠していたのだと。けれど、自分以外の誰かにその『個』を肯定されることで、自身の不安定さを補う、といったところだろうか。そう私なりになんとか納得していると、男はやっと私をその腕から解放して、はあ、と一つ溜息《ためいき》を吐いた。安堵の色がにじむ溜息だった。

「まあそれでも、お前の『個』が完全に溶けてしまう前で助かった。もう少し遅かったら、お前もこの森を形成する木々の一本になってていたところだった」

「え」

「気付かなかったか？　周りの木々は皆、『こちら側』に『あちら側』から足を踏み入れ、自身の『個』を失った人間だぞ。正確には、もう人間とは呼べない存在に成り果てているがな」

さらりと言われたその台詞《せりふ》に、自分の顔が蒼褪《あおざ》めていくのを感じる。だんだん思い出してきた。

私は仮面を奪われた後、そのまま一本の若木に姿を変えたのだ。男によって『私』という『個』を思い出させてもらわなかったら、私もまた周囲の森を形成する木々の一本になっていたところだったことを、改めて思い知らされる。危ないところだった、と一言で片付けるにはあまりにも恐ろしい想像に、ぶるりと身体《からだ》が震えた。自然と顔が俯《うつむ》いてしまう。

そこで私は、左手の薬指の異変に気が付いた。そこになかったはずの赤いリボンが、まるで指輪のように蝶結びにされている。反射的に顔を上げると、男の髪を結っていたはずのリボンがない。私の意識がない間に、この男は何をしてくれたのだろう。何が何だか解らないけれど、でも、なんだかとても嬉しくてならない。

そんな私の肩を抱き、男はゆっくりと立ち上がった。男に支えられた状態のまま私も後に続き、背後を振り返ると、私達の視線の先には、焔《ほのお》の御仁と、カササギの仮面の少年、そして紋白蝶の仮面の少女が佇《たたず》んでいた。

私達の視線を受けて、少年と少女がそれぞれびくりと大きく肩を震わせる。少年少女を慈しみに満ちた瞳で一瞥《いちべつ》した焔の御仁は、「さて」と口火を切った。

「満天星、星見草《ほしみぐさ》――いいや、エギエディルズ、そしてフィリミナよ。お前達の求める存在は、見つかったか？」

唐突な問いかけだった。私達の求める存在なんて、最初から解り切っている。エリオット。エルフェシア。かわいい私達の子供達。

少年と少女が、縋《すが》るように私達を見つめてくる。頼むから見つけてくれと訴えかけてくるようなその視線を受けてから、私と男は顔を見合わせて微笑《ほほえ》み合った。

少なくとも、数秒前の私達にとっては、焔の御仁の問いかけは、とんでもなく意地悪な質問であったに違いない。エリオットとエルフェシアを見つけられたのかと彼は私達に問いかけている。何も考えず、何も気付かないままであったら、私達はきっと、カササギの仮面の少年をエリオットと、そして紋白蝶の仮面の少女をエルフェシアと見なしてその名を呼びかけていたことだろう。

けれど、違うのだ。少年と少女に対して、確かに不思議な親近感を感じるけれど、違う。あの子達は、私達のかわいい子供達ではない。私達のかわいい子供達は。

エリオットと、エルフェシアは。

「やっと見つけたわ。エリオット、エルフェシア。さあ、お父様とお母様の元へいらっしゃい」

「遅くなってすまなかった。ほら、エリオットもエルフェシアも、俺達にお前達を早く抱き締めさせてくれ。やっと迎えに来られたぞ」


私と男が、それぞれ両腕を広げて呼びかける。私達の視線の先にいるのは、少年と少女——の、その肩でそれぞれ翼と翅《はね》を休めている、カササギと紋白蝶だ。一羽と一匹が少年少女の肩から飛び立ち、我先にと懸命にそれぞれの羽を動かしてこちらへと飛んでくる。

そしてそのカササギと紋白蝶が、手を伸ばせば届く位置まで来たところで、一羽と一匹の身体がきらきらと星屑《ほしくず》のように輝き始める。とてもまばゆいのに、目を射ることはない、美しくも優しい白銀の光に包まれたカササギと紋白蝶の姿が、そのままぐにゃりと歪《ゆが》む。

私がカササギを、男が紋白蝶を、それぞれ両腕で包み込むと、光の塊はそのまま幼い子供の姿……カササギの騎士の衣装を着たエリオットと、雛菊《ひなぎく》の姫君の衣装を着たエルフェシアの姿へと変じる。

「おかあしゃま！」

「おとうしゃま！」

愛らしい声が、私達を呼ぶ。宙に浮いていたその身体に重力が戻り、ずしりと両腕に重みがかかる。生まれたばかりの頃を思えば、この子達も随分と重くなった。なんて愛《いと》おしい重みだろう。ぎゅっとエリオットの小さな身体を抱き締めて、男の腕の中にいるエルフェシアの額に口付けを落とす。男もまた、私とは逆にエルフェシアを抱き締めて、エリオットの頬をそっと撫《な》でた。

きゃっきゃっと嬉しそうに笑ってはしゃぎ始めたエリオットとエルフェシアは、そのままいくばくもしない内に、すやすやと眠り始めた。この子達にカササギや紋白蝶になっている間の意識があったのかは解らないけれど、二人にとっては生まれて初めての大冒険だ。疲れるのも当然だろう。

「お疲れ様、エリー、エル。おやすみなさい」

眠りを邪魔しないように小さくそう囁《ささや》いて、私は隣の男を見上げた。エルフェシアを抱いている男もまた、私のことを見下ろしている。どちらからともなく笑い合い、私は少しばかり背伸びをして、男は少しばかり身を屈《かが》めて、そっと触れるだけの口付けを交わした。

唇に残る甘いぬくもりに笑みを深めて、私達は子供達を抱いたまま、再び少年と少女の方へと視線を戻す。二人は、仮面越しでもそうと解るほどに嬉しげに、心から喜ばしいと言わんばかりに笑っていた。

先程までの不安そうな姿が嘘のようだと笑えば、少年と少女は顔を見合わせて、そしてそれぞれ、カササギの仮面と紋白蝶の仮面をとって宙へと放り投げる。

「あら！」

「ほう」

私と男が思わず揃《そろ》って声を上げる。少年のかんばせは、私……というか、弟であるフェルナンによく似た、柔和で人好きのする顔立ちをしている。そして少女のかんばせは、隣の男のそれによく似た、とんでもなく美しく、それでいて年頃の少女らしい愛らしさも併せ持つかわいらしいそれだ。二人はにっこりと笑い合い、その場に跪《ひざまず》く。

「改めて俺から紹介しよう。男《お》の子は酢漿草《かたばみ》の精霊。女《め》の子は雛菊の精霊。どちらも名を持たぬ、生まれたばかりの精霊だ。名ばかりか、姿すら持たないかよわき幼子だ。ゆえにこの子らは、お前達の子らの姿を借りることでこの世界にその身を留まらせている。お前達の手助けになるために、我が王のご意向に逆らってまで奔走《ほんそう》していた二人だ。さて、これ以上の説明は必要か？」

どこか意地悪く問いかけてくる焔の御仁に、私は笑い、男は肩を竦《すく》めた。だってそれは、あまりにも今更な質問であったからだ。

酢漿草も、雛菊も、どちらも私達にとって特別な意味を持つ花だ。ずっと、ずっと、身近に感じてきた花だ。その花の化身が、目の前にいる。

私と男は少年と少女の元まで歩み寄り、その前で同じように膝をついた。そしてそのまま、深い感謝を込めて一礼してみせる。

「ありがとう。ずっとわたくし達のことを見守っていてくれたのね。それから、この子達の未来を見せてくれたことについても、お礼を言わせてもらえないかしら」

エリオットとエルフェシアは、いつかこんな風に成長するのだろう。そう思うと、その日が来るのが楽しみで仕方がない。照れ臭そうに酢漿草の少年が笑い、面映《おもは》ゆげに雛菊の少女が微笑む。その笑顔にどうしようもない愛しさを感じる。

ねえ、エリオット、エルフェシア。いつかあなた達はこんなにも素敵な男の子と女の子になるのね。

そうじんと染み渡っていくあたたかな感情に感じ入っていると、隣の男がエルフェシアを片腕に抱き直し、空いたもう一方の手の人差し指をぴんと立てた。何をするつもりなのかとその様子を窺《うかが》えば、男の指が動き、旧《ふる》い魔法言語を光の線で宙に刻む。

「俺からも礼を言わせてくれ。その礼の証《あかし》に、お前達に名を贈らせてもらいたい」

宙に浮かんだ魔法言語は二つ。それらが一つずつ、驚きをあらわにしている少年と少女に吸い込まれていく。

「『満天星』。そして『星見草』。お前達は今から、名のある精霊となり、唯一無二の『個』を持つことになる」

力ある言葉だ。その言葉に導かれて従うように、ゆっくりと少年と少女が立ち上がる。少年の身体が黄色の光に、少女の身体が白い光に包まれた。私達もまた立ち上がり、その様子を見守っていると、やがて黄色い光と白い光がほどけていく。

最後の輝きを抱き締めるようにして現れたのは、鮮やかな金の髪を持つ、カササギを思わせる色合いの騎士と、腰まで長く伸ばされた雪のように白い髪を持つ、白の花弁を幾重にも重ねたようなドレスの姫君だ。

歳《とし》の頃はどちらも十八か十九か、といったところの、ちょうど子供と大人のあわいにある二人だ。騎士は片手を胸に当て、姫君はドレスの裾を持ち上げて、それぞれにっこりと私達に笑いかけて一礼する。


「ぼくは満天星」

「わたしは星見草」

「『この名のもとに、あなた達の『約束』が永遠なるものになりますように』」

優しい祈りに、私達は深く頷きを返す。嬉しそうに笑った二人は、焔の御仁に向かって深く一礼すると、その姿をかき消した。ふわりと鼻をくすぐっていった花の香りが、二人がこの場を立ち去り、もう戻ってくるつもりがないことを教えてくれる。

もう少しだけ一緒にいたかったな、と内心で呟《つぶや》く私を、労《いた》わるように男がその腕の中に抱き寄せてくれる。

「そんな顔をするな。あの二人と俺達の間には、確固たる『縁《えにし》』が結ばれている。ずっと側《そば》にいるようなものだ」

「……はい、エディ」

そうだ。寂しがる必要なんてない。酢漿草も、雛菊も、ずっと身近に感じてきた花だ。この男との約束の証の花だ。この男と一緒にいることこそが、あの二人の存在を確かなものにしてくれるに違いない。だから、大丈夫。そう自分に言い聞かせながら、私は腕の中のエリオットに頬を擦《す》り寄せ、男の腕の中のエルフェシアの頭を撫でた。

その時だった。ぱちぱちぱちぱち、と、やけに芝居がかった、ゆっくりとした拍手の音が耳朶《じだ》を打った。ぱきん、とまるで薄氷を指で弾《はじ》くような音が、続けて聞こえた気がした。

それまで聞こえていた小鳥のさえずりや蝶の羽ばたきの音が消え失せて、周囲の薄ら寒い空気が変化する。澄み切ったその空気は、いっそ肺が痛くなるほどだった。私達のやりとりに口を挟むことなく微笑んで見守るばかりだった焔の御仁が、その場に片膝をついて跪く。

「――約定は見事果たされた」

幼子のようにあどけなく、それでいて老人のように落ち着き払ったその声を、私は確かに知っている。

息を呑《の》んで男と一緒にそちらを見遣《みや》ると、それまで何もなく誰もいなかったはずのこの広場の中心に、豪奢《ごうしゃ》な椅子が置かれており、そこにいっそぞっとするほどに美しい存在――精霊王アルベリッヒが腰かけていた。ゆっくりともったいぶっているかのような拍手をしている彼の口元には、三日月のような弧が刻まれている。

目を見開く私を面白いものでも見るかのように見遣る金剛石の瞳に、つい身体をびくつかせると、男がすぐに寄り添ってくれる。それだけでほっと安堵してしまうのだから私も現金なものだ。

私達と、腕の中にいる子供達をしげしげと眺めてから、精霊王は拍手するのを止《や》めて、たっぷりと布を使った衣装を引き摺《ず》りながら立ち上がった。

「余興にしてはなかなかの出来であった。幕引きだ。まずは預かっていたものを返そうか」

そう続けた精霊王の手から、朝焼け色の光の塊が放たれる。それは男の元まで一直線に飛んでくると、そのまま男の目と耳の中へと吸い込まれていった。

そして、もう一つ。遅れて精霊王が放った一条の光の矢が、男の目の前に飛んでくる。その光の矢を受け止めた男の手に、愛用の杖《つえ》が顕現する。

　確かめるように杖を握り直してから、ふるりと男はひとたびかぶりを振る。そしてその視線を周囲に巡らせた後で、男は更にその表情を険しくさせた。

「エ、エディ、大丈夫ですか？」

「ああ。この森がいかに悪趣味なのかが解る程度には問題ない」

　……それは果たして大丈夫と言っていいものなのだろうか。非常に迷うところなのであるが、この森――元は人間であったという木々について、本来の魔法使いとしての『目』と『耳』を取り戻した男に問いかける勇気は出てこず、私は「然様《さよう》ですか」と曖昧《あいまい》に笑うことしかできなかった。

　男としてもそれ以上その件について語る気はないらしい。朝焼け色の瞳は、私ではなく、精霊王に向かって鋭く向けられる。

「貴方も人が悪い。あの競売に、商品として子供達が流されようとしていたことを、貴方はご存じの上でしたね？　そして、星見草と満天星の行動もまた、黙って見過ごしていらしたとお見受けする。すべて貴方の手のひらの上のお遊びであったということですか」

　男が極めて低い声音で発した台詞の内容に、ぎょっとせずにはいられなかった。

　まさか精霊王がそこまで承知の上で私達のあれこれを余興扱いしていたとは思わなかった。精霊王ともあろう存在が、そこまで性格の悪い真似をするのだろうか。いやいやそんなまさか、と男の顔と精霊王の顔を何度も見比べていると、にい、と精霊王は元々弧を描いていた唇の端を更につり上げる。

「そもそも、余は『ヒト』ではないぞ」

そうして返ってきた台詞は、男の台詞の本題に対する否定でも肯定でもなく、もっと根本的なものだった。精霊王が人間ではないことくらい解り切っていて、今更何をという感じなのだが、その台詞こそが、他のどんな否定や肯定よりも、はっきりと、「すべてそなたの言う通りである」と答えられているようだった。

なんて意地の悪い真似をしてくれるのか。これは私が人間であるからこそそう思うのか。精霊にとってはこれくらいのことは本当に『余興』でしかないのか。なんだかとても腹立たしいけれど、ここで下手にご機嫌を損ねるような発言は得策でないことくらい私にだって解る。

結局、悔しさに唇を噛《か》み締めて沈黙することしかできない私を労わるように見遣ってから、男は更に言葉を紡いだ。

「しかし、解らないことがあります。何故、よりにもよって我が国の王都の子供達が『こちら側』にさらわれてしまったのか。先達《せんだつ》て貴方は、世界を隔てる壁に亀裂が入ったと仰《おっしゃ》った。ならば今回の事件は、我が国ばかりではなく、世界各地で起こっていてもおかしくなかったのでは？」

「あっ！」

沈黙を貫こうと思っていたのに、つい声を上げてしまった。言われてみればその通りだ。世界の亀裂なるものがどういうものなのか、私にはよく解らない。けれど男の言う通り、〝我が国の王都の子供達だけ〟が『こちら側』に落ちてしまうなんてことがあるのだろうか。それとも急な事件だったから、実は他の国でも同じような事件が起こっていたとでもいうのだろうか。

ぎゅっとエリオットを抱き締め直して精霊王を見つめていると、彼は感情を読み取らせない笑みを浮かべて続けた。

「さて、それは我が愛しの妻のみ知る話である」

答える気はない、ということらしい。ただの人間が精霊の頂点に立つ存在の考えを理解できるはずがないのかもしれないが、それにしても今回の事件はあまりにも謎が多すぎる気がする。まるで、誰かの意図が働いているかのようだった。

けれど、誰かって、誰のことだろう。解らない。何もかも。

ただ一つだけ確かなことは、私と男は確かにエリオットとエルフェシアをこの手に取り戻したということだ。

「さあ、刻限である。そなた達との約定を果たそう。幼子《おさなご》どもと共に、『あちら側』へと帰るがよい」

精霊王が朗々と宣言し、両腕を広げる。同時にその手からオーロラのように色を変える光が放たれ、その光はそのまま私達の身の丈の何倍もあろうかと思われる大きな観音開きの扉を形作る。

ぱん！　と精霊王が手を打ち鳴らした。ばたん！　と大きな音を立てて扉が開かれる。扉の向こうは光にあふれて何も見えない。けれど、不思議と慕わしい気配が感じられる。


——父さん。

——母さん。

——エリオット。

——エルフェシア。

祈るように私達のことを呼ぶその声を、確かに知っている。知らないはずがない。今にも泣き出しそうなその声を聞いて、胸が震えた。

「早く、帰ってあげなくてはなりませんね」

「ああ。それにしてもあいつ、少し涙もろすぎやしないか？」

「あなたに似たのですよ」

「……俺のどこが涙もろいと？」

「あら、言っていいのですか？」

悪戯《いたずら》げに笑って問いかけると、ふいっと男は顔を背けた。その仕草がやけに子供じみていてかわいくて、私は余計に笑ってしまう。

扉の向こうから聞こえてくるのは、私達を呼ぶ声ばかりではない。もっとたくさんの声が、自分の子供の名を呼び、早く帰ってきてくれと願い祈っている。その大きな声のうねりに応えるように、周囲を舞い遊んでいた小鳥や蝶が、一斉に扉の向こうへと飛び込んでいく。

——おとうさん！

——おかあさん！

小鳥や蝶が、そう口々に叫んでいるのが聞こえてくるようだった。彼らこそが、我がヴァルゲントゥム聖王国から消えた子供達だったのだ。

精霊界では人間は人間として存在できないという。ゆえに子供達は皆、小鳥や蝶にその姿を変じさせていた。子供達は、本当はずっと側にいたのだ。まあエリオットとエルフェシアは、少々特殊な事情に巻き込まれてしまっていたけれど、それでもこの手に取り戻せたのだからよしとしよう。

「ヴァル様、お世話になりました」

精霊王に対し跪いたままの焔の御仁に声をかけると、彼はちらりと精霊王を見遣る。精霊王が片手を挙げて発言を許してくれるのを待ってから、焔の御仁は立ち上がって私達に向けて快活に笑った。

「俺は何もしておらんさ。それよりフィリミナ、すまなかったな。手を貸すと言っておきながら、お前を危険に晒《さら》してしまった」

「いえ、そんな……」

「まったくです。猛省してくださるようお願い致します」

「もう、エディ！」

私が気にしていないと答えるよりも先に、嫌味たっぷりに男は吐き捨てる。本当にひねくれた男である。私が眉をつり上げてみせても、つーんと顔を背けて謝罪する気はないと全身で男は表現している。

そんな男に対し怒る訳でもなく、むしろ楽しげに笑った焔の御仁は、おもむろに自らの手をそっと男に向けた。何を、と目を瞬かせる私をよそに、その手から、燃え盛る焔のような美しい赤い光が放たれ、男の胸に吸い込まれる。

え、今、何を。そう呆然《ぼうぜん》とする私は完全に置き去り状態だ。男は赤い光が吸い込まれた胸を見下ろして、苦々しげに舌打ちをする。完全に油断していたらしく何の対応も取れなかったことを悔いている様子だ。だから、一体、何なのだ。そう男と焔の御仁の顔を見比べる。焔の御仁は、ちゃめっけたっぷりに片目を瞑《つむ》った。

「我が名は炎獅子公×××。エギエディルズ・フォン・ランセントと、今この場をもって契約を結ぶこととする。いざとなれば我が名を呼べ。必ずやお前の元に馳せ参じ、その願いを叶《かな》えてみせよう」

——あら、まあ。

私の耳では聞き取れなかった自身の名前のもとに宣誓する焔の御仁に、男は今度こそ盛大に舌打ちをした。

「余計な真似を……！」

「ははっ！　これまでの無礼への罰だ。ざまをみろ。せいぜい俺をうまく御してみせるんだな」

「うむ、よくやった。褒めて遣わそう」

「ありがたく」

精霊王に一礼して、満足げに笑った焔の御仁はそのまま先程の花の精霊達と同様にこの場から姿を消した。それを見送って、私はエリオットをもう一度片腕に抱き直して、もう一方の手を男の腕に絡める。

「さあ、帰りましょう。わたくし達を待っていてくださる皆様の元に」

いつまでも機嫌を損ねていないで、早く大切な人達の元に帰ろう。きっと、とても心配してくれているだろうから。

そんな思いを込めて男のことを見上げると、男は諦《あきら》めたように一つ溜息を吐いて――そうしてやっと柔らかく、優しく、私が愛おしく思えてならない笑みを浮かべてくれた。

「――ああ、帰ろう」

気付けばもう小鳥も蝶もすべて扉の向こうへと消えていた。私達が最後だ。これが最後と決めて肩越しに振り返ると、相変わらず精霊王が笑みを浮かべてこちらを見つめながらそこに佇んでいる。何も言う気はないらしく、ひらりとその手を振られた。

美しい残像を最後に、私達はそのまま、扉の向こうの光の中へと足を踏み出したのだった。

＊＊＊

まばゆい光に目を瞑ってから、やっともう一度目を開いた先で最初に見えたのは、天窓から降り注ぐ、色とりどりの万華鏡のような光だった。気が付けば私と男は、精霊界に旅立つ際にクランウェン殿下によって案内された、大神殿における〝聖域〟に佇んでいた。

帰ってきたのだ。

そう誰に指摘されずとも、身を包む空気が教えてくれる。腕の中には確かにエリオットがいて、隣の男の腕の中にはエルフェシアがいる。愛しい夫と、かわいい子供達と共に、私は確かに帰ってきた。

そして、もう一人。私の大切な家族が、目の前にいる。

「エージャ、エストレージャ、ただいま帰りました」

「待たせたな、俺達のかわいい息子」

この〝聖域〟と呼ばれる部屋の片隅に膝を抱えて座り込み、その膝に顔を埋《うず》めていた私達のかわいい長男坊が、弾かれたようにその顔を上げた。元より凛々《りり》しく整っている顔立ちには疲れがにじみ、ともすればやつれているとすら言っても過言ではないほどだった。それだけこの子は不安と心配に苛《さいな》まれていたのだろう。考えるだけで心が痛んだ。

エストレージャは顔を上げ、こちらを凝視《ぎょうし》したまま何も言わない。動かない。ただその綺麗《きれい》な黄色い瞳が、信じられないものを見るかのように揺れている。

「エストレージャ？　おかえりと、言ってくれないの？」

そう問いかけた瞬間、勢いよくエストレージャが立ち上がり、そのままの勢いで私達の元へと駆け寄ってくる。抱き締めてあげたいけれど、生憎《あいにく》この腕にはエリオットがいる。同じ思いであるはずの男の腕にもまたエルフェシアがいるのだ。だから私達は、それぞれ双子を寄り添い合っている方の片腕に抱き直し、空いた方の外側の腕を大きく広げてみせる。

「父さん！　母さん！」

「ああ、俺達だ。ただいま、エストレージャ」

「っおか、おかえりなさい……っ！　エリーは、エルはっ⁉」

「二人ともここにいるわ。ほら、よくお顔を見てあげて？」

男がエストレージャの頭を撫で、私がその頬を撫でながら、それぞれの腕の中で眠るエルフェシアとエリオットを、エストレージャによく見えるように傾けてみせると、我らが長男坊の黄色い瞳が大きく見開かれ、そしてそのまま涙で潤む。

「エリオット、エルフェシア……！」

そしてそのまま、大粒のしずくがぼろぼろとエストレージャの瞳からこぼれ落ちた。そのあたたかなしずくを拭《ぬぐ》う余裕なんてどこにもないらしいエストレージャは、涙に濡《ぬ》れる顔で、眠るエリオットとエルフェシアの額に口付けを落とす。

濡れた感触に驚いたらしい双子の睫毛《まつげ》が同時にふるりと震え、二対の朝焼け色の瞳がぱっちりとあらわになった。きょときょととその瞳が何度も瞬き、自分達の顔を泣きながら覗《のぞ》き込んでくる兄の顔を捉えると、不思議そうに二人はその首を傾《かし》げて、懸命にエストレージャへと小さな手を伸ばす。

「にいしゃま」

「にいしゃま？」

「いたい？」

「いたいの？」

「いいこね、いいこ」

「にいしゃま、いいこ」

「だいじょぶよ」

口々にエストレージャのことを慰めようとする弟妹に、エストレージャはますます涙が止まらなくなっているようだった。けれどそれでも、懸命に笑みを浮かべてみせる兄の姿に、嬉しそうにエリオットとエルフェシアも笑う。その様子を見ていた私と男もまた微笑み合う。そこまではよかった、の、だが。

「エストレージャ⁉」

ぐらりとエストレージャの身体が傾《かし》いだのは、その次の瞬間だった。ぎょっとする私が手を伸ばすよりも先に、男が前に一歩出て今にも倒れそうなエストレージャの身体を支える。片腕にエルフェシアを、もう一方の腕でエストレージャを抱えた男は、そのままゆっくりとその場にしゃがみ込んだ。遅れて私もしゃがみ込み、エストレージャの顔を覗き込むと、彼の薄く開いた唇からは、小さな寝息がこぼれている。

「エージャ……？」

「にいしゃま？」

「にいしゃま、どうしたの？」

「寝かせておいてあげなさいな」

突然割り込んできたその鈴を転がすような美しい声に顔を上げる。そちらを見遣ると、この〝聖域〟の唯一の出入り口である扉が開かれており、そこにドレス姿の姫様が安堵をにじませた笑みを浮かべて佇んでいらっしゃった。

「ひぃしゃま！」

「ひぃしゃまだぁ！」

私が声を上げるよりも先に、エルフェシアとエリオットの方が大きく歓声を上げる。愛らしい歓声に白百合《しらゆり》がほころぶかのような笑みをもって応えてくださった姫様は、そのまま床に座り込んでいる私達の元へとゆっくりと歩み寄ってくる。

「フィリミナ、エギエディルズ。それから、エリオット、エルフェシア。四人とも、お帰りなさい」

「はい、姫様。ただいま帰りました」

男にエストレージャを任せて立ち上がり、私だけ先に一礼すると、姫様はほぅ、と一つ溜息を吐いてから、にっこりと美しく笑った。

「ああもう、今度こそ本当に肝が冷えたわ！　この埋め合わせは、四人全員に後々してもらうから、覚悟しておきなさい」

「姫様のお願いでしたら、喜んで」

「エリーも！」

「エルも！」

「ふふ、よろしい。エギエディルズ、黙っている貴方もよ」

「……解った」

「結構」

いかにも渋々な様子で頷く男に姫様は大仰《おおぎょう》に頷いて、そして花のかんばせを引き締めて続けた。

「王都中の親元に、消えたはずの子供達が突然現れたという報告が相次いでいるから、もしかしてと思ってここまで来たのだけれど、正解だったわね。この七日間、生きた心地がしなかったわ。あたくし以上にエストレージャはもっとそんな気持ちだったようだけれど。この〝聖域〟から離れようとしなくて、寝食なんて放り投げて貴方達を待ち続けているんだもの。いつか倒れてしまうと思っていたけれど、本当に倒れたわね。安心して気が抜けたんでしょう」

「エージャったら……」

まったく、なんていじらしい真似をしてくれるのだろう。これだから私は、私達は、この子がかわいくてならないのだ。七日間も寝食をおろそかにしていたというのならば、姫様の仰る通り、このまま眠らせておいてあげたい。けれどこの〝聖域〟にいつまでもいる訳には……って、ん？

七日間？　今、姫様は、七日間と仰った？

「あの、姫様」

「何かしら」

「七日間、と仰いますのは……」

「ええ、だから、貴女達が精霊界に旅立ってから、今日が七日目ということよ。《プリマ・マテリアの祝宴》は今日が最終日となるの。今日を逃せば、次に貴女達が『こちら側』に戻ってこられるのは五年後になるから、本当に帰還してくれてよかったわ」

心底安心したようにそう仰って微笑まれる姫様に、私は息を呑んだ。きょとんと腕の中のエリオットが首を傾げて見上げてくるけれど、反応してあげることができない。

精霊界で過ごした期間は、一日にも満たなかったはずだ。それなのに、この人間界では、七日もの日数が経過していたというのか。

「『こちら側』と『あちら側』では、時の流れの速さが異なる。間に合って幸いだったな」

眠り続けるエストレージャに肩を貸し、そのエストレージャの髪を引っ張ろうとするエルフェシアを諫《いさ》めながら、男は溜息混じりにそう呟いた。

もしも、もう少しだけでも、『あちら側』で過ごす時間が長かったとしたら。考えるだけでぞっとする感覚に襲われて座り込む私の側に、姫様もまたしゃがみ込んで背を撫でてくださる。「ありがとうございます」とかろうじて紡いだお礼の言葉が震えてしまった。

「だから言ったでしょう。今度こそ本当に肝が冷えたって」

「は、はい」

結局私は、そう言って頷くことしかできなかった。

ああ、本当に、無事に帰ってこられてよかった。

10

此度《こたび》の《プリマ・マテリアの祝宴》が幕引きを迎えてから、今日で二週間が経過する。初日に消えた子供達は皆、無事に親元へと帰還したという報告が、姫様の元には届けられたのだという。

今回の事件について、不安や憂慮の声が、当然のごとく大きく上がった。だが、そこを王宮と神殿側は、此度の子供達の消失は、精霊王の気まぐれであり、本来ならば戻ってこられるはずもない精霊界からの帰還を果たした子供達こそ精霊王に祝福された子らであるとした。その子供達を『精霊王の祝い子』と呼ぶことで、民の不満の解消を図ったのだ。

その通告は、結果として、功を奏すことになった。「人騒がせな」と怒ったり呆《あき》れたりする者ももちろんいたけれど、それよりも「ありがたいことである」と喜ぶ者の声の方が大きくなり、何の因果かこの事件に大きく関わることになった私としては、ほっと胸を撫《な》で下ろすばかりであった。

事件の発端となった、世界を隔てる『壁』にヒビが入ったとかなんとかいう件については、既《すで》に我が夫たる王宮筆頭魔法使い様が、姫様に報告済みである。その現場に居合わせた訳ではない私にはあまりよく解《わか》らないが、話を聞かされた姫様の見解もまた、男と同じく、「精霊王の言い分は、何かおかしいのではないか」というものであるらしい。

とはいえ、姫様にも男にも、あのお方の言い分について深く知る術《すべ》は最早《もはや》ない。それこそ、神殿に下される神託を待つことくらいしかできることはないのだそうだ。

なんだかすっきりしないけれど、何はともあれ、子供達は無事に帰還した。今はそれでよしとしようではないか。

そして、我がランセント家における王子様とお姫様、もといエリオットとエルフェシアは、現在、兄であるエストレージャと共にお散歩に出かけている。《祝宴》以来、ますます過保護になった兄の姿に、私も男も苦笑せずにはいられない毎日だ。まあそうなってしまうエストレージャの気持ちも当然と言えば当然だろう。

大好きなお兄様が、今までよりも一層構ってくれるようになったのが嬉《うれ》しくてたまらないエリオットとエルフェシアも、ここのところご機嫌に毎日を過ごしてくれている。ならばなおさら、私達がエストレージャを咎《とが》める必要など皆無である。このままあたたかく、兄妹の交流を見守る所存だ。

「精が出るな」

「あら、エディ。お帰りなさいまし」

「ああ、ただいま」

休日であるにも関わらず、今日も今日とて登城していた男の声に、手元を見下ろしていた視線を持ち上げる。いつの間にか開かれていた扉の前には男が立っており、その両手にはそれぞれ、優しく甘く香る湯気を立ち上らせているマグカップがある。

このリビングルームのソファーに腰かけて、編み物に勤《いそ》しんでいた私が、そのままソファーの端に移動すると、男は空いた私の隣に腰を下ろした。

「エージャの新しいマフラーか？」

男が私と自分の前に一つずつ薬草茶で満ちたマグカップを置いて、手元を覗《のぞ》き込んでくる。問いかけの形を取ってはいるが、その声音の響きはほとんど確信のようなものだった。一旦停止させていた編み針を持つ手の動きを再開させながら、私は頷《うなず》きを返す。

「はい。《祝宴》でマフラーをなくしてしまったことを、あの子、未《いま》だに気に病んでいるでしょう？　もうすぐエージャはお誕生日ですから、新しいものを編んであげたいんです」

今私が編んでいるマフラーは、白にごくごく近いピンクベージュの毛糸をベースに、深く落ち着いた青の毛糸で作った太いラインと、鮮やかで目の覚めるような赤の毛糸で作った細いラインが交錯する、チェック模様のそれだ。

前のラベンダー色のマフラーは、柔らかくて手触りは心地よかったけれど、その分すぐにくたびれてしまったから、今度は奮発して、丈夫さも手触りの良さも保証されている高級な毛糸を使っている。

一色の毛糸で編むよりも少々面倒臭いけれど、我らがかわいい長男坊のためだと思えばこれくらい苦でもなんでもない。

「エージャには内緒ですよ？　あの子の目を盗んで作っているのです。お誕生日に驚かせたくって。喜んでくれるといいのですけれど」

「お前からのプレゼントならば、あいつはなんでも喜ぶと思うがな」

「それはそうかもしれませんけれど、だからこそ余計に素敵なものを贈りたいではありませんか」

「それもそうか」

くつくつと喉を鳴らして笑った男は、そうしてマグカップを口に運んだ。私もそれに続いて、再び手を休めてマグカップに手を伸ばす。中身を口に含むと、ふわりと甘い香りが鼻へと抜けていく。

うむ、やっぱりおいしい。悔しいことに、何年経《た》ってもお茶を淹《い》れる技術は、この男に敵《かな》わない。けれどそのおいしいお茶を飲むことができるのは本当に限られた存在だけで、きっとその中心に私がいるはずだと思えば、悔しいよりも嬉しいの方が大きくなる。最高の特権だ。役得である。

ふふ、と思わず笑みをこぼしながら薬草茶を啜《すす》りつつ、ふと膝の上に置いた作りかけのマフラーを見下ろす。まだまだ先は長いけれど、なんとかエストレージャの誕生日までに間に合わせなくてはならない。そろそろ睡眠時間を削り始めなければならないだろうか。せっかくなのだから、今もなお男が使ってくれている私が贈ったマフラーのように、これにもまた特別な言葉を刺繍《ししゅう》したタグを付けたい。また『My dear』でいいだろうか。それともまた別の言葉？　考えるだけでわくわくする。

そう、わくわくするのだけれど、同時に、頭から離れない懸念がある。精霊界において、私は確かにエストレージャが失ったラベンダー色のマフラーを見かけた。あのマフラーを持っていた『誰か』によって、私は仮面を奪われ、危うく深い森を形成する木の中の一本になるところだった。

ただの見知らぬ精霊の悪戯《いたずら》だったのだろうと言われればそれまでなのだけれど、どうにも気にかかってならない。

魔法使いでも神官でもない私が、今後精霊界に関わることなどないだろうから、あれっきりなのだろうけれど……まあ新しいマフラーを作らせてもらえるいいきっかけになったのだから、むしろお礼を言うべきなんだろうか。いやそれはないだろう。うーむ、なんともすっきりしない。薬草茶を再び口に運ぶと、ふとそのマグカップを横からひょいっと奪われる。

「あら？」

そちらを見遣《みや》れば、私のマグカップを奪った男が、少しばかり眉をひそめて、私のことをじっと見つめていた。睨《にら》まれているように感じる人が多いけれど、この視線は決してその類《たぐい》のものではないことを知っている。朝焼け色の瞳に宿る光には、確かに私の身を案じる色がにじみ出ていた。

「どうした？」

「と、申しますと？」

「とぼけるな。眉間にしわが寄っているぞ」

「まあ」

いけないいけない。私だってそろそろいい歳《とし》なのだから、しわ対策は万全にしなくては。笑いじわは好ましいけれど、眉間のしわなんて自慢できない。

指先で眉間をぐりぐりと押して、私は改めて男の顔を見上げる。言おうか、言わずにごまかそうか。少しだけ迷ったけれど、結局私はすぐに前者を選んだ。

「精霊界で、わたくしの仮面を奪った方がいらしたでしょう？　あれは何だったのかと思いまして」

私の言葉に、今度は男の眉間にしわが寄った。せっかくのとびきり綺麗《きれい》な顔がもったいないな、と思っていると、男の手が私の肩に伸びて、そっと引き寄せられる。

「腹立たしいが、俺にも解らない。悪戯にしては質《たち》が悪すぎる。あのまま『大いなる意思』にお前のすべてが奪われていたらと思うとぞっとする」

「でも、あなたが見つけてくださいましたから」

そう。どんな姿になっても、この男は私のことを見つけてくれた。

「ありがとうございます、エディ。わたくしを、見つけてくださって」

約束を守ってくれてありがとう。そんな思いを込めて、男の肩に頭を預けると、男もまた首を傾けてこつりと私の頭に自身のそれをぶつけてくる。それだけのことが、なんだかとても嬉しくてならない。

精霊界で、この男に見つけてもらった時、私の左手の薬指には、赤いリボンが結ばれていた。そして今の私のそれには、朝焼け色の魔宝玉が中心に据えられた銀の指輪がはめられている。

精霊界に旅立つ際に、エストレージャに預けていたものだ。彼が返してくれた時、この指輪はあたたかかった。エストレージャが、痛いほどにずっとこれを握り締めていてくれたことが解って、あまりのいじらしさについつい彼を抱き締めてしまったものである。

そして、左手の薬指に結ばれていた赤いリボンは、男の手によってほどかれて、その代わりに、再びこの指輪が、これまた男の手によって、元の場所に収まったという訳だ。

ならば解かれた赤いリボンはどこへ？　と問われるかもしれない。問題はそこだ。

男の顔にかかっている、一房だけ伸ばされた黒髪に手を伸ばし、それに指を絡ませて、私は困ったように眉尻を下げてみせる。

「それにしてもエディ、あなた、いつまでこのリボンをつけているつもりですの？」

男の一房だけ伸ばされた髪を留めているのは、髪留めではなく、あの赤いリボンである。愛らしい蝶結《ちょうむす》びが揺れるそれを、私が実に複雑そうな目で見つめていると、「まだ言うのか」とでも言いたげに肩を竦《すく》めてから、男はことりと首を傾《かし》げた。

「似合わないか？」

「いいえ、よくお似合いです」

そう、びっくりするくらいによく似合っている。とうの昔に成人を迎えた男に赤いリボンが似合うとはこれいかに。

美人は何でも似合うということなのかもしれないが、それにしても限度がある気がする。しかもそれをいいことに、この男ときたら、このリボンをつけた状態のまま、毎日登城しているのだ。

流石《さすが》にそれはどうなのかと思い、当初は何度も止めたのだけれど、「お前のくれた髪留めの代わりが見つかるまでだ」と断固として私の進言は切って捨てられている。誠に遺憾である。

エストレージャも当初は戸惑っていたくせに、気が付いたら「父さんならよく似合ってるし」と男の味方になっているし、エリオットもエルフェシアも「おとうしゃま、かわいい」「かわいいねぇ」とにこにこするものだから、ますますこの男は調子に乗っている気がする。

……まあ、「やめた方がいいのでは？」と言うくせに、結局乞われるがままに、毎朝この男の髪を梳《す》き、赤いリボンでサイドの髪を結ってあげるのが日課になってしまった私が、たぶん一番問題なのだろうとは解ってはいるのだけれど。おかしい、どうしてこうなった。

聞くところによれば、あの純黒の王宮筆頭魔法使いの突然の奇行……とは流石に言いすぎだと思うが、とにかく突然のおしゃれ？　に、王宮では様々な物議がかもされているのだという。なんだかとっても申し訳ありません。

こうなったら、早く男の新たな髪留めを調達しなくてはならない。

次の休みには、エストレージャと約束して、エリオットとエルフェシアをつれて、宝飾店に出向く予定である。とっておきの髪留めを見つけてみせる所存である。仲間はずれという形になる男は拗《す》ねるかもしれないけれど、こればかりは譲れない。誕生日までせいぜい拗ねていてくれたまえ。

そう私が内心で思っていると、壁に取り付けてある、玄関の魔法石と繋《つな》げてある魔法石が点滅した。それはこの屋敷の住人が、外出から帰宅した合図である。ということは、つまり。

「まあ、大変！　エージャ達が帰ってきてしまったわ。エディ、あの子達を足止めしておいてくださいまし。わたくしはこのマフラーを隠してこなくちゃ」

せっかく今日まで隠してきたのだから、絶対に最後まで隠し通して、見事サプライズを成功させてみせる所存だ。

決意を新たにして、ソファーから立ち上がろうとすると、くん、と腕を引っ張られる。あら？　と思う間もなくソファーに……というか、男の膝の上に引き戻され、目を白黒させている内に、唇に、あたたかく柔らかい感触が触れる。

「んっ!?　んんんんっ！」

触れるばかりか、そのまま何度も角度を変えてついばまれるように口付けられ、私は潰れた悲鳴を上げる。なんとか逃げ出そうにも、腰と後頭部を固定されていては抵抗なんてできる訳がない。

そうして、やっと解放された頃には、私は息も絶え絶えで、涙目になって男のことを睨み付けることしかできなかった。今頃、子供達は、コートを脱いで乳母車を片付け、このリビングルームへと向かっているところだろう。そんなわずかな時間に何をしてくれるのだと、めいっぱいの抗議を込めて睨み付けると、男は悪びれる様子もなくいけしゃあしゃあと口を開いた。

「口止め料だ」

そう告げて、にやりと意地悪く笑って膝の上の私を隣に降ろした男は、そのままこのリビングルームから出て行ってしまった。後に残されたのは、ソファーの上で腰が砕けている私だけ。

「〜〜もう！」

ああ、悔しい。いつまで経っても勝てやしない。こんなにも悔しいのに、こんなにも倖《しあわ》せなのだから始末に負えない。これでは勝てる見込みなんてないな、と自分に呆れるしかない。

そうして私は作りかけのマフラーと毛糸玉をバスケットに片付けて布をかけ、そっとリビングルームから抜け出した。『口止め料』を奪っていった手前、ちゃんとあの男は子供達の足止めをしておいてくれているらしい。

この『口止め料』を高いと言うべきか、安いと言うべきか。実に悩ましいところである。とりあえずは、来たるべきエストレージャと、そしてあの男の誕生日に向けて、準備に勤しむことにしよう。

どちらもとても楽しみで、嬉しくて、私は幸福に浸りながら、一人笑った。

あとがき

こんにちは。中村朱里です。このたびは『魔法使いの婚約者10　マスカレードで見つけてくれますか？』をお手に取ってくださり、誠にありがとうございます。

なんと十巻という大台に乗ることになった当シリーズ。ここまで至れたのも応援してくださった読者様のおかげです。今回のお話も楽しんでいただけたら幸いです。

十巻完成に至るまで御助力、応援くださったすべての皆様に、心からの感謝を込めて。よろしければまたお会いできましたら、大変嬉しく、心より光栄に思います。

二〇二〇年三月某日　中村朱里

＊巻末おまけショートストーリー＊

《プリマ・マテリアの祝宴》の終焉から早一週間が経過した。ようやく落ち着きつつある王都だが、その一角、我がランセント家別邸においては、《祝宴》が残した爪痕が、今なお混乱を引き起こしていたのである。

「いやー！　こっち！　こっちなの！」

涙混じりの幼い主張に、男も、エストレージャも、困り果てた表情を浮かべていた。私もまた同様だ。私達の視線の先では、床に座り込み、泣きじゃくっているエルフェシアがいる。幼い両腕が抱き締めているのは、《祝宴》の紋白蝶の姫君のドレスである。

「こっちがいいの！　ひぃしゃまといっしょ!!」

《祝宴》以来、毎日こんな感じなのだ。我が娘は、真白いドレスをいたくお気に召し、ことあるごとにもう一度着るのだと強く主張してくれる。

ここは心を鬼にして、無理やりにでも着替えさせるか……と内心で溜息を吐いていたその時、うごうごと、エストレージャの腕の中にいたエリオットが動いた。床に降ろされると、次男坊は泣きじゃくる妹の元までよちよちと歩み寄る。何をするつもりなのかと私達が固唾を呑んで見守る中で、にこぉっ！　とエリオットは笑った。

「エル、いつもかぁいい！　いつもおひめしゃま！」

力強く断言する双子の兄の笑顔につられて、エルフェシアの愛らしいかんばせにも笑顔が広がる。そのまま戯れ始める子供達の姿を前にして、私は思わず呟いた。

「誰に似たのかしら……」

末恐ろしいわ、なんて思っていると、何故かその時、男とエストレージャからもの言いたげな視線が向けられた。ええと、二人共、何が言いたいんでしょうか？

魔法使《まほうつか》いの婚約者《こんやくしゃ》10

マスカレードで見《み》つけてくれますか？

2020年5月5日　初版発行

著者　中村朱里

イラスト　サカノ景子

発行者　野内雅宏

発行所　株式会社一迅社
〒160-0022 東京都新宿区新宿3-1-13 京王新宿追分ビル5F
電話　03-5312-7432（編集）
電話　03-5312-6150（販売）
発売元：株式会社講談社（講談社・一迅社）

印刷所・製本　大日本印刷株式会社
ＤＴＰ　株式会社三協美術

装幀　小菅ひとみ（CoCo.Design）

ISBN978-4-7580-9266-1

おたよりの宛て先

〒160-0022 東京都新宿区新宿3-1-13 京王新宿追分ビル5F
株式会社一迅社　ノベル編集部
中村朱里《なかむらしゅり》 先生・サカノ景子《けいこ》 先生